# 愿我们成为彼此的糖

五瓣花 著

时代文艺出版社
SHIDAI WENYI CHUBANSHE

图书在版编目（CIP）数据

愿我们成为彼此的糖 / 五瓣花著. -- 长春 : 时代文艺出版社, 2023.8
ISBN 978-7-5387-7205-0

Ⅰ. ①愿… Ⅱ. ①五… Ⅲ. ①随笔－作品集－中国－当代 Ⅳ. ①I267.1

中国国家版本馆CIP数据核字(2023)第065028号

# 愿我们成为彼此的糖

YUAN WOMEN CHENGWEI BICI DE TANG

五瓣花 著

出 品 人：吴 刚
责任编辑：孟宇婷
装帧设计：青空工作室
排版制作：陈 阳

出版发行：时代文艺出版社
地 址：长春市福祉大路5788号 龙腾国际大厦A座15层 （130118）
电 话：0431-81629751（总编办） 0431-81629758（发行部）
官方微博：weibo.com/tlapress
开 本：880mm × 1230mm 1/32
字 数：194千字
印 张：9.25
印 刷：三河市万龙印装有限公司
版 次：2023年8月第1版
印 次：2023年8月第1次印刷
定 价：49.80元

# 目录

## 第二章　人到中年，翻越山丘



## 第三章　生活继续，步履不停

# 序言

我目睹了这个世界上最勇敢的人，扮演着他人生中最艰难的角色。

如果爸爸在某一刻恢复记忆清醒过来，他的眼里一定有泪，他一定不会相信，那个穿着随意，张着嘴说不出一句完整句子的人是他。

2019 年 1 月 28 日，我写下的生日愿望是要为我的父母写一本书，他们是无数普通父母中的一对，但他们在我心中独一无二，我是他们的独生女。2020 年爸爸八十岁，妈妈六十九岁，自我来到他们身边，我们仨相依相偎四十五年了。

爸爸曾给我取过一个单名叫“翮”，希望我像大鸟展翅；后来妈妈给我改名“晶晶”，她只说你就是爸爸妈妈的结晶，这是一个充满祝福与深情的名字。从小到大，别人叫我“晶晶妹”“晶晶姐”“晶晶阿姨”，直到未来的某一天，有人会叫我“晶晶婆婆”，挺好，一生不丢天真，我喜欢这个晶莹剔透、闪闪发亮的名字。

因为这个名字，我知道父母有多爱我，他们也彼此相爱，而今他们老了，爸爸患阿尔茨海默症，很多事情都想不起来了，我想用文字帮他记录下来。

翻开家里的相册，我十一岁小学毕业时，与爸爸妈妈在重庆北碚北温泉玩，那时的爸爸意气风发，仰着头，脸上满是自信；妈妈穿着套裙，安安静静地站在旁边；而我穿着妈妈从解放碑妇幼商店买回来的、带领结的粉色丝绸衬衣，挤在爸爸和妈妈中间。多么幸福的一家子。

他们都曾是一朵绚丽的花，但谁能料到老年时会以溃败之势输给命运，看起来毫无抵抗之力。我想书写一个阿尔茨海默症老人的日常，作为女儿想陈述一点点无奈，也想呈现一点点幽默。面对无常，我们也要有露齿一笑的勇气。

给老父亲一些耐心，一些软语，尽己之力安守陪伴，并非所有人生的下坡路都要用悲情去演绎，我陪伴过他们，做过他们安心的后盾，我看过那些花儿渐渐枯萎的样子，我陪着他们一起白头，一起笑过，一起老去，我想记录的日常，是你我都有过的生活真实的样子。

生命里拥有的一切，都是恩宠与冒险。每一份经历，都不会白来；每一种未知，都意味着无限可能。我们一家人，在爸爸渐渐丢失记忆的这几年，经历了许多，人生的中年便是不停地翻山越岭，升级打怪。有时一点儿事情会像一根导火索，一引而燃，山火很旺，延至周边，那些最亲近的人无一幸免。而我走到人生的半山腰，看着那火势，只能改行做“消防员”，望望山下的孩子，望望已走到火边的老人，两边都得顾及，两边都不能放弃，即使是弱小的肩膀，也要有顶天立地的力量。

中年的生活，很多时候都步履不停。父亲的走失、亲人的离世、母亲的衰弱、日常的琐碎……每一件都得作为独生女的我亲力亲为，对付每一次意外都像是一次战斗，但生活总得继续，生活也必须继续。其实多少年来，很多人都是这样一边经历着，一边战斗着前行。这些共同的经历，不过是代代相传罢了，传递的有一样的苦难、一样的悲伤，也有一样的爱和希望。

在写这本书时，我与爸爸的距离更近了，我仿佛走到他的身旁，握着他的手，听他细述了他的人生，包括最近几年他的日子。生命最难得的是被理解，当一个四十五岁的女儿，走到八十岁的老父亲的身旁，握着他的手说“我爱你”，不知他会如何反应，我想试一试。

人此一生，真的有很多次的猝不及防，不会预告的病痛、未来得及的告别、事业的突然垮塌、老之来临的种种尴尬……而我们依然还能满怀笑意地看待生活，皆是因为在文学、诗歌、戏剧里，总会看到你我正在经历的痛击，千百万人都在承担、承受，只是看谁可以落落大方地吞咽苦痛，继续前行，对饱含痛苦和幸福的生活，说一声，“一万个值得”。

我愿在书里，书写日常的平淡和琐碎，还有如太阳折射在玻璃球上那片刻的闪光，我想书写庸常生活与诗意瞬间无数次的折返，它能让我获得好好生活的信念。

在文字里，我一次次与爸爸、妈妈对话，我也在书写过程中，重新认识了他们，还有我自己。

妈妈对爸爸的爱，在我的字里行间显而易见，也许她并不自知。如果不是如此爱一个人，不会有这样的信心，不会有这般耐心，更不会一次次忍受折磨，然后一次次原谅、一次次包容，虽然他是个病人。如果是同情，不会如此长久；如果是可怜，不会如此有力。妈妈是爱爸爸的，深爱着。

我也因为书写，一点点确认我身体里的各种基因，我的激情来自父亲，我的蛮力来自母亲；我的计划性来自父亲，我的善良来自母亲。我是他们两人的混合体，他们将最好的都给了我，膝下仅我一女，我独享他们两人的爱，当他们老了时，我也必须倾尽所有去爱他们，去做他们的臂膀、眼睛、手。当他们软弱无力时，让我来，因为我也深爱着他们。

2020 年春节，正值“新冠”肆虐，我和父母分别隔离在各自家里，每日只能电话联系，好在，妈妈因此学会了微信语音以及视频聊天。她总是说：“谢谢女儿。”而我和她说得最多的是：“辛苦了妈妈。”我们的身体隔着八公里的距离，心却是从未有过地靠近。

那天去医院给爸爸开了靶向药，然后给他送过去，爸爸、妈妈和我，我们仨在小区门口相见，隔着一些距离。爸爸看着戴口罩的我，一脸木然，我对他说：“爸爸，是我啊，晶晶，不认识了？”爸爸摇头，我好想上前去拉他的手，用手的温度确认彼此，可是不行，我刚去过医院，怕沾染了病毒。

小时候，爸爸抱我在他的腿上，对我说：“爸爸好爱你，你知不知道？”现在轮到我握着他的手说：“我好爱你，爸爸，你知不知道？”他点头，似是而非，小声说：“嗯。”而这一声“嗯”，不管在爸爸那里代表什么，在我这里都意味着那是爸爸的回应，他知道女儿的心。

我自儿子很小时，便从不吝啬对他说爱，总是一遍遍地对他说：“妈妈爱你。”儿子也会回应我：“妈妈，我也爱你。”他如今已成年，这份爱就这样传递了下去。

爱，让很多事迎刃而解。

感恩赐予我生命的父母，谢谢你们选了我做女儿。

# 第一章

# 人生不易，有我陪伴

阿尔茨海默症，会像将树上的成熟苹果一个个摘去一样，今天摘一个，明天掉一个，慢慢变得光秃秃的，最终一个不剩。一个人顶着一颗和别人没有两样的头，而里面什么记忆也没有。

# 1. 爸爸走丢了

从没想过，我会在微信朋友圈发出寻人启事，寻的是我父亲。

那天下午五点，我问妈妈:“在朋友圈发消息吗？找爸爸。”

“发吧。”

明知道不会有多大的希望，我还是决定把这个消息发出去，万一呢。

那天，天下着雨，爸爸在下午两点左右，登上了去杨家坪的公交车，妈妈以为他会像往常一样到吃饭的时间就回来，可是他没有。就在那天，他竟然找不到回家的路了。那一天，我永远记得，是 2017 年 3 月 13 日，春天还没有真正来到，大家都穿着厚厚的棉袄，春雨绵绵，却并不喜人。

家里只有我一个女儿，找人，我实在没有经验，一时慌了神的我，只能让更多人知道，以期获得更多的帮助。

我和妈妈分头在小区找，在附近的公交车站找。妈妈打着伞站在公交车站边，每辆车驶进停车港，她都认真地辨识每个下车的人，以确认爸爸在不在其间。雨顺着伞檐往下滴，滴湿了半背，这个时候的她，无暇自顾，只是焦急地等待着那个她想等的人回家。

可是，一辆车过去了，两辆车过去了，三十五辆车过去了，没有，没有，还是没有。妈妈心里的泪，大概和那天的雨一样，下得没完没了，她站在那里等了三个小时，却没有等到她想等的那个人。天黑了，路灯亮了起来，地上湿湿的，泛起光晕，我远远地看着那个撑着伞站在寂寞的站点前，孤独的老妇人。那年她六十六岁，她像当年等待我回家一样翘首期盼，她期盼有一辆车能载着她等的那个人回来。她满眼期待地看着一辆车进站，她上前，退后，再看着车开走，失望地低下头。又来了一辆，她急急上前，再退后，然后看着车开走。我站在街对面看着她，像看一幕哑剧，直到天越来越黑，拉下了幕布。

没有兄弟姐妹的孩子，这个时候，朋友就是兄弟姐妹，蓄积起来的爱与力量，让我无比勇敢。我和好友竹子把能想到的地方都找了一遍：去区医院急诊科，看有没有可能发生了意外，没有；去爸爸以前的单位附近找，他去杨家坪，一般会去单位，还是没有；去十年前就搬离的老家找，也没有。每一条街道我们都不想放过，每一条小巷都要从头走到尾，每一处拐弯，每一处墙角，任何他可能去的地方我们一寸寸地找，可是哪里都没有他的踪影。

先生开车出去找，兄弟伙们也兵分几路开车找，这一夜，一直下着很大的雨，这本该贵如油的春雨，竟下得如此轻贱，看起来永不停歇。我没有打伞，我要和爸爸一样淋着雨，我走在雨中，只想和他共担这一片下雨天。

夜里十二点再去派出所，警察帮我们找爸爸最后上车的录像。前进、倒退，翻了很久，终于在画面里看到了爸爸和妈妈。爸爸打着一把透明的小伞，有些歪歪斜斜的，伞骨把似乎断了，妈妈执意让他换把好伞，递到他手里，爸爸固执不换，还甩开妈妈的手，上了车。妈妈在公交车站站了好一会儿才往回走。因为下雨，看不清那辆车的车牌，录像里多次看到那辆车在各个站台前停停走走，上人、下人，可就是看不清车牌，也看不清爸爸有没有在中途下车。

录像追踪到两个区的交界处便没有了，转弯处，仔细放大，还是看不清车牌，那天的雨实在是太大了，把一切都模糊了。

爸爸登上的的确是开往杨家坪的公交车，可是他在哪里下车的，会到哪里去，我们依然全然不知。在看监控录像的过程中，妈妈几次打电话来问我，电话里她几乎哭了："回家了吧，你爸走哪去了呀，该回来了吧，这么冷的天。"妈妈心疼我这个四十二岁的孩子，也心疼那个七十七岁的孩子。我无法给妈妈解释更多，甚至安慰的话也很难说出口，心乱如麻的我在这个时候，自顾不暇。

深夜一点多的派出所，值班警官们依然忙忙碌碌，他们正在解决两起纠纷案。警官们对我和蔼无比，仔细地询问事情的经过，问父亲的样貌衣着、几时出走、随身还携带着什么东西。警察认真地做笔录，准备按失踪人口上报，做 DNA 检测备案。

一个年轻的警官给我扎针取血样，在我手上轻轻扎了一个小点儿，只能挤出少少的血，我怕血样不够，跟警官说：“再扎一次，扎深点儿吧。”他说：“不用啦，那样你会很疼的。”我心存感激地望向他，他递我一枚止血的棉球。

夜里两点了，还是没有消息，我们只能回家。料峭春寒，一直下着的雨，妈妈还在小区门口的保安亭等着我和竹子，她一直在等我这个寻找父亲到半夜的孩子回家。我裹着羽绒服，头发湿湿地贴在脸上，面色难看。妈妈坚强地给了我一个笑脸，而我知道她肯定背着我流了很多眼泪。

这一夜，我和先生还有朋友们在外面奔波，妈妈独自在家等待消息，我知道她一定六神无主，默默流泪；上初一的儿子在我们的小家做作业，也是一样担心。而我没有分身之术，我第一次体会到作为独生子女，人到中年时的难。而我不知道的是，这难，仅仅是开始，等着我面对的还在后面，风起云涌般一波接着一波。

凌晨三点，我和妈妈裹衣而眠，似乎随时准备起身迎接爸爸。爸爸万一回来了呢，敲门呢，我要马上给他开门。

妈妈一夜辗转，那夜的雨声特别大，犹如老天的叹息，声声入耳。我和妈妈并肩躺在床上，像我小时候一样，她的每一次转身，每一次给我拉被角，帮我扎紧臂膀旁的被子，我都知道。那时的我，依偎在妈妈身旁，却没有小时候的无忧无虑，一夜近乎无眠，睁眼到天亮。

天终于亮了，又可以找爸爸了，似乎这是一天中收到的第一个好消息。

还没起身，我便和妈妈商量去公交车队问问看，看有没有司机对爸爸有印象。虽然也知道是些无用的办法，可是不试试，总像是没有拼尽全力，哪怕只有一丝渺茫的希望都不能错过。

妈妈一早起来先去开门，似乎和爸爸有感应。她刚一开门，我就听到妈妈一声惊呼："荣，你一晚上走哪儿去了呀？快进来！女儿，爸爸回来了，爸爸回来了！"爸爸正在上楼，我没有听到爸爸出声。我从床上一跃而起，光着脚从卧室冲到门口，也急切地问他："爸爸，你一整晚去了哪里？"我牵着爸爸的手，呆呆地看着爸爸，爸爸真的回来了。爸爸木木的，什么也没说。我摸着他湿透的棉袄，抚摸他满是胡须的脸，爸爸就在我的面前，傻傻的，什么也说不出来。

爸爸昨天随身带的伞不见了，他身上写有我们电话号码和家庭地址的牌子不见了，身上的一些现金也不见了，他身无分文地回来了。不知道他这一夜都去了哪里，都经历了些什么。然而失去了什么都不重要，最重要的是爸爸回来了。

一个走失的老人离我那么近，他是我的父亲，是我深爱的父亲，我的身上流着他的血液，我时常和朋友们说，父亲一生对事业和生活的激情深深地影响了我。我无法直视一个如此精明，一生从未停止过学习，前一年还在电脑上分析股票，还会夜夜读报看书学习，看《羊皮卷》的老人，在衰老面前溃不成军的现实。

而我谨记着，我的身体里流着和父亲相关的血液，我有和父亲一样的激情，对家人的爱与保护义不容辞，我们父女俩的责任心相同。以前爸爸是家里的主心骨，现在换成了我，我为之而荣光，中年以后，我越来越像爸爸。

妈妈赶快为爸爸洗澡、换衣服，给他熬了姜汤，安抚他睡觉。爸爸很累，睡了整整一上午。

等他睡醒，我再问他去了哪里，他依然记不清，只是说有车送他回来的，他不是一个人，还有好几个人，他们在开会。爸爸说他的腿关节痛，恐怕是走了好长好长的路才回家的吧。他说不清楚任何一个地名，一会儿石桥铺，一会儿钢花，断断续续，模模糊糊，这里，那里，这个，那个……

爸爸回来了。我窝在被窝里痛哭了一场，然后昏昏睡去。前一晚我一滴泪都没有流，我知道希望还在，憋着一股劲儿，要找回我的爸爸。

而今天他回来了，精神看起来不怎么好，可是好歹回来了，我喜极而泣，也心疼老人是如何度过这雨夜漫长的一晚，他这样的年龄实在不该再经受什么磨难。

有朋友给我留言说，你真不容易，上有老下有小，自己也要注意身体。我回她：这个年纪就应该成为打不死的程咬金了。

爸爸终于回来了，这短短一夜，却仿佛经历长久。再次感恩拥有的一切，再次感恩在那个春寒雨夜为我送炉火的人们，感恩那个送爸爸回家，却没有留下任何信息的好心人，我试图寻找他，后来，我们也去看了监控录像，没寻到好人的踪迹。

经历了这一夜，忍不住还要说那句话：今生，唯有做个更好的人。因为这世间善待我的人和事，因为这世间冥冥中对我们一家的护佑，我也要温柔以待他人。

不管如何，在我心中，爸爸就是我的英雄，永远都是。这一天，我永远记得。而我不知道的是，自此后，爸爸走丢是一件随时有可能发生的事情。一切才刚刚开始。

## 2. 缴械

“我的工资卡又跑哪儿去了呢?”

“我炒股账号的密码又写到哪个本本上了?”

“我的钥匙呢?”

“哪个又把我的东西拿走了?”

“我的 QQ 密码怎么又想不起来了?”

从 2016 年年初开始，一生好记性的爸爸，开始到处找东西。工资本挂失了三次，附近银行的工作人员都认得了他。

那时，我工作的杂志社离父母家很近，我每天中午都回家吃饭，妈妈会做几个小菜等我。每次回家，爸爸都在他的小屋里忙活，坐在电脑前聊 QQ，或是看股票行情。我从小屋的门口往里望，总是能看到爸爸专注的背影。逆光而坐的他，挺直腰板坐在床边，正对着电脑，眼睛上架着眼镜，有时低头在手写板上写字，有时盯着屏幕看股票走势，那一堆上升下降弯弯曲曲的红色绿色的线，我是看不懂的。只要问爸爸，他就会无比耐心地给我讲，而我还是什么都听不懂，也对此全无兴趣。我始终没有一根经济神经，对数字毫不敏感，也许这是我和爸爸少有的不同的地方。

每晚，爸爸也不看电视，就坐在书桌前，看报纸、看书、分析股市行情，爸爸对挣钱这件事是有瘾的，倒不为别的，那也许是他内心认可自己还年轻的一种方式。

爸爸曾说过，七十岁后就在家炒股，不再出去做事了。然而一直到七十四岁那年，他都还在外面奔波，过了一年，他七十五岁了，突然就开始到处找东西，不记得各种密码。

以前与家庭有关的所有号码都被清晰地记在爸爸脑子里，他的脑子就像精密的计算机，里面存着电话号码、QQ 密码、银行卡密码、股票账号密码、家人的生日……所有有关数字的东西，爸爸都记在脑子里。他是一家之主，他运作一家人的生活，运作家庭的重大开支，在爸爸那里，这些好像都不是难事。

一直以来，我和妈妈都很依赖爸爸。年轻的时候，妈妈很是温柔，一切全凭爸爸做主，两个曾经两地分居十年的人，书来信往很多年。爸爸的信开头总是："亲爱的群，分别多日，很是想念。"妈妈的信总是会关心爸爸："荣，你的胃不好，要记得按时吃饭。"

就是这样一个被人依靠了一辈子的人，突然有一天出了自己也搞不清楚的状况。爸爸曾在七十二岁时的某一天坐车回家，在家前面一站下了车，下车后他突然有几秒钟的恍惚，不知该往左走还是往右走，不知道回家的路在哪里。但是只有几秒，他就清醒过来，然后直直地往左走，安全地回了家。

那一次，我在心底有些害怕，心想爸爸会不会有一天得阿尔茨海默症。"不会的，这么能干的爸爸。"心里有另一个声音说。而我那时从没接触过阿尔茨海默症，对此毫无概念，后来看《我想念我自己》，主人公爱丽丝曾是哈佛大学语言心理领域卓有成就的教授，也是从站在熟悉的街口却不知自己身在何处开始，她竟然在离家一英里的地方迷路了，尽管只有短短的瞬间，那时她只有五十岁。可见，阿尔茨海默症，并不受限于年龄、智商，越是曾经聪慧的大脑，在病症袭来时，越是迅速衰退、恶化。

爸爸找东西的次数越来越频繁，我带他去看医生。检查结果是轻微脑萎缩，无大碍。医生一听爸爸侃侃而谈，谈股票、谈人生，便乐呵呵地说："他不会老年痴呆的，这么精明。"爸爸也是一脸笑。

可是，后来我才知道，那一次的诊断，没有经过系统的检测，并不专业，爸爸的病情也因此被耽误了。很多早发性阿尔茨海默症并没有特别不一样的症状，甚至患者可以用自己的意志去控制那些模糊的部分，强迫自己去拾回记忆，给自己找到各种各样的借口，不过就是累了、紧张了、年纪大了、更年期，等等，让自己对记忆力下降这件事视而不见。而针对阿尔茨海默症的诊断，并不像糖尿病、高血压一样，可以有准确的数据来作为支撑，如果将病人交给一位经验不丰富或是不够专业的医生，很有可能在早期是无法确诊的。

从医院回家后爸爸继续找东西，并开始反复打电话给我和儿子。

“你明天几点回家呀？”

“上午十点吧。”

过了一阵儿，电话又来了。

“你明天几点回这边呀？”

“上午十点。”

那次我准备去上海出差，在机场候机，爸爸打来电话问：“今天周末，你回不回来啊？”

“爸，我昨天才回了家呀。告诉过你，今天我要出差去上海，现在在机场。”

“噢噢，对对，你是说过的。哈哈。”爸爸那时还能清晰地回答，还能给我们打电话。

那时，他的脑子好像只装两件事了，一件是我们几点回家，一件是他的工资卡又跑哪里去了。

妈妈收了爸爸的工资卡、医保卡，当然没有经过爸爸的同意，妈妈是偷偷拿走的，趁他还没有再次搞丢前。那时，爸爸还中气十足，语言能力超强，他绝不允许这样的事在他身上发生。

“你把我的工资卡还给我。”

“你管不好的嘛，你看你这个月都去挂失三次了。我帮你收起，我也不会用的。”妈妈好言相劝。

“不行。你一辈子都没管过这些，你管不好。”爸爸固执地说。

妈妈急了：“你收得好，钱装在身上就不见了，卡放在哪里也不记得。如果你像以前一样记性好，我哪里想来管你这个。”

“你还给我。”爸爸像个闹脾气的小孩子，站在妈妈旁边大声嚷嚷，要他的“经济大权”，拿出不还他银行卡就绝不离开的架势。

妈妈开始坐在床上边哭边声讨，老了老了，爸爸还没有一个好脾气给她。这个一生都有着少女气质的女人，总算要当家了，可是老当家不想让位。

家里从那时起总是“炮火纷飞”，我经常回家当“救火队员”。妈妈也像患了抑郁症一样，经常躺在床上落泪，爸爸就像个做错事的孩子一样站在旁边，还对妈妈好言相劝：“你看，你一直也没管过钱，你要哪样，我没给你买？你想要什么、要买什么，我都给你钱。”妈妈也气：“就该一人管半辈子，现在轮到我管了。”

他们其实不是在争执经济大权，而是在比较衰老的速度，大妈妈十岁的爸爸，明显处于弱势。尽管那时爸爸说话还中气十足，嚷嚷起来还有着让地球都要抖三抖的架势。一个人能吵架、能高声说话，都是生命力旺盛的表现，一旦他说话小声，甚至不再开口说话，那时他的生命便已溃不成军。

爸爸的声音一向好听，一旦敞开来说话，中气十足，响亮浑厚。记得小时候，有次爸爸单位上的人不服处罚决定，找到家里来闹，爸爸也大声对那人吼：“有什么事到办公室去说，别来影响我的家人。”我从那高声的怒喝中，竟只觉得爸爸的声音音质真好啊。成年后，也有很多人说我声音好听，我想这也是遗传自爸爸的吧。

爸爸从小生活在乡野农村，他曾在山野里大声呼唤过鸟儿出窝，也大声叫过弟弟妹妹回家吃饭，那长满竹子的后院曾是他和兄弟姐妹们玩耍的乐园。童年时，他总是赤着脚，以辣椒、红薯为主食，以致发育不良，身高只有一米五，当然对于男孩子来说这实在太矮了，可是出生在战乱年代的爸爸有什么办法。不过吃的是贫瘠土地上种出来的蔬菜，喝的是干净的井水，这些看起来廉价的东西，虽没有给他高大的身材，却给了他一生为人正直的品格。

爸爸出身贫穷，却从不畏畏缩缩，人前人后都阳光自信，不管什么时候，说话都掷地有声、铿锵有力，是内心的纯净给了他说话的底气。他的善良与气度深深感染着我，我也从小下定决心做像父亲那样顶天立地的人。

可是，父亲老了，家里三天两头就为争夺经济大权而争吵。爸爸的好声音，渐渐变得底气不足、战战兢兢，他已失去了支持者，包括我。今天丢一百元，明天工资卡里取出来的两千元不知放到何处；今天工资卡找不到了，去补办，明天又从那个红梅笔记本里掉出来；炒股账号的密码一遍遍抄在笔记本里，但要用的时候，根本不知它们写在哪个本子里……

我不知道爸爸有没有那样一个本子，提醒自己一些问题。

诸如：

我是……

我的家住……

我的工资本放在……

我的女儿是……

我有兄弟姐妹……

当爸爸第三次去补办了他的工资卡，妈妈决定彻底帮他收起来，尽管知道他会闹，但她这次怎么都不肯再给他了。我也请爸爸去把股票里的钱转出来，可是这时爸爸已记不得股票对应的银行卡是哪张，我们一起去银行查，终于查到，然后不管股市盈亏，卖掉股票，卡交由妈妈保管。此时的爸爸，慢慢开始忘记有股票这件事。

龙应台有篇文章写她的爸爸，八十岁的人，总是开车出去，老出车祸，一次撞上小摩托，一次把油门当刹车踩，一次刹车力道太猛，导致妈妈的手臂被撞断了。女儿终于获得了机会，缴了他的车钥匙，不再让他开车，像个胜利者般长长地舒一口气，可是对于他来说，就像是一个老兵被人缴了械，从此不怎么出门了。

我的爸爸是从什么时候开始缴械的呢？也许是当他不能记清银行卡密码时开始的。当他连工资卡都保管不好，不得不交出一生都掌握的家庭经济大权时，他是真的低下了头，缴了械。虽然他三天两头抗争“造反”，想推翻我妈的“统治”，可当他慢慢不再记得有工资卡这回事，他终于放弃了抵抗，我看着他转身，慢慢地低着头走进他的小屋，我分明悲哀地看到他的背上写着：我有健忘症，我老了。

从此，爸爸经常身无分文，每次回家我都会偷偷给爸爸钱，给百元大钞，他开心地咧嘴笑，仔仔细细地摸过一遍又一遍，对我说：“一百元啊。好。”我叮嘱：“你放好啊。”他笑嘻嘻地答应着，谨慎地放进最里面的衬衣口袋里。过了一天回家，妈妈说：“看嘛，钱又不晓得哪里去了。”

后来，我就给得少一点儿，给二十元吧。爸爸又小心翼翼地将钱对折，先放在一个纸巾口袋里，再放进最贴身的荷包里，可是第二天，仍然什么都没有了。

钱会丢，手机会丢，写有地址、电话的小本会丢，钥匙会丢，纸巾会丢，只要经过爸爸手的任何东西，都有可能丢，这是家里的失踪案，根本无法破案。自此，爸爸成了口袋里空无一物的人，即使这样，他有时连自己也会弄丢，若爸爸有清醒过来时，会不会很泄气啊。

## 3. 与脑子里的“恐怖分子”大作战

自从爸爸走丢过一次，贴心的好友们就给爸爸买了一块儿童定位手表，这让我随时能看到爸爸的行踪。工作的间隙，我时不时会点开手机里的“小天才”软件，看看爸爸的位置：上午九点半在家，十一点在三木花园附近，下午两点在香港城附近，可能在永辉超市……定位软件上移动的小男孩儿，戴着一顶小小的帽子，移动到这里、那里，时不时刷新一下，地方又变了。我以他不知道的方式，偷偷地跟着他，像小时候追在他后面的小女儿，现在我一边上班，一边用这样的方式与他在一起。

那块手表有蓝色表带，普通的电子手表样式，表面有个凸起的触摸键，接听和拨打电话都靠它。我们在里面输入了几个号码，爸爸仅需手触表盘，往左滑动，就能找到我们。滑动第一下会显示我的名字“晶晶”；再滑动一下，出现“老婆”；继续滑下去，显示“东东”，是我先生；再滑一下，是他外孙的电话。

我们一家五口，都藏在这个小小的手表里，形成一个密闭的环，一个一个滑动下去，总有一个电话会接通，总会找到亲人。有几次，我收到过那只手表打来的电话，我的电话显示来电号码是“520”——“我爱你”。后来爸爸就连手指轻轻滑动手表这样简单的动作，也慢慢不记得了。开始，爸爸还会接电话，后来，连接电话也不会了。

那天，妈妈上午出门办事，中午不回来吃饭，她提醒我爸爸一个人在家，我最好回家给他做饭。我不放心爸爸，先是“侦查”了他的定位手表，然后临近中午给他打了电话，爸爸在电话那头对着他的定位手表大声说：“你要回来吃饭吧？”

我笑着问：“你搞得定不？”

爸爸说：“那有什么搞不定的。”他自信满满。

妈妈安排的是回去吃饺子，结果我进屋一看，爸爸将昨天的鸡汤热好了，豌豆炒好了，正在炒白菜，还有个凉拌莴笋也已切好。

很多时候，让爸爸做些力所能及的事，“照顾照顾他”，也许他的病情还会恶化得慢一些。爸爸会觉得自己是个有用的人，是个能做好饭等女儿回来吃的人啊。

我回家，看他又里三层外三层地穿着，便为他理理衣领，告诉他，天气热了，不要穿那么多。他嘿嘿地笑，说不热。那个时候，爸爸还可以自己做饭吃，知道用铁锅炒菜，用砂锅热汤，知道用洗菜盆淘洗豌豆，知道做菜要放盐，知道盘子太烫要在桌子上垫个垫子……这些是最基本的生活常识，看起来不需要记忆，其实所有物品的功能、位置，以及做菜的步骤，在大脑里都有它的存放处，而阿尔茨海默症，会像将树上的成熟苹果一个个摘去一样，今天摘一个，明天掉一个，慢慢变得光秃秃的，最终一个不剩。一个人顶着一颗和别人没有两样的头，而里面什么记忆也没有，想想也真是恐怖。

爸爸最开始丢失的是外在的物品，钱包、钥匙、电话号码本、手机……再慢慢丢的，就是头脑里的词语与物品对应的记忆，他会将签字笔叉在苹果上拿给你吃；他会将刚烧开的水全部倒进洗脸盆里，而妈妈是让他倒进开水瓶；他会拿毛巾给你包菜，让你带走；他会忘记灶上烧的满满一壶水，然后任壶底烧穿……那些词语一个个消失，大脑变成一本无字书，仅剩零星的词语：这个、那个、这样、那样……

后来看到罗宾·威廉姆斯太太写的《我丈夫脑内的恐怖分子》，讲到 2014 年 8 月演员威廉姆斯自杀，并非因为抑郁症，而是因为当时没有诊断出来的“路易小体症”。全美有一百五十万人在经受这个病症的折磨，脑内的“路易小体”含量过高，会让人产生强烈的偏执，多疑，妄想，记性差，失眠等症状。威廉姆斯太太说："我多么希望他当时能知道自己是因此而苦苦挣扎，并不是因为内心、灵魂或性格的软弱。"罗宾死后三个月，他的验尸报告终于出来了，确认了"路易小体症"这个诊断，威廉姆斯太太说她并不感到惊讶，她在最后的陪伴过程中，完全知道的确"有什么东西侵略了我丈夫头脑中几乎所有的领域"。勇敢的威廉姆斯太太决定将这些真相说出来，只为能帮助到更多的病友、家属、陪护人员，让他们更加理解这一病症。虽然她知道即使罗宾知道患病后会获得短暂的希望，但那些"恐怖分子最终还是会杀了他"。

"罗宾脑内路易小体的大面积扩散，把他的神经元和神经传递素毁坏得无以复加，就如同他脑子里打了一场化学战……一位专家说：'就像他全身每个器官都得了癌症。'主要的问题似乎是没有人能及时准确地解读罗宾的症状。"

读到这些话，让我想到了爸爸，一时眼泪决出"堤坝"。本在办公室工作的我，眼见着崩溃就要发生，连忙下楼去车上定定神，也任眼泪在脸上漫延。我不知道爸爸的脑袋里是不是一样有很多"恐怖分子"，而他一直在勉强战斗，很吃力。

那次回家，爸爸说："家里有人打我。"

我看了看四周，家和以前并无两样，我问："谁打你？"

"他们。拿着背兜。这么大的背兜，朝我扔来。"

"爸爸，你看，家里没有背兜，只有你和妈妈，没有人会打你。"

“噢。”爸爸低着头回应，似懂非懂，似信非信。

我握住爸爸的手，期望他回到现实中来。

这些都是爸爸在与脑子里的“恐怖分子”战斗吧？我知道爸爸这个时候出现幻觉，也是他病症加重的迹象。我把他的害怕告诉了妈妈，妈妈自责地说：“哎呀，我再也不大声骂他了。”我看着眼前这个白发苍苍的老妇人，她正低头摘着空心菜，脑子里却不知在播放些什么画面。也许有禁令图案，禁止对身边这个人大声叫嚷（尽管后来也很难如此执行）；也许有一会儿炒空心菜时，要加点儿永川豆豉；也许有饭熟了就去炒菜；也许有女儿回来了，我还要弄点儿什么好吃的……

一个人的大脑是一架多么精密的仪器，让我们能够计算、储备、记录，使用精确的语言表达，协调四肢行动，还能控制情绪，准确表达喜怒哀乐……大脑——这一对于人体要求最纯净的地带，不能有一丝杂质，不能容一点儿瘀堵，即使是最小单位的破坏分子的侵蚀，也会让这个人表现出极大的不舒服和不正常。而我没有办法钻到爸爸的脑子里去看看，究竟有多少脑神经萎缩了，它们是不是像干瘪的核桃，壳软了、瓢干了、坏掉了、变白了？先被攻击的海马体，让他失去最新的记忆，开始一遍遍重复同样的话；再被占领的语言中心，让他失去侃侃而谈的信心，丢失了语言能力，不敢再大声说话表达；当那些“恐怖分子”入侵前额叶皮层时，他慢慢就不再知道“我是谁”……

与脑子里的“恐怖分子”大作战时，爸爸想必是拼尽了全力，虽然节节败退，他也肯定努力叫嚷过、抗争过、对峙过，而这些叫嚷、抗争、对峙、战斗，都在我们这些亲人看不见的地方。在一处没有硝烟的战场上孤军奋战，可以想见他有多么孤独，永远孤立无援。他恐慌过吧，他独自缩在小屋里哭泣过吧，他也会在清醒时偷偷问自己究竟怎么啦。一个人与他人同在一个世界，而你的世界别人走不进来，别人的世界你走不进去，彼此都被笼罩在玻璃般的苍穹之下，能够互相看见，可只能隔岸对望，摸不着，感受不到，这是一种什么样的境遇。

爸爸变了，他的变化慢慢越来越明显，表达能力降低，味觉改变，冷热感知减弱，对物体、方位的认知渐失，从内到外，像变了一个人。

又一天中午我回爸妈家，看到爸爸在吃东西，刚洗了碗。

我问："你吃的什么？"

他说："放了两三年的东西。有股怪味。"

我说："放了两三年的东西哪里能吃。"

他又说："他们让我吃的。我觉得有怪味，就把它倒了。"

他老喜欢说"他们"，"他们"是谁啊？他不知道。

妈妈在厨房炒菜，我问妈妈，爸爸在吃什么，妈妈说："他在吃自己前段时间买的松花粉。以前固执要买，现在又不愿意吃了，说有怪味。"

我看着坐在藤椅上默不作声的爸爸，他就像听不见妈妈说什么似的，只管望着手上的一堆毛巾，使劲儿地在手上绕来绕去，要把几条毛巾挽成一团，他只关注这个当下，这一时间手中正在做的事，别的都与他无关，包括刚才自己说过的话，或是身边站着的刚回来的女儿，他想不起，也关心不了。

大夏天的，爸爸穿着白色的背心和条纹衬衣，外面还穿了件小马夹背心，他坐了一会儿，又说冷，在短裤上又套了条睡裤，然后没有再回到阳台的藤椅上。这时他的注意力转到自己房间里那一堆衣服上，折起来，再打开，打开，再折起来，手里有永远都做不完的活儿，一刻不得闲。

妈妈叫吃饭了，我牵着爸爸的手去洗手，然后坐在餐桌前吃饭。

“这个是什么呀，吃着这么苦？”

“这个是苦瓜。吃点儿苦瓜好。”

“不吃。太苦了。”

“这个好吃，甜甜的。”

“这个是糖醋排骨。”

爸爸的味觉喜好回到了孩童时代，只喜欢吃甜的、淡的，拒绝苦味、酸味，忽然有一天完全不能吃辣，此后，妈妈做菜都做两份，一份专给爸爸，一点儿辣椒不放，我们吃的则另做一份。

当然爸爸对做菜这些事，更是忘到九霄云外。最开始，他偶尔还能做做菜，但已很难入口，味道基本都只有一个特点：咸。有时咸得不能入口，而我每次问爸爸菜为什么这么咸时，他都很无辜地说：“我只放了一点点盐啊。”估计是放了一点点，忘记了，又放了一点点，甚或再放了一点点。

我家曾经最会做菜的老厨师就这样慢慢下岗了，以前每当家里来客人时，爸爸都会亲自下厨，提前一天写一份佳肴菜谱：自制的腊肉拼盘，有腊肉、香肠、腊猪肝；现炸酥肉；红烧鲫鱼；鱼香猪肝；青椒肉丝；蛋卷包肉；姜爆鸭子；银耳汤；土鸡汤……爸爸在食品公司当了一辈子老干部，对炒肉炒菜以及挑选食材部位都自有心得，颇为讲究。

“炒瘦肉，一定要用腰柳。猪肉，要顺着肉的纹路切，牛肉则相反。用淀粉抹肉也是有学问的呀，加少量的水，然后要用手去将淀粉和肉搅匀，筷子是搅不匀的，一定要用手，顺时针搅拌，起码五分钟，这样，每一块肉才会充分地吸收进水分和淀粉，即使放置一段时间，水也不会从肉里跑出来，这样炒出来的肉才会嫩。当然了，炒的过程也是有诀窍的，一定要热锅冷油，然后将肉倒进去快速翻炒……”

这是爸爸交给我的炒瘦肉丝的秘诀，以此方法炒肉，从未失败过。我也想将它写进我们家的食谱里，代代相传。

而今坐在我旁边用筷子挑着一粒粒饭吃的人，他总是先吃菜，再吃白饭，他闷闷的，不说话，也不答话，只是低头吃饭。他是我的父亲，如此陌生，又如此熟悉。

我永远都记得他在我小时候，将我抱在他的腿上坐，轻声对我说：“女儿，你知不知道，爸爸好爱你。”这句话，如此响亮，我记了一辈子，它成为我听过的最温暖的“情话”，任何时候想起，都会让我热泪盈眶。这句话，也成为我生命的基因，让我无论经历何事，都会保持相信和爱。我成了 20 世纪 70 年代出生的孩子中，最幸运的那一个，我有一个会向我表达深深爱意的父亲，他炒的鱼香猪肝是全天下最好吃的，小时候我不仅会吃光裹着甜酸汁液的猪肝，还会将盘子舔干净。而今他什么都不会了，那换作我来吧，我开始什么都会了。

## 4. 坐在爸爸肩头看世界的孩子，是幸运的

国庆假期，我们带父母出游。就在周边郊区，那个池塘边上有一片绿色的竹林，爸爸和先生支起鱼杆钓鱼，儿子在旁边的泥地里挖水坑，妈妈坐在小凳子上织毛衣，我躺在折叠椅上看书。当暮色渐起时，斜阳扫过池塘，一池水闪闪发亮，周围有人家正在做饭，柴火香气袅袅，在屋顶升起小小烟雾，对面院落里拴着链子的大狗不知为何狂叫起来，我闭眼深吸一口气，岁月静好，也不过如此吧。

晚上，湖边有人放烟花，烟火随着一声巨响，直直升入天空，又像花朵一样散开，盛放时绚烂、闪亮；熄灭时寂静、黯然，隐匿在无边黑暗中。

我突发奇想，用手机里的小软件来和爸爸妈妈合影，有些事，没做过的，得赶紧做。我们的合影里，背景有四散的烟花，我们的脸上都有些红晕，皮肤白净细嫩。爸爸依旧表情严肃，光头亮亮的；妈妈觉得有趣，对着镜头笑，嘴瘪瘪的，不再饱满。照相软件可以为我们换装、加戏、抹平皮肤的皱纹，起到一种调皮、搞怪、喜剧的效果。而真正的生活，总有些沉，人生需要用一些东西来调剂，让它不那么乏味。

我想着带爸妈在乡村里搭帐篷露营一晚，露营是一件好玩的事。但事实上，爸爸改变了睡觉的地方，在不熟悉的环境下，很不安。

帐篷搭在湖边，爸爸不习惯弯着身子钻睡袋，进了帐篷一会儿工夫又出来，我睡在隔壁帐篷，听着他起身，也赶紧起来。

“我这个脚伸不出来呀，怎么办?”

“爸，这个是睡袋，脚放在里边是为了保暖的。你不习惯就像盖被子一样盖在身上就好，不用钻进去。”

“噢。”

可不管怎么说，他也不想再钻到睡袋里去睡。夜里十二点，我陪着他在农家小路上遛弯儿，乡村的路黑黑的，路灯隔很远才有一个，我开着手机上的手电筒，牵着他的手走。

10月的夜，空气里还有桂花的香气，我问他：“爸爸闻到桂花香没?”

“没有。”他连嗅觉也消失了。

“你有几个子女呀。”爸爸问。

“就一个嘛。你外孙。”我说。

“爸，你还记得我不，我是你女儿啊。”

“找些没用的话来说，怎么记不得。”那时，他还能说一些句子。

……

乡村的路不太平，有些大石子硌脚，我小心地牵着爸爸的手，那双手并不粗糙，骨架明显，手掌暖暖的。那双手曾把我举过头顶，让我骑在他的肩膀上，走很远的路。

童年时，不在父母身边的我，和爸爸也只有春节时才能相聚得久一些，爸爸总会带我去镇上看电影，每次我问他：“今晚演什么电影？”

他总回答：“英雄白跑路。”这是爸爸式的幽默，我已习惯。他总是将我扛在肩头上，用手扶着我的身子，走得又快又稳，即使是英雄白跑路，这位英雄也要带我去看个究竟。

五六岁时，娇生惯养的我还是不喜欢走路，爸爸就纵容我坐在他肩头上出去玩。我坐在他的肩头上去看耍龙、舞狮、打铁水，坐在他的肩头上去看电影……那些记忆很清晰，我曾坐在这个小个子男人的肩头上看过世界，而远方的路那么远，那么辽阔。

后来读书，每当升学考试失利，爸爸就在夏天去为我奔波找学校。那个年代，厂矿子弟都流行读技校，在国营厂找份工作了事，可是爸爸坚决不这么做，一定让我多读书，读高中、考大学，即使我是个女孩儿。爸爸是想让我一直如同坐在他肩头上一样，看到更远的世界。即使那些地方，他也不曾去过，可是我相信他的心是去过的，他有那样的胸襟。

十七岁高中毕业的那个夏天，我曾想去云南边境做主持人，不想接受爸爸的任何安排，“我的命运我做主”的理直气壮是青春年少的自负，当然我终究没有去，而是去了一所大学读书。

事实证明，总是坐在爸爸的肩头上看世界的孩子是幸运的。

我至今热爱阅读和写作，心胸宽广，这些都和我童年时爸爸总将我举过头顶看世界有关吧。

身旁这个走路比原来慢了好多的老人，是我的爸爸。我紧握着他的手，他反贴着我的手，不是十指相扣，是手心贴着手心，滚烫的。

我一边遛弯儿一边开解他：“爸，今晚我们就睡帐篷，你和妈妈睡一个，我睡旁边那个。”

他听话地答：“哦。”

“睡睡袋不习惯，就像盖被子一样盖在身上就好，不用钻进去。”

“哦。”

“那我们回去睡了，好吗？”

“要得。”

他弓身爬进帐篷，一只脚穿了袜子，一只脚光着，我心里一酸。

在旁边的帐篷里听着爸爸的鼾声渐起，我才渐渐安心入眠，那时已凌晨一点。

半夜，我听到妈妈在隔壁帐篷吵：“你晚上不睡，在翻什么翻？”

我又起身去看爸爸，他坐在帐篷里，无助地望着我，他在寻找什么东西吗？

“爸爸，你在找什么吗？”

“没找什么，我理一理。”

他把头埋得低低的，手越过睡袋，翻睡袋下面的充气垫，再翻，下面还有防潮垫，再翻，下面就是帐篷底了。他的手就在这几层间来来回回地翻动，发现了自己的衣服，折起来，打开，折起来，再打开，再折……一遍又一遍。

我蹲在帐篷边上看着他，他也不看我。

“爸，睡了吧，很晚了。”

“噢。”他答应着，手却仍然在折衣服，再打开，从这边拿到那边。

童年的时候，我们也是这样，一件在别人眼中看起来无聊的事，我们反反复复地做，从不厌倦。爸爸这是回到了几岁呢？

## 5. 你有多久没仔细看过他们的脸

加入光的研习摄影课程，有人像摄影训练，我最想拍的是父母。

我上完第一堂人像课，第二天便回了爸妈家，傍晚，夕阳正好，我便将爸爸拉出去照相，妈妈在家做晚饭，爸爸很配合地跟我走。

下楼测光，从镜头里望出去，七十八岁的爸爸脸上皱纹并不多，也没有大块的老年斑，这与他在七十五岁前一直注意保养有关。每晚临睡前，他总会做些面部按摩，揉搓提升肌肤弹性，再加上心性一直年轻，对一切保持好奇心，从不拒绝学习新鲜事物，这都是让他不像一个七十八岁老人的原因。

爸爸戴着我给他买的小礼帽，衬衣领子有些发毛了，妈妈给他重新做了一个假领，爸爸随意地盯向一方，我“咔”的一下抓到了一处侧光。

我想拍的照片，并不是好看的照片，而是真实的照片，是他平常的样子，这样的照片被我理解为“好照片”。而当这些照片出自女儿之手时，我与爸爸又更近了一些。

爸爸不会摆拍，脸上也没有笑容，但是他在我的镜头前很自如，他随意地盯着远方，或是很落寞地低下头，口里有时会“嘘嘘嘘”地出声，这是他渐渐失去记忆，不太能组织语言之后，经常发出的声音。

在人群中的他，更是如此，一帮人在高谈阔论，他就安静地坐在角落里，低着头或是搓着手，嘴里“嘘、嘘、嘘”地出声，与他坐得很近的我，此时并不知道爸爸的脑子已游走到什么地方了，这就是人与人之间的距离吧，可以坐得很近，思想却很远，即使他是我的父亲，即使理论上，我们应该彼此懂得。可是阿尔茨海默症阻隔了我们的交流，连对话都变得简单。变成我说，他听；变成我说，他应。

在爸爸眼里，我也是一个大人吧，而他现在最喜欢打招呼的就是小孩子。在路上遇见小孩子，他会主动展开笑脸，去和他们打招呼。尽管可能在小孩子的眼中，他俨然就是一个怪爷爷，可是他会很开心地对着孩子们笑，笑得很天真。

我家里有条狗狗，叫喜宝。有一次爸爸过来，拿了一把我儿子的玩具枪对着喜宝，喜宝吓得乱跑，爸爸看到小喜宝东躲西藏的滑稽样子后哈哈大笑。他变得很顽皮，一旦自己的小小恶作剧得逞，就会像个小孩子那样坏坏地笑。我至今还没有拍到爸爸坏笑的样子，我想在以后的日子继续拍他的笑脸，拍他低头收拾衣物，拍他将家里的东西悄悄地装进他的包包里的样子……

清明节，我带爸妈出去玩，继续拍爸妈在一起的日常。老妈是个愿意被拍的好模特，只要将相机对着她，她预感到要拍照了，就会一整张脸对着镜头，整理衣衫，用手梳理头发，然后对着镜头刻意地笑，笑得灿如桃花，可是我想拍的是真实。

那天老妈梳了两条小辫儿，被我表扬了一番。年轻时，高鼻梁，大眼睛，有着清晰轮廓的妈妈是个美人。而我像爸爸，几乎是爸爸的翻版，有人曾说我就连神态都像爸爸，好吧。

那天，爸妈走累了，他们一起坐在湖边的梯坎上，妈妈侧着脸，对爸爸说笑，撒娇地对爸爸说不要那么严肃，笑一笑。那是妈妈平时对爸爸有说有笑的样子，我用相机抓拍了那一瞬，爸爸脸上仍然没有表情，妈妈笑得刚刚好，妈妈的眼角有好多皱纹，妈妈的脸好瘦。

很庆幸，作为他们唯一的女儿，陪伴他们一起走过这四十几年，他们都安好，我也好。

镜头里的妈妈，笑得那么天真，有些顽皮，在逗爸爸笑。取景不太专业的我，没有注意到一棵大树正“长”在爸爸头顶，可是两人表情都如此到位，我舍不得删掉。他们是我最亲的人啊，我长久地盯着他们看，有多久没有这样看过爸妈的脸了，摄影重新给了我机会。赐我生命的人啊，我要如何感谢你们呢？

在我们这个典型的男主外女主内的家庭里，爸爸给了我最安全的家，妈妈给了我最温柔的爱。从小便如小公主一样生活的我，虽然不在父母身边长大，但父母的爱我却一直随身携带。

小时候，妈妈会在重庆的妇幼商店给我买漂亮的丝质衬衣、

羊绒大衣，我总是被打扮得漂漂亮亮，像个小公主，从没穿过补丁衣裤或是别人的旧衣裳。再长大一些，到十二三岁，童装不合适了，成人衣裙又穿不了，妈妈就带我在一家相熟的裁缝店里去订制，由我自己挑选布料，在服装书里找样式，请裁缝帮我制作。现在想来，那些衣服就是独家特制款，非常珍贵。

看以往的照片，可以想起来我初一经常穿的红色小西装、马夹、长裤套装；夏天我最喜欢穿的是那条有着大翻领，可以系腰带的纯白乔其纱裙；初中毕业照上，我穿的是白衬衣加格子背带裙，朴素自然，笑容天真。当然我还有些衣裙、羊毛衫、丝巾是爸爸去上海等地出差时，为我精心挑选带回来的。80 年代中期，对大部分人来说，那还是一个物质匮乏的年代，而我作为第一代独生子女，因为父母勤劳、工作稳定，从来没有在幼年、少年时期感受到生活的不易，没有受过苦，一直在接收的只有父母源源不断的爱。

所以我总说，我从小生活在蜜罐里，从物质到精神都相当富足。我爱看书，妈妈就帮我订杂志，带我去书店买书，去图书馆借书；爸爸勤俭持家，不嗜烟酒，一心存钱排队拿票，等了半年，给家里添了一台十四寸的彩色电视机。爸爸妈妈年轻时都有好脾气，家里无风无雨，无吵无闹，一家人平平安安，甜甜蜜蜜，给了我足够的安全感。

这些都变成我身体里最柔软的基因，此后无论经历任何事情，温暖、温柔、相信爱，都是我遇事冷静的法宝，原来这一切都来源于我的父母，是他们给了我无尽的爱，让我一生有力量。

我还记得，妈妈三十岁时，第一次烫头发，留有一张黑白照片，她侧着脸微笑，轮廓分明，鼻梁高耸，眼睛大大的，闪着光芒，整个人优雅自信，漂亮极了。而现在，妈妈六十五岁，我再一次看清楚了爸妈的脸，他们的样子，都在我心里了。

光的研习摄影训练，不仅仅是在寻找自然界里的光，也在帮我们探寻内在的光，一如一株植物会知道大地是父亲，阳光是母亲，我们终会回到大自然里，去寻找自己的父母，探寻那些带我们来到这世上的身体里的光。

我一直在找寻，现在才明白，其实自己一直拥有这样的光。

## 6. 我想拍他的手

爸爸坐在沙发上，在玩一个小本子，翻来翻去地看，他半躺在沙发上，头不太舒服地悬在半空中，没有靠在椅背上，手上的“小天才”儿童定位手表的湖蓝色表带那么显眼，腕上还戴着三串珠子。我突然想拍爸爸的手。

“爸，把你的手举给我看，我想拍你的手。”

“好。”

要拍手嘛，爸爸伸出右手，在我面前灵活地晃动，把手翻来翻去，像在做手心手背的游戏，一会儿掌心，一会儿手背。他的手指不长，五指分开，指头微微弯曲，指尖向内，像一个小陀螺快速转动着，转动给女儿看他的手。

“啪”，我拍下。“糊了。继续来。”

我又说：“把你的手打开。”

爸爸伸直了他的右手，仿佛有声电影，“啪”的一下，将整个手掌在我面前平摊开来，定格，不动。这只手并不苍老，皮肤也并不皱皱巴巴，而是平平整整的，在这里看不到年龄，没有写着七十八的岁数。爸爸年少时就外出求学，一生没有做过多少农活儿，手上没有镰刀刀疤，也没有伤痕，甚至没有多少老年斑，岁月在这双手上留下的痕迹并不重。

但是爸爸用这双手，一直在建设我们的家。年轻时，他一个人从偏僻乡村赤脚到成都一所财经中专上学，毕业后分配到一个小镇上，然后拉扯兄弟们一个个进城。以前每次回老家，总是挑着大包小包，在什么都要限量供应的年代，他把猪油挑回家，把白糖带回家，把布带回家，能带的，爸爸都装成两大包，往肩上一挑，都带上。还记得我五岁那年，我们一家人回老家过年，那时交通极不方便，需要坐一个通宵的火车，再坐四小时长途汽车，还要走一小时山路才能到爷爷奶奶的家。火车上挤满了人，爸爸仍然用扁担挑着两个大包，那一夜爸爸坐在他的挑子上，我依偎在爸爸的怀里，安安静静睡了一宿。

这个小个子男人，似乎从不在意自己的身高，从不在乎自己的长相，走到哪里都是抬头挺胸，腰板儿挺得特别直，他的头脑一直可以用聪慧来形容。他的脑瓜子里有着很多生活的智慧、工作的智慧、为人处世的智慧。在我很小的时候，就觉得里外一把手的爸爸是我学习的榜样。无论遇到什么事，都镇定自如的他；无论遇到什么人，都不卑不亢的他。那就是我心目中最普通、最平凡，又最靠近的英雄模样。

爸爸来我家时，总是喜欢看那本瑞典画家卡尔·拉松的画册《我们的家，我们的房子，我们的农庄》，每次他来，我都从书架上取出来，给他看。他像个小孩子一样，戴着定位手表，手上还挂着几串不知从哪里弄来的木头珠串，他一页一页地翻，慢慢地欣赏一幅一幅插画，他看书的时候特别安静，沉醉其中。

我总是悄悄拿出相机想拍爸爸的手。面对镜头的爸爸，会有些不自然地抬头，也努力想表现得更好，却不知该做何表情，只是怅然地望着我。

“爸爸，你不用看我，看书就好了。”

于是他又低下头去，慢慢地一页页翻起来。

书里有些图画，爸爸翻看到也想和我讨论，但他已说不出太多有逻辑的语言，只是指着图和我分享：“你看这个，花。”爸爸也爱美、爱花、爱日常，我和亲爱的老顽童多么相像，他遗忘了很多，又有些东西始终沉在心底一直记得。

我在旁边拍他正在翻着画册的手，他一边翻，一边一字一句地指读：“我们的家，我们的房子，我们的农庄。”然后他看到我拿着相机拍他，以为我在拍书上的画，每翻一页，就问我：“这个搞不搞？”

我说：“好，搞。”

他慢慢地一页页从前往后翻，我也慢慢地拍。手指翻动书页的样子、手指压在书页上的样子、手指从一行一行字中掠过的样子……

爸爸的这双手，曾经打过算盘，在最开始参加工作时，在商店里帮别人剪过布，写过毛笔字，做过鱼香肉丝，挑过猪油回老家……

而今这双手就只喜欢乱翻东西、折叠东西了。有时候他又突然对一个空白笔记本感兴趣，一页页地翻开来看，给我说：“看，都没写过。”“嗯，没写过。”爸爸走后，我发现那个笔记本不见了，每次他来，都会自己带些“礼物”回去，有时是放在鞋架上的袜子，有时是先生的剃须刀，有时是我的眼镜，有时是儿子的一个充电器……爸爸最感兴趣的是我家沙发上放着的一张披肩，那是一个好友送的，坐在沙发上觉得凉时，可以搭在腿上取暖。每次走时，爸爸都要把那块大披肩裹着装进包里，但总因为“目标”太大被我们发现。

“爸，这个是我们家的。”

“噢，是你们的噢。”

哈哈，他一脸坏笑，然后笑嘻嘻地拿出来。

妈妈后来照着我们家毯子的花样，给爸爸织了一条，奇怪的是，在家里，他并不怎么喜欢那个“大家伙”。

每次爸爸来时，我总能在他的包包里发现一些稀奇古怪的玩意儿：卷着的一大卷餐巾纸，几只袜子，一个名片盒，里面还有他在某公司任职时印的名片，过去上班时的工作证，一条毛巾，一个五厘米大小的本子……

爸爸的包包和衣服里能装的东西真多啊。他总是不说话，静静地给我看他包里的那些宝贝。

“这个是你以前自己开公司时印的名片噢？叫明楷公司。你以前就叫明楷噢？”

“对，我以前是叫明楷。”

明楷是爸爸从老家出来时的名字，爸爸出来上学，自己给自己改了名儿。这个时候，他还记得那个曾经叫“明楷”的少年。

爸爸曾说，奶奶在年老时给他留下过话，说他这一生什么都不会缺。爸爸在七十岁左右时和我念叨过：“我确实这一生啥子都不缺了。你奶奶的话是对我这一生的祝福。”不知道我还有没有机会听到爸爸对我说这样祝福的话，他慢慢都不记得怎么说话、怎么写字了。

我去做晚饭，妈妈开始教爸爸写自己的名字。

妈妈一笔一画地教爸爸写字：“你姓唐，你看，一点，一横，一撇，横折，横，横，竖……这个就是唐，来，写一个。”

爸爸握着签字笔，一笔一画地跟着妈妈写，有时会多写一横，有时那一竖又写得太长，写到“口”里面去了。

“不对，不对，是这样。”妈妈又极有耐心地再教一遍，爸爸再写一次。

我在厨房里听着两个老人家的对话也偷偷觉得幸福，其实他们没有什么对话，都是我妈一个人在说，爸爸不怎么出声。但是，我知道他们俩都在，这里是我的家。

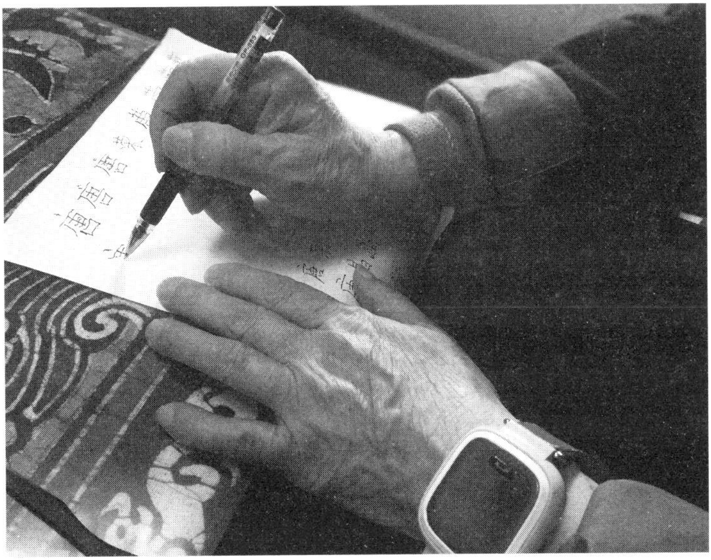

## 7. 尊严

“哈哈，爸爸，你看你衣服怎么穿的，一长一短，来，我给你照个相。”

爸爸站在家里的射灯下，低头看了一眼自己的衣服。他此刻反应神速，赶紧将一颗颗扣子解开，然后仔细地从领口开始对齐，再一颗一颗慢慢扣上，直到最后一颗扣子扣完，衣角整整齐齐地对上。他看到我刚刚举起的相机，脸上有了得意的笑容，对着镜头，给了我一个少有的大大的笑脸。

因为离得近，显得笑脸好大。我能看到他鬓角下没有剃干净的胡须，泛着白光，若是把胡须留起来，那他就是一个白胡子老头儿啦，像爷爷过去那样。爷爷给我的印象，就是一个高高瘦瘦的白胡子老头儿，胡子留得长长的，他曾是私塾先生，写得一手好字，远近的乡邻有什么东西要写，都来找我爷爷。

射灯底下光线不好，把他的脸拍红了，尽管拍得不好，可是我拍下了爸爸大大的笑脸。他能干地自己将衣服上的一颗颗扣子对齐扣好，穿戴整齐，在我面前露出得意的笑容，我拍到了。

人在此时，不管怎样意识涣散，依然记得要维护身为一个人的尊严。这是爸爸的要强，是他潜意识里对自己最底线的要求。我后来看一些有关阿尔茨海默症方面的书，知道有这样病症的人，他们一样有着极强的自尊，他们极反感家人当着其他人的面大声指出他们的错误，斥责他们行动力慢、理解力困难；他们不喜欢反复被问到“你是谁?”“我是谁?”这样低级无趣的话题，不要因为他们有认知障碍，就以为他们随时都是糊涂的，不再在意他们的内心世界。

有一天我和爸爸去超市，爸爸跟在我后面走得很慢，后来我返身回去牵他，发现他一只手提着篮子，另一只手提着裤子。我心里一酸，眼泪险些掉下来。我掀开他的上衣角，发现他不知什么时候穿了条妈妈的裤子在外面，裤子套不上，就胡乱地扎了一根白棉布绳子打了个死结系在腰间，松松垮垮的，不得要领。他边走，可能是感觉裤子要掉了吧，就边用手紧紧地拽着。

这些对于正常人来说的尴尬，也一样是失智老人的尴尬，他们活着也有尊严，即使什么都不记得了，他也知道不能让裤子掉在地上。

我带爸爸去超市的卫生间，仔细地为他解开白绳子，因为是妈妈的裤子，扣子是系不到一起了。他里面也穿了外裤，我找了小凳子让爸爸坐下，帮他脱下妈妈的那条裤子，这下他再不用担心裤子从腿上滑下去了。

我问爸爸：“是不是这样舒服多了?”

他说：“嗯，是舒服多了。”

对我们来说很简单的事情，在爸爸那里都是难题。比如如何辨认回家的路；比如夏天到了该穿几件衣服；比如认识哪些衣服才是自己的，哪些衣裤是老婆的；比如现在是什么时间；比如我是谁……

不记得是哪一天，妈妈给我打电话，说爸爸干坏事了，本来准备上厕所小便，估计来不及，尿在裤子上了。之前有朋友告诉我，阿尔茨海默症患者，最后会连大小便都不能自理。妈妈的电话等于宣告爸爸的病情又进展了几分，这一天终于还是来了。

从发现爸爸患阿尔茨海默症，到这一天，只过了三年多，他没有完全大小便失禁，只是偶尔会。妈妈总替爸爸掩饰，说爸爸有时是拉肚子，估计来不及了；有时是起床就想尿，来不及了；有时妈妈在上厕所，爸爸来不及了……妈妈的解释总是替爸爸着想，她不想让我给爸爸穿上尿不湿，那样他会变得更加无意识。而这么多次的“来不及”无疑会让妈妈更加艰难，夏天时还好处理，只需换洗一条裤子；冬天时，仅仅帮爸爸脱下穿着的棉毛裤、毛裤、外裤就是一件费力的事，爸爸会很不配合地拉着他自己的裤子不让脱，也许他认为那是自己生而为人最基本的尊严，也许他也羞愧难当，即使是老婆要帮助自己擦洗，他也觉得是一件很丢人的事情。

于是家里就会因此发生一场接一场的战争，妈妈好言相劝，直至声嘶力竭地吵骂，爸爸又是怒吼，又是推搡，不让妈妈脱他的裤子，这是一场关于尊严的战争。每个人的身体对于自己来说，都是一个不能受侵犯的私人领地，更何况眼前这个人，也许彼时对他来说已是陌生人。写这一段时，我才倏忽间理解了爸爸，在我们口中“不听话”“不配合”的爸爸，原来是在顾全自己最后的尊严。

生而为人最基本的尊严，在生病之后，也不会被遗忘。比如衣要蔽体，即使自己已很难穿戴整齐；比如不能让他人随意接近自己的身体……

我后来阅读有关阿尔茨海默症的书籍才知道，当这类患者发展到第三级，他们生活能力的表现会出现“抗拒看护帮其洗漱或保持仪表整洁，也会出现大小便失禁的情况，还包括要在他人帮助下服药，不能在无人陪伴的情况下独自外出。不能阅读，不能写字，无法表达”。如果这是个生活能力评估表，那爸爸现在的情况可以在所有对应的框内一一打勾，也就是说，爸爸的病情在三年间已飞速发展成“脑部严重受损，完全依靠他人，没有独立生活能力”的状态，事实也是如此。

不过，不管爸爸的头脑如何失去记忆，那些生而为人的教养在爸爸那里却没有丢失。爸爸现在连家人都不太认得，但是每当他出小区大门，看到有老人和小孩子经过时，会一直用手撑着门，让他们一一走过，自己最后再走出去，这一幕是和我爸爸居住在同一个小区的好友竹子一次无意中看到的。听到这样的消息，我不禁为我受尽苦难的老爹拍手鼓掌，爸爸真棒，不管怎样都是一个有教养的老头儿，那些教养长在骨子里。

我慢慢意识到，阿尔茨海默症患者他们真正的可怜，是他们不能表达，当他们渐失言语后，他们看起来举止粗俗，当他们不愿意时，只能用粗鲁的动作去拒绝，他们只能大声吼叫，词不达意地去表达自己的愤怒，甚至就只用一声“哎呀”，来告诉你他有多不愿意。而面对返老还童又没有孩童般可爱的老人们，我们需要的是更多的耐心，更多的好言相劝，更多的陪伴与理解，而其实即使是至亲的家人，也很难做到日复一日的耐心。这是人与人之间的孤独，我们无法时刻保持冷静，哪怕他是我的父亲，哪怕他是妈妈的爱人。

就请允许父亲，用他自己的方式去坚守自己的尊严吧，哪怕我们理解起来如此之难。

## 8. 他的“抽屉”密不透风

在爸爸的房间里，有书架，有写字台，写字台下有个小开柜，也有抽屉，每个抽屉里都曾整齐地放着他使用过的笔记本、笔、指甲刀盒、钥匙、名片盒……但爸爸生病后，我觉得他另外有一个密不透风的抽屉，那个抽屉我们进不去，也不知里面究竟有什么。

比如爸爸走丢后，我们即使找到他，也不知他想去哪里，从来没有答案。有次清晨我接到派出所电话，爸爸一大早趁妈妈不注意，开门便走了，在附近的小区转，又找不到回家的路，被好心人送往派出所。

我急急忙忙赶去，爸爸在派出所大厅走来走去，看到我惊讶地叫："呀，你怎么在这里。是你啊。"

我摸摸他的光脑袋，说："爸，怎么又不乖，乱跑。"

他乖乖地跟着我去警察那里登记，销号。

我牵着他的手走在马路上。

我一边走一边问："爸，这里你找得到不？"

"找不到。"

"你看，过了这个红绿灯，直走，再过一个红绿灯，往右拐过去，就是我们住的小区啦。"

"噢。"我知道我的话他是听不进去也记不得的，只是习惯性地讲罢了。

"你想得起你叫什么名字不？"

"呃。"

"你叫荣啊。"

"对头，是叫这个名字。"

"我叫什么名字呀？"

"呃。"

"晶晶。"

“噢，对头，晶晶。”

正值7月，父女俩牵着手走，手心都牵出了汗，还是不放手，舍不得。

回到家，妈妈正在煮爸爸喜欢的玉米，给爸爸一个，他把玉米掰成两半，看也不看就给我上面一节，颗粒饱满的大的一半。

“嗯，你吃。”

“我吃那一半。”

“不，就吃这一半，这一半好。”

爸爸不记得我的名字，可他记得要把最好的留给女儿。

还有一次是冬天，也是清晨接到警察电话，爸爸又被送到派出所。我打车十分钟赶到，爸爸竟然已经自己走了。警察也着急，看我手机上爸爸定位手表记录，显示没有走远，警察和我一起出来找，发现他就在十字路口的红绿灯处，身上的毛衣凌乱，手里提着两个布包，正手足无措地不知往哪个方向走。

在爸爸眼里，那几条大马路一定很宽吧，宽到每一条都看不到尽头，每一条也真长啊，长到看不见自己的家究竟在哪里。

呼啸着奔驰而过的货车，急着上班的小轿车，行色匆匆的上班族，都走得那么急，没有人注意到一个老人提着两大包东西站在路边，不知道该往哪里去。

我站在马路对面等红绿灯，眼睛死死地盯着爸爸，那个绿色的环保袋多么显眼，另一个蓝色的环保袋也可笑地装得鼓鼓囊囊的，爸爸身上的衣服，远远地看去穿了很多层，他整个人也是鼓鼓的。1 月的天气，他没有穿大衣，没有穿羽绒服，而是穿着一件妈妈的桃红和黑色相间的毛衣，站在冬天的街头，看起来穿着古怪而滑稽，这个人是我的父亲。

绿灯亮了，爸爸还站在对街，我奔过去，抓住他。

“怎么又是你。”

“是我啊，爸爸，我是你的女儿。”

“噢，对头。”

我又牵着他的手，谢过警察，往家走。

“爸爸这么早出来，吃早饭没有?”

“没有。”

“我带你去买面包和牛奶。”

“噢，好。”

买了面包和牛奶，我们坐在小店里吃，爸爸把面包递给我。

“你吃。”

“我吃过了，你吃。”

旁边鲜艳色泽的两大包环保口袋里露出他的夹袄背心、妈妈的棉毛衫、几条毛巾，密密扎扎地捆着。

“爸，你要去哪里?”

“我要回老家。”

“回哪里的老家?”

他不作声。只低头喝牛奶，吃面包。

快到春节了，爸爸想念老家了吧。那个老家已没有他的爸妈了，可是他还是想回去看看吧。

我心里一酸，突然想起葡萄牙的一位盲人街头歌手多娜·罗莎演唱的法朵——《天使之翼》。法朵，讲述的多是关于大海和贫穷的故事，女人们手拿一把古典葡萄牙吉他，用嘶哑的嗓音唱着民谣，歌唱生活的无奈，命运多舛，放肆地谈论着命运。

爸爸现在这个样子，也总是被命运推着走，每一步，他都做不得主。

我们经常会在家里问他些愚蠢的问题，比如问："认得到我不?"爸爸总是不屑于回答我们，狡猾地笑，然后反问："你说呢?"我不知道在爸爸的眼睛里看到的我以及家人，究竟是什么样子，是面目清晰还是模糊不堪，是熟悉还是陌生，而我只知道，他的世界我过不去，我的世界他过不来。他身处的世界想必是让人害怕的，四处都是不熟悉的人和物，一个人总是置身于陌生环境里，一定是保持警觉和警惕的。怪不得爸爸总是喜欢待在自己家里，换了任何一个地方，只要天晚了，他都要提着包包，嚷嚷着要走，即使在我家也是一样。

蒋勋在《孤独六讲》中讲到"伦理孤独是当前社会最难走过的一环"，因为伦理本身有一个最大的掩护，那就是爱。当人以"爱"的名义、以"我为你好"的名义去对亲人提要求时，很多人都无法拒绝，但同时又痛苦不堪。他认为每个人都应该有几个抽屉，一如他"在写作画画的过程中，是不会让别人来参与"，因为这样，他才能"保有创作的完整性，得到的快乐也才会是完整的”。这样的伦理孤独，是建立在尊重与理解的基础上，我们安享独自一人时创作的快乐，同时也拒绝意图瓦解自我孤独时分的世俗洪流，在坚守与被理解中，去享受这份自我孤独的圆满。

而我理解的伦理孤独还有一层，那便是即使我们是亲人，也并非能完全惺惺相惜，我的精神世界，父母未必能全部知晓，而他们的内心，我亦未必能全然体谅。更何况，现在爸爸有了那个永久上锁的“抽屉”，那个地方密不透风，我们谁也走不进去，那里也很有可能根本没有我们的影子。

这样想想，爸爸脑子里这样的“孤独革命”，实在是太可怕了。爸爸明明是一个有家有室的人，可是实际上，他却如被缴械的将军，手下没有半兵一卒，没有家眷子嗣，他被丢在一个弃之不用的沙场上，空旷无垠，只有他一个老人，两手空空，孤立无援，而与他对垒的依然是千军万马。他像躺在永远醒不来的噩梦里，每一次用尽全力地挥拳，却如打在棉花上绵软无力；每一次以为在迈开腿用力奔跑，其实仍滞留原地；每一次起身跳跃，都如坠深渊。爸爸所做的一切努力，都没有用。

因为我们都是那“抽屉”外面的人，他说出来的话，我们这些人不明白；他所做的动作，我们不明白；他想要表达的内容，没有人能帮他解释清楚；他想要去的地方，我们不知道究竟在哪里。这一切我们都帮不了他。

而对于他不认识的街道、物品，想不起来的字词，不能表达完整的语句，还有我们这些每天在他眼前晃又总是问些莫名其妙问题的人，都是他每天疲于应付的千军万马。有时想想，还有什么病症比这个更可怕？一个人被关在一辆开往死亡的列车上，密闭着车门、车窗，不见天日，独自一人。

爱的确并不能代替孤独，每个人都有自己的孤独，妈妈有妈妈的，爸爸有爸爸的，而我有我的，儿子有儿子的，我们都是孤独地生活在这世界上的一个个小小的个体。每个人内心里的“抽屉”，并不能永远向他人敞开，我珍惜这份孤独，也对这份孤独束手无策。

## 9. 慢慢意识到，我已成了他

第一次为爸爸洗澡，是在2018年的最后一天，洗好后，我在浴室门口为爸爸穿衣。他已不怎么记得该如何好好穿衣服。妈妈织的细绒线毛衣穿在里面，再穿粗针花式毛衣和小棉背心暖背，最后再穿上羽绒服。

我蹲在地上为爸爸穿秋裤，他的脚上有水，腿老也伸不进去。我扶他在凳子上坐好，用干毛巾为他擦脚，我轻轻地摸了摸爸爸的脚，不干燥，不掉皮，没有开口，不像老人的脚，摸着很光滑，我替他把袜子穿好，将脚放进棉鞋里。

我小声地给爸爸说：“爸爸，不要穿那么多，穿两件毛衣就够了，不要穿三件。夹袄穿一件就够了，不用穿两件。”

爸爸像个听话的孩子，小声地说“噢”。

裤子的皮带不见了，只有一根绳子系在腰间。洗澡前，我为他解开那个绳子上的死结，洗完澡再帮他仔仔细细地一个裤绊一个裤绊地穿过去，为他将裤子系好。

我嘱咐他：“回家把皮带找出来，系皮带啊。这个绳子不好用。”

爸爸小声地“噢”。

洗澡之前有一只脚穿了两只袜子，我为他把多余的袜子收好，嘱咐他：“爸爸，袜子一只脚穿一只就行了。”

爸爸小声地“噢”。

为他戴好帽子，整好衣冠，他显然穿得舒服多了，没有乱七八糟层层叠叠地胡乱套着。在家里，妈妈总是生爸爸的气，说他穿衣从不听她的话，任性地胡乱穿。而爸爸最听女儿的话，我说什么他都应。

在旁边玩毛巾的爸爸突然抬起头来问我：“你还在做老师？”

我应：“嗯，在教孩子们阅读和写作。”

只给爸爸说过一次，我从单位辞职出来了，现在在教学生，爸爸很多事都不记得，可是他记得女儿在教书了。

爸爸清醒的时候会问我：“你现在怎么样？收入怎么样？”这个一辈子做经济工作的老同志，这个小小年纪就去了财经学校读书的老同志，一生和经济打交道。当女儿告诉他自己辞了媒体的主编工作，出来做了老师，现在每月收入多少时，他放心地说："那还可以。时间也自由。"

爸爸一生爱自由啊，那个时候，他任一个区域负责人，上下班不用打卡，工作安排都是自己说了算，可是他会早早到单位，将一切安排得井井有条。我突然发现，我身上自律的基因也来自爸爸，现在的我，天天在家工作也会早起，规律作息，从不因在家里办公而懈怠。

以往每年除夕，当一家人团聚坐在沙发前看春晚时，爸爸基本是不看的，而是在里屋，拧亮台灯，拿出他的小笔记本，在上面郑重地写下下一年计划要做的重要的事，还有下一年要实现多少经济收入，收入从哪些地方来。每一年，爸爸都在努力，每一年，爸爸也都在践诺。女儿看在眼里，默默地在学。

只是那时，当爸爸问到我："你新的一年，有什么新的打算?"我总是不知如何回答他，在单位的日子，似乎一天重复着前一天，不需要多大变化，按部就班就好，而那时我不知学习、生活、带孩子都可以有计划，其实每年的那个时刻，我都为自己的碌碌无为感到羞愧，是爸爸一直在背后用他的目标激励我，七十岁也不算老，七十岁也可以有七十岁的目标。

我在四十二岁时，辞掉大家都觉得不错的主编职位，真正成了自由的"坐家"，我非常享受自雇自足的生活。当我终于能够给他说我这一年满满的计划时，爸爸却听不懂了，不会给我建议了。现在每年的除夕，轮到我主动和爸爸交流了，即使这一秒我说的他下一秒就忘记了，可我还是会给他说，我总觉得爸爸像我的军师，他头脑里仍有满满的点子，等待着女儿向他求助。

“爸爸啊，2019年，我有满满的计划哦，每个月都有好多事做。这一年我的‘亲爱的生活自由写作营’会有三期学员，他们来自全国，甚至世界各地哦；我的线下儿童课堂也有很多学生喽；还有今年我计划去考教师资格证，新书稿子要找出版社出版……爸爸，这一年，我有好多事要做，你要好好地支持我哦。”

“噢，那还是不错哦。”爸爸回应我，爸爸看我的眼神有些崇拜的样子，就像小时候我看他的眼神一样。

看着眼前这位说完这句话又继续去折手中毛巾的老人，我再次感恩这一世成了我爸的女儿，感恩这一世我继承了爸爸的热情、上进；感恩这一世我身上流淌着爸爸充满激情的血液；感恩这一世我有如此优秀的父亲……

犹记得，当年成绩很一般的我，总是被爸爸在人前夸赞：“我女儿成绩很好，很乖。”他那人前人后无尽的赞扬，让我这一生自信“爆棚”，信心满满，从来没有自卑过；是他毫不掩饰地表扬女儿，毫不吝啬地大声宣扬他有最棒的女儿，让我这一生总是觉得，我真的足够好。

爸爸正是这样不遗余力地欣赏我，看起来没有担忧似的信任我，让我心无负担地往前冲，这一切都源于爱，是的，爸爸很爱我，而且是没有条件地爱。尽管看起来，这个女儿在成长路上并非“学霸”，在学业上毫不拔尖儿，可是爸爸还是选择了相信，认为我就是最棒的那一个。弗洛伊德说过：“潜意识决定一个人的命运，不是显意识。”潜意识在掌控我们的命运。正是因为他一直以来的相信，让我一直走在让自己更好一点儿的路上。

而现在，我把这样的爱给了儿子。我相信他，爱他，坚信他会一天比一天更优秀，帮助他慢慢找到自己喜欢的事情，让我们都在变得更好的路上，前进一步，再前进一步。

我想把这样的爱传播得更远一点儿，在我的儿童文学课上，我还给孩子们做了一次《我爱你》的诗歌练习，请孩子们仿写。

我爱你

——［美］托德·帕尔

我爱傻傻的你
也爱伤心的你
我爱胆小的你
也爱勇敢的你
我爱不在身边的你
也爱依偎在我怀里的你
我爱睡着的你
也爱不愿睡觉的你
我爱和我们一起跳舞的你

也爱和我一起散步的你

我爱病中的你

也爱健康的你

我爱给我很多亲亲的你

也爱要我抱抱的你

我爱与别人分享的你

也爱害羞的你

我爱跟我玩藏钥匙的你

也爱结交新朋友的你

我爱臭臭的你

也爱洗白白的你

我爱和我一起做饭的你

也爱和我一起享受美食的你

我爱蹒跚学步的你

也爱坐在手推车里的你

最重要的是

我爱的

就是你原本的样子

我们都需要被爱，也都有足够的爱去分享

记住

要一直爱自己哦

我们以为父母爱子女，自然是显而易见的，可是很多父母的爱都是有条件的。以“我为你好”为条件，以你成绩优秀为条件，以你的职业工资为条件……他们不爱那个调皮的你，不爱那个懒惰的你、胆小的你、不优秀的你，而其实唯有全然的爱，才能让真正的优秀诞生，才能让孩子从不自觉走向自觉。

慢慢地，我欣喜地发现，我变成了和爸爸一样心胸宽广的人，这胸怀里装着满满的爱。

而人生总是充满遗憾，有很多错位：当我想要和爸爸讨论我的新年计划时，爸爸已听不懂了；当我表达对爸爸的爱时，他转身就忘记了；当我想要和他一起旅行时，他已不愿意出门了。而最大的错位，便是子欲养，而亲不待。

好在，我也幸运地在自己的身上看到了爸爸的影子。长大后，我就成了他。

## 10. 有一种幸福，随叫随到

有人要租老房子，我陪爸妈一起去老房子看看。

天气热，我开车去接二老。回老房子的路变了很多，路修得又大又宽，我几乎不怎么识路了。慢慢导航，慢慢开着，转个弯，前面来了一辆大车，爸爸对我说：“有车来，慢慢开。”我回头望了一眼老爸，这个什么都不记得的老小孩儿，其实不太认得我了，不过在有危险时，他也不忘提醒女儿；在有东西吃的时候，从不忘记要分我一半。谁又能说得清记忆这东西。

和爸妈一起擦屋，清扫灰尘，爸爸也仔细打扫，这里摸摸，那里看看，这是我们住了十年的家，我在这里度过我的青春期，我的儿子也曾在这间小屋里长到两岁。

那个时代还没有商品房，妈妈在厂子里老老实实排队分房，轮到妈妈住新房时，妈妈也已退休在即，终于排上了厂里最后一次集资建房，我们欢天喜地有了新房。其实早在前几年，爸爸单位也分了房子，大夏天，一家人奔来跑去，自己动手“DIY”，给地板涂上浅灰色的油漆，窗框涂成绿色，灶台请人砌好，摆放上炉灶，两居室的房子，眼看着就要填满一家人热气腾腾的生活。可是爸爸这时候却将房子让给了另一位老同志，是他的下属员工，他似乎没有纠结，也没有和妈妈商量，爸爸就是这样果敢的领导。

我问过爸爸：“你真那样无私？将我们‘装修’过的新房让给别人？”

爸爸说：“哪有那么多的无私，不过是将心比心。有一天我们也会老，我们也会有无助的时候，我就想当我向人伸出手寻求帮助时，别人也会尽自己所能帮助我吧。人老了，会很无助的。”

真的，爸妈都老了。记不清中间都发生了些什么，好像一瞬间，妈妈的头发就全白了，嘴里也装了满口的假牙；爸爸的头光光的，总戴着假发或是帽子，记忆也丢了。当然，我们真的在遇到困难时，总会遇到好心人的帮助，爸爸找不到到回家的路时，会有好心人送他去派出所。我开始相信每一个善举都会如滚雪球般越滚越大；每一个不经意的举手之劳，也有可能帮助他人越过山丘。自己是怎样的人，便会遇上怎样的人，对此我深信不疑。

现在，他们老了，只有我一个女儿。还好，我现在是自由职业者，也居住在离他们车程只有十五分钟的地方，在他们需要我时，我会随叫随到。

年已四十三岁的我突然意识到，我的天地已退缩到一屋之内，我莫名悄悄地开心。我没有距离他们十万八千里，没有需要转两趟机、倒三次车才能到父母膝下。我也胸无大志，没想去看外面的大世界，“父母在，不远游”的老话，着实动人。我只想守着他们慢慢变老，拥有一份随叫随到的幸福。

打扫完老房子和人交接好后，我那天下午回妈妈家睡了个饱饱的午觉，然后坐在床边和爸爸聊些无用的话。

“爸爸，妈妈最近欺负你没有哟?”

爸爸嘿嘿地笑，看了妈妈一眼，低下头不好意思地说：“欺负了的。”

“噢，给女儿告状哦。”妈妈嘻嘻地笑着说。

爸爸一脸坏笑，像个孩子做了恶作剧般，怕被人发现他内心的小使坏，表面上想拼命掩饰，而那开心又要从眉眼里蹦出来了，搞得鼻子眼睛都挤到一堆，脸憋得通红，终是忍不住笑出声来。

“你呀，把不爱洗澡的毛病改了就好了。身体好好的，我好好照顾你，好好生活。”妈妈这个时候的批评指正，像宠爱一个孩子。

“对了，你把这件厚衣服拿到楼上露台去晾。”妈妈说。

“噢。”爸爸低头一个人拿起衣服就往楼上走。

我也出去找人来给爸妈修空调。过了好一阵，爸爸还没回来，正在弄饭的妈妈去找爸爸，上露台一看，爸爸没在楼顶，衣服也没挂在上面，于是又下楼找，在楼下找到爸爸，把他领回来，可他手上没有提着刚才准备拿去晒的衣服。

“你刚拿出去的衣服呢？”

爸爸低头不语。不像以前一样抵赖，他像个做错事的孩子一言不发。

“我问你衣服呢？”

爸爸还是不出声。我走出里屋，轻声问爸爸：“是不是不记得把衣服放哪里了？”

爸爸低着头说：“嗯，是不记得了。”

妈妈开始下楼找衣服，找到了，爸爸把衣服拿去挂在小区二号门的门岗外面了。

妈妈回来又开始喋喋不休地念叨：“这么点儿事都做不好喽，怎么得了。”

当人老了，很多小事在他们那里都会被无限放大。电视设置变了，无法正常收看，我为他们几步轻松搞定；家里的空调坏了，加氟就好了；老房子欠了水电气费，大夏天不让妈妈奔波，我在手机上一秒缴费；去医院，扫码付费；去银行，使用自动取款机存取款……在我们这里简简单单的事，在父母那里都是大事。

父母在年老时需要的帮助，皆需要耐心，这个时候，想象自己就是那电影里的蜘蛛侠，飞檐走壁，无所不能，无处不在。当他们软弱时、无助时，都让我来吧。

当然，我也曾想过这样的问题，有一天儿子成年了，他要远走高飞，我会拖着他不放吗？答案是否定的，我并不寄希望于他日日守在我跟前，如果他的天下更大，我心甘情愿放手，做父母的有谁不是这样。

## 11.没有大事发生的一天

深夜，和好友微信：

“爸爸的病有结果了吗？”

“有了。和我那年一样，结肠癌，医生说也可能是家族遗传，我就是遗传了我爸。”

“那要做手术了。”

“下周手术。”

我们的父母都老了。住院、手术或是走失，是年老后常发生的状况。儿时一个厂区长大的老同学们见面，人到得最齐、没有任何理由缺席时，就是在哪家父母的葬礼上。一个电话或是微信，有了通知，就去坐在一起守守老人，聊聊天，还像童年时一样说话口无遮拦、毫无顾忌，只是眼前的人，要么大腹便便，要么中年谢顶，又或是白发丛生。

好友说："人到了中年，好像什么都经历过了，什么都能面对了。"

是啊，什么不能面对呢？都已炼成"铜豌豆"了。

没有大事发生的一天，就是好日子。家里没有人生病住院，没有人走丢，没有人去世，每天上班上学的人平安地归来，一家人坐在吊灯下吃饭，孩子叽叽喳喳说着在学校吃了三个鸡腿，先生说去某家单位办事没找到人，我今天坐在电脑前备课、阅读一整天，爸爸妈妈在另一个家里，吃饭、洗碗、散步、看电视，这样平凡有序的日子，对于一个中年人来说，就是一生中巴不得紧紧握住的一天。因为这一天里，所有的琐碎、平静都是好消息。

比如清晨看着孩子坐在车里，送他上学，他闭着眼安神，一起等红绿灯；比如在家里安安静静地工作，起身走来走去时，家里的狗狗跟着进进出出；比如有时一大早就回爸妈家，和爸妈享受平凡的一天，觉得所有的小事都值得感恩。

我回家看到爸爸穿了两件西装站在客厅里收拾他永远收拾不完的包裹，里面的棉背心已被汗湿，妈妈一边包饺子一边念叨：

“给他说，他永远都不听你的。你帮他把衣服脱下来，他使劲拽倒。”我笑着听妈妈喋喋不休地念叨爸爸，中气十足、大声嚷嚷，按照妈妈的话说，没有记忆力的爸爸仍旧“不服管”。每次回家，我就像裁判，他们就像两个住在一起的小孩子，谁也不服谁管，爸爸不怎么说话了，但依然倔强。

我替爸爸开了空调，然后帮他慢慢把衣服脱下来，轻声告诉他：“爸爸，四十二度了，不能穿这么多，你不热吗？”

“好像不热。”

我一边说一边帮他脱衣服。

“不热？你看痱子都长起了。你看背上都打湿了。”

“噢，对头，是有点儿热。”

他听话地任我一层层给他脱衣服，然后换上干净的T恤。

而后的一下午，他只要看见外套就会给自己穿上，不管是妈妈的还是他自己的，只要是衣服，他就会慢条斯理地穿上。我帮他脱了十一次衣服，他穿了十二次，我一遍遍地说：“爸爸，天气热，不穿那么多。”每次他都听话地回应：“噢，要得。”可是不一会儿，他又悄悄地拿一件衣服给自己穿上。可以想见，妈妈整天为这个穿衣服要生多少次气。

不过，有时，我还会为妈妈能大声嚷嚷而开心，她还有力气和爸爸抗争啊，她还会为爸爸不听她的而生气，她没有放弃这个不听话的小孩子，她没有气息奄奄虚弱不堪，她虽已年近古稀，可是一向连小感冒都很少，妈妈和我一样像是有着无尽的蛮力，这样的蛮力让她担负起照顾爸爸的所有责任，让她还和这个失智的老人较劲儿。这一切，让我觉得妈妈好有力量，很可爱。

我和妈妈不同，妈妈说我的脾气好得太过了。是，基本是这样，我的情绪通常很稳定，唯有稳定的情绪，才能给我带来宁静，才能使写和读的地基更坚实，心乱了，什么也做不成。所以我特别喜欢一成不变的生活，喜欢早起看书写作、晚上十二点关灯倒头便睡的作息，每天临睡前和狗狗叨叨几句，每周去看父母，在父母需要的时候，能随时跑到他们身边。这些都是我一成不变的生活里重要的元素。

善待爸爸，我和妈妈用了两种方式表达，但同样都是爱。

我回家的主要任务，就是和爸爸聊天，退回到做姑娘的时候。妈妈不需要我做任何事，我便无所事事地在家里转悠。

“爸爸，你知道吗？老家的大姑妈生病了，你要不要去看她？她是你姐姐，你在老家有姐姐，妹妹，还有两个兄弟。”

“噢。”

“大姑妈和你得了一样的病，你们的记性都不怎么好了。”

“噢。”

“但是爸爸，以前你的记性很好，还记得到不？”

“对头，以前记性很好。”

爸爸这个时候脸上是自信满满的样子，对着阳光，我看到了。他生病以前，脑子里记着我们家人的电话号码、银行卡密码、QQ 密码、炒股账号密码……这些全都藏在他神奇的脑子里。

怎么说不记得，就不记得了呢？

三年的时间，他慢慢忘记了要用钱这件事，慢慢忘记了怎么将水壶里的水倒进茶杯里，慢慢忘记了他的名字怎么写，慢慢忘记了女儿叫什么名字，慢慢忘记了女儿有几个孩子，慢慢忘记了自己多少岁，慢慢忘记了每一句话该用什么词准确表达，慢慢忘记了认识的字……

下午我和爸妈躲在空调房里看他们喜欢看的谍战片，爸爸坐在电脑前，挡到后面的我了。妈妈使劲拽他。

“坐过来，你挡到女儿了。”妈妈开始拖爸爸，爸爸不动。

“女儿？”

“是呀，女儿，坐在后面的，认得到不嘛。”

爸爸看了我一眼，说：对头，认得到。”

但他其实不记得我叫什么名字了，也不记得我是他女儿，我拉住爸爸的手，往后坐了坐。空调房里温度适中，我陪着爸爸妈妈看电视，妈妈在一边给我讲解之前的故事情节，爸爸又开始忙手中的“活儿”了，我坐在中间，幸福满溢。

晚饭后，我回自己的家，爸妈送我去公交站。走到大门口，保安看到了我爸，对我说：“昨天他穿两件衣服，不晓得好热哦。”爸爸对着保安有礼貌地笑笑。

妈妈很强悍地在前边走得飞快，我经常想，她走这么快去公交站，又能怎样呢？每次她先到公交站，看到车来了，就大叫我的名字，然后督促面红耳赤不好意思的我一路小跑上车。我偷偷埋怨：哪有她这样送客的，明明是送我，又不和我并肩而行。我总是像有意和妈妈作对似的，和爸爸手牵手慢慢走在后面，我们不急，早一班晚一班车又有什么关系。

我一边走一边跟爸爸说：“爸爸，我回去了，过几天再来看你哦。你要听妈妈的话，好好和她在一起，不要乱走哦。”

爸爸说：“噢，你住哪里？”

“我住杨家坪那边。”

“噢，对头。”

“爸爸，我要走了，笑一个给我看。”爸爸木木地看着我，没有反应。我扶住他的双肩，摇动起来，爸爸笑了。

后来有一次，看龙应台和她母亲的视频，她大声地在视频里笑着对她妈妈说：“噢，你今天怎么啦，还会笑呢。”我流泪了，一个人失去记忆，最后连笑都会忘记。好幸运，爸爸现在还会笑。

回家的路上，公交车走走停停，车窗外有人带着狗狗散步，街边的大排档坐着喝酒吃菜的人们，路边卖冰粉、凉虾的小贩也在路灯下支起了摊子，无数次经过的街道一一从窗边闪过。那个街角的小草坪依然没有花朵开放，儿子小学四年级从这里经过时，对我冒出句很诗意的话：“是谁说过，没有花朵的草坪，是寂寞的。”这样的瞬间我还记得，如此平常，让人珍惜。

博尔赫斯写：

只感到茉莉和忍冬的香味，

沉睡的鸟儿的宁静，

门厅的弯拱，湿气

——这些事物，也许，就是诗。

诗意就在生活中，如果总是能被看到，那这样的生活无疑是有趣的。出门左拐或右拐，遇见的每一棵大树、每一株杂草、每一条街道，头上的每一朵云，都能叫出它的名字。日日相遇，像老熟人，又有种喜相逢的不厌倦，那些坡坡坎坎、毛肚鸭肠、江水平静、灯火辉煌，便是我生于兹长于兹的根系，遒劲结实。日常的动人，正是围着我们天天转的生活之盐，它触手可及，日复一日，琐碎不堪，却又如此珍贵。

二十分钟后，我安全到家，就这样度过了不起眼的一天，没有大事发生的一天，也是最好的一天。没有医院的来苏味，没有匆忙的汗味，没有咸咸的泪水味，有的只是生活中的淡而有味。

## 12. 他们还有更老的母亲

外婆九十二岁了，在离重庆一个多小时车程的县城一个人住。

外婆每天的生活不过就是买菜、做饭、洗衣、做清洁、看电视、睡觉，日复一日。有时小感小冒的，她就独自去药房买点儿药，或者去医院输液，也不给我们打电话要求我们照顾她。

她不愿意去养老院，也不愿意和任何一个儿女住在一起，素日生活起居自己说了算，也不愿意再忍受一点儿束缚。可能人在年老时，更知道自己需要什么，只为自己而活的意念愈加强烈，使他们不再轻易迁就任何人。

那次，我给外婆打电话，转告她妈妈下周会回去看她，外婆竟然问："那你爸爸回不回来呢？"

我说："爸爸当然要回来啊，爸爸离不得人。"

外婆说："那叫他们不要回来，你妈妈带着你爸来，很吵呢，我清静惯了。现在请了一个阿姨在照顾，叫你妈妈他们不回来吧。"

我倒是没心没肺地把外婆这话转说给妈妈听了，妈妈却很生气。她觉得自己像是个被嫌弃的孩子，竟然有家回不得。

那年春节，我们没有回外婆家。

过了一段时间，外婆又天天打电话来问："是不是我上次说了那话，你妈妈生气了？我又想他们了，问他们什么时候回来呢？"

老了的人有时像小孩子，想到的事情只管去说、去做，没有那么多顾忌。想念家人了，就打电话表达，希望子女立马回到身边，可是外婆没有想到的是，她的孩子们一个个都已是银发老人，也都各自负累，每个人都还不得停歇。

妈妈每日照顾生病的爸爸衣食，寸步不离以防他走丢；舅舅舅妈在照顾两个孙儿，忙着日常家务和接送孩子，都不得空闲。虽是退休的年纪，可是并没有说走就能出得了门的自由。上有老，下有小，带大一辈，又来一辈，生生不息的血脉相传，似乎让每个人一生都不得轻松。而这时，他们年迈的老母亲，也走到了必须被照顾的阶段，子女们正是单位的中流砥柱，家中孩子均在读书，也断不能请假长久陪伴。

只有我这样的自由职业者，时间上稍显自由，才得以有机会在他们都没有时间回去时，去陪伴外婆几天。当时，我正值暑假，只有周四晚有网课要上，外婆一说身体不好，我就决定独自回老家陪她。有些陪伴，也真是不能等。

回到外婆家，外婆看到我，似乎病就好了一多半。对于外婆来说，亲人的陪伴就是世界上独一无二的良药。那两日，我陪着外婆，做饭，帮她洗衣，和她说话，外婆睡觉时，我就在旁边打开电脑做事，时不时地看她一眼。

清晨时，我站在外婆的阳台上，看到芦荟和薄雪万年草在阳光下长得生机勃勃，像昨天见到我回来的外婆一样，精神抖擞。上午外婆睡回笼觉，我在旁边工作，等她醒来为她做饭，下午陪她聊天，夜晚帮她洗衣，日子过得安安静静。有些时光说不清什么时候会结束，而安静陪伴，端水端饭侍奉，为她瘦得只剩一层皮的身体按摩，都是我愿意做的事，这样的时光用一寸少一寸。

那个周四晚，我开着手机网络在外婆家里屋做课程直播，房间里没有空调，开着一把大风扇，我搭建了一个最简陋的直播间。电脑放在一张高凳上，我坐着小独凳，因为是音频直播，只要音质清晰，网络畅通，学员们能听清我的语音，能看到课程的PPT，就不会影响课程质量。

外婆时不时会推门进来，小声和我说话，问我热不热，我给她摆手，说不热。上完了课，回到有空调的房间，外婆直说真怕我在里面中暑。她就是这么一个关心人、体贴人的老太太，很细心地为他人着想，有时想想这么大年龄独自居住的她，我总觉得心疼。

妈妈有意将她接到重庆住，可是外婆执意不肯，这是老顽童的处世方式，也只能任她一个人去折腾。

很多时候，我们以为年老了，退休了，就可以安心过自己想过的日子了，其实生活中没有那么多顺意，退休后也有退休后的丢不下，生命的计算，从来不经安排。人的一生，负重前行，苦多于甜大抵是人生真相，而在这人生的跨越之旅中，我们获取力量之处，除了家人，还需有一些内心的小小坚持，甚至固执，以自己舒服的方式过活，人之晚年不必受制于人，这些都是获得尊严的方式。老之尊严，依然重要，这是我在九十多岁的外婆身上看到的。

## 13. 生活不能总结，它永远没有例题

清晨，当我在餐桌的这头喝完水，轻轻放下水杯，桌子那头插在花瓶里看起来很鲜艳的月季花瓣，竟毫无征兆地一瓣一瓣地掉落下来。

我愣住了，看着那些片片脱落的花瓣，意识到人的生命也是这样的啊，看起来好好的一个人，突然就被一场莫名其妙的病症棒袭，在晕头转向、手忙脚乱、连续不断地治疗后，还是没有好起来。这让人又能对生活总结些什么？

2019 年爸爸生日那天，因为要给孩子们上课，我没能够陪老人家。周一我休息，决定带父母出去玩，去南山植物园，晚上吃南山泉水鸡，然后逛重庆网红打卡点——洪崖洞，父母虽是重庆人，可是也好久未去这些地方好好玩过。

二十几年前，在南山公园里，同样的地方，妈妈在花神雕塑前拍了一张照片，那时妈妈三十几岁，脸上满满的胶原蛋白，她身穿一袭白婚纱，头戴一顶白礼帽，脸上有浅浅的微笑。

爸妈结婚时是 70 年代，那时的新娘不穿婚纱。多年后，不知什么原因让妈妈在南山公园拍下那张照片，那是妈妈对自己的

一个承诺吗？身为女人对自己一生要穿一次婚纱的承诺。尽管只是相馆里租借的婚纱，尽管只有妈妈一人站在美女花神前，可是妈妈的心愿就这样简单地实现了。生活中，我们想得很神圣的那些时刻，常常都是以轻描淡写的模样出现，而生活的实质，其实都大同小异，但对于一个女人来说，穿婚纱的梦想，就像一个小女孩儿喜欢芭比娃娃一样，那是她们成为公主的梦想，希望身边的这个男人可以如对待公主般珍视她们，更希望自己能在这一袭白纱里始终珍贵如初。所有这一切，都是暗喻，是一个女人将好好生活的人生信念，是暗示自己将一生幸福的隐喻，妈妈的这句暗喻来得晚了一些，可是也必须补上。

这张照片记录的已是三十几年前的影像，那时他们带我来这里，妈妈拍照时，我不知躲在哪个角落里。隔着长长的光阴，当年的小女孩儿，带他们再次来到这里，为爸爸庆祝生日。

还是那个有着花神雕塑的水池边，我摸着爸爸的大光头，爸爸也并非面无表情地看着我，他看着我的目光里有着满满的慈爱。妈妈在旁边说：“当年你坐了多少回爸爸的肩头啊，爸爸总是扛着你去看电影。”的确，小时候，我总坐在爸爸的肩头上，去镇上“侦察”有没有电影上映，虽然很多时候都是“英雄白跑路”。

那些日子我都记得啊。

我们走在“海棠烟雨”路上，初秋时节，海棠还没开放，我挽着爸妈的手，我们仨慢慢地走，先生在前面不时转过身来为我们拍照，要拍下来的，是一些生活的样子。

带父母逛逛植物园，走在他们年轻时去过的地方，当初年富力强的他们，此时一个已白发苍苍，另一个刚过了七十九岁生日，失去了一些记忆，大部分事情都想不起来了。

原以为小日子过得风平浪静，人生一副岁月静好的模样，可是生活就如被掌控在翻云覆水的如来手中，托你在掌心，是你之幸；翻转你的命运，也随时可能。生活时不时会重重地扇人一个耳光，让人转过脸去，好久都回不过来神，更别提还手，而当人准备迎战时，又发现已水过山丘，俨然已是一个束手无策的手下败将了。人生很多时候，都会陷入这样突如其来的凶险境地。

当认清这一生活真相后，我更是提醒自己，趁着想做、能做，趁着父母还能配合时，要赶紧陪伴，给彼此留一些回忆。爸爸虽然不会记得究竟发生了什么，但做这一切，似乎更像是为了让我心安般，成为必须去做的事。

平时老两口舍不得去做的事，我更是要去满足。带爸妈去吃了南山有名的泉水鸡，妈妈边吃边说：“太贵了，还是该随便吃点儿小面算了。”她一辈子都心疼钱，从来没有真正享受过生活，吝啬得让人心疼。点了泉水鸡、青椒皮蛋、凉拌折耳根、小菜豆腐汤，四个人吃也剩了不少，妈妈打包带回家。我第一次在山下华灯初上时，和爸爸妈妈坐在山上的一家院子里吃晚饭，山风微漾，初秋不冷不热的天气，让人很是舒服，四周一会儿就坐满了特意来吃泉水鸡的人，四下喧哗起来，而我们四人安安静静地吃，没有说话。仅仅是安静地待在一起吃饭，也是心满意足。

吃完饭，妈妈去上卫生间，我和爸爸站在外面等，爸爸突然话多起来，说了好多我听不懂的话，他努力地想要表达：“这个、那个、这里、那里，说穿了就是这个意思，我们这一坨好好的。”

我笑了，他也许想说“我们这一家子都要好好的”。而他努力搜索脑中词语库，说出了这句：“我们这一坨好好的。”爸爸生日，而我是得到爸爸祝福的孩子，很幸福啊！

后来去洪崖洞，尽管那天是周一，这个网红打卡点仍然人头攒动，拍照的和在路边看江景的人络绎不绝。妈妈看着江上美景，兴奋起来，不停地赞叹，牵着爸爸的手，指这指那，我跟在后面慢慢走，心里默默地想：真是爱他们啊。

给父母拍正面照、背影照、牵手照，他们今天就是我邀请的模特，想怎么拍就怎么拍。慢慢走到人不太多的千厮门大桥下，楼上有车过的声音，像几十吨的火车轰隆隆地奔跑而过，妈妈在那里逗爸爸对着镜头不要太严肃，她捧起了他的脸，在他耳朵后面挠痒痒，撒娇地说：“笑一个。”

爸爸听懂了，噘起嘴歪向一边做怪相，然后开心地笑了。妈妈说：“爸爸笑起真好看。我笑起不好看了，脸都垮了。”爸爸似乎特别开心，主动将两手放在妈妈肩上，抱着妈妈猛摇起来，妈妈笑着打他，说：“摇什么摇嘛。”

我在旁边默默地拍，心里流出泪来，看到他们好开心。

爸爸和妈妈笑着转过来看我的镜头。头顶上的汽车又开过去

一辆，轰隆隆，爸爸显然在听头顶的声音，他安静下来，妈妈也看着他，我看到妈妈眼里有泪花，鼻子红红的，爸爸也盯着妈妈看，也许他心里有一刻的恍惚吧：“这个人我见过。”

那一刻，我们仨没有交流什么，妈妈牵着爸爸的手，继续往前走，我跟在后面。

那一天，我对花朵的凋落、对人间的离别而叹惋，但并不想做无谓的较劲与挣扎。想到就去做，想活成什么样就去活，身体力行地干起来。

生活不是总结着过的，它永远不会有例题。去投入，去行动，永远不开始，就永远不知道会发生什么。

被爸妈宠爱一生的我，现在轮到我来宠他们了呀，想到就去做，也是开心。

## 14. 记忆的天线，是柔软

跨年夜，和家人一起看动画电影《魔弦传说》。片中妈妈是月魔之女，本力量磅礴，下凡刺杀有勇有谋的武生半藏，却因双眸对视，一句“有你，何求”而懂了凡人之爱，被两个妹妹嘲笑曾经最为强大的姐姐因爱变得脆弱不堪。生下一子，月魔说眼睛是没用的东西，要带外孙去仙境享受没有痛苦忧伤的日子。母亲拼死护住儿子久保一眼，其实最终能够守护久保的，是爱的记忆，是自身的成长，是他对讲故事的魔力记忆的收放自如。

当由父亲的弓弦、母亲的头发、久保自身的魔力组成的三味弦清澈地响起时，他以一家三口强大之爱的能量战胜了月魔，并将月魔变成平凡的人类，让他成为了一位丢失记忆的、慈祥的外祖父。

久保说:“记忆有着神奇的力量。”是，记忆的消失可以磨灭仇恨；可是即便记忆消失，爱也能被保存，无论心爱的人在不在身边。

到 2019 年 1 月 1 日，我的外公就离开我们整整三十年了，一家人从未忘记过他。新年前一天我问我失忆的爸爸还记得我不，爸爸说:“怎么不记得?”那时我们父女俩手牵着手，他的眼里满是慈爱地看着我。记忆真的有很神奇的力量，我们因为爱，永远记得彼此。

和爸爸妈妈相聚，我告诉爸爸，我这两天不舒服，急性肠胃炎，正在打喷嚏，也在感冒中的爸爸握着我的手，很关切地问:“你不好啊？要吃药哦。”我点点头。我的手被握在爸爸温暖的手心里，他说:“你的手好那个。”我说:“是不是我的手好冷。”他说:“对头。”

在新旧时光交替中，我们父女俩就这样紧紧握着彼此的手，感知彼此的温度。过去的一年，作为女儿，我做了好多以前从未做过的事：哄爸爸吃药，给爸爸倒水洗脸洗脚，为爸爸修剪鼻毛，为爸爸洗澡，为爸爸剪脚趾甲，带爸爸去看了一部他永远都记不住的周润发的电影，爸爸生日时带他重庆一日游……2018年，我和爸爸又亲近了好多。

我所做的一切，爸爸都不会记得。而我们决心做这样或那样的事，并非是为了让他记得，是因为这样做了，自己会变得更有力量；有些在别人看来不经意的小事，却留给人长久的温暖。

日本著名导演是枝裕和的电影《下一站，天国》里，每个人模拟进入死亡之后的天国中转站，在那里人们被接待，经人引导，让一份回忆在心中慢慢被唤醒，然后讲出这一生记忆最深刻的事。

每个人的一生，有哪些记忆最为深刻？去往天国前会记起什么？这是个很有趣的命题。一个人的一生，如电影般，有许多跌宕起伏的情节，也有一波三折的桥段，可是我们究竟会记住什么呢？

每个人的回忆自然不一样，有人想要寻找活着的证据，有人想破了脑袋也没有什么印象深刻的记忆，后来慢慢发现，记得最深的反而是一些小事：诸如某个女人煮的一碗特别好吃的粥；或是大地震时，为躲避地震，在竹林里与很多小孩子一起吃妈妈做的什么都没放的饭团；或是老士兵被俘虏，吃到的一碗香喷喷的撒了盐的米饭；有人回忆到三岁左右，在夏天的院子里，躺在妈妈腿上，闻着她的气息，让她给自己掏耳朵；还有人甚至想起自己小时候在某个秋日下午躺在床上，突然吹来一阵风，真是舒服啊，那段片刻的记忆最深刻……

这些生命记忆的片段，与辉煌光鲜、功成名就毫无关联，在生命的最后，记得的竟然不是巅峰时刻，反倒是琐碎的、细小的生活细节，变成历历在目的温暖记忆，让我们反复咀嚼，成了回忆起来幸福满满的至宝。

记忆的天线，我相信一定是柔软的，那柔软，是“即使长大也可以忐忑，生硬地寒暄，涨红难看的脸”般的样子。当一个人的内心安放着这样一根柔软的天线，他们会自动接收外界的温柔，也会向外界散发温柔的信号。

我不断对爸爸传递温柔的信号，爸爸回我以更加温柔的眼神，握住我冰凉的手给我温暖，这温柔与温暖，是爸爸送我的新年礼物，我和爸爸一起拆开它美丽的包装，细细品味。

新年许下小小愿望：让我和家人都活得越来越轻盈，愿所有的爱都埋伏在每一个平淡的日子里，让我们在这为爱而生的日子里，彼此关照，彼此扶携，惺惺相惜。当爸爸不记得时，告诉他：放心，我带你去想去的地方，做你的眼睛、你的手、你的大脑，只要你需要，女儿随时都在。

这一年，有新的美丽，它就要开始。

# 第二章

# 人到中年，翻越山丘

在阳台上跳舞的是我的父母，他们身形走样，面容上有了难以填平的岁月沟壑，舞姿笨拙，可是如同那天的好天气一样，我在妈妈脸上看到了阳光。尽管身旁这个与她共舞的人，已痴呆了，如果有可能，也许这个人会想对她说：我痴呆了，谢谢你长久地关照。

## 1. 生活还要重创我和他

2019 年 1 月 22 日，农历腊月十七，我的农历生日，我四十四岁。

这一天带爸爸去医院检查，他咳嗽，吐出来浓浓的痰，包裹着黑红的血。

等待拍 CT 时，爸爸斜躺在门口的椅子上半睡半醒，妈妈说爸爸前一晚睡得很不好，凌晨两点多起来在家里走，不知道是不是哪里不舒服。此时爸爸安静下来，仰着头睡觉，我拿起手机为他拍了张照片，再次近距离看了爸爸的脸。他的脸色有些泛黄，脸上有一块老脸斑特别明显，皮肤很光滑，很少皱纹，络腮胡刚刚冒出来一点儿，像硬硬的刺头，整张脸看上去很疲倦……他是我的爸爸，我不自觉地将手插进他弯着的手臂里，斜靠在他的肩上，他的羽绒服厚厚的，真暖和，真柔软，真舒服，靠在爸爸的肩膀上，好踏实，他没有醒。

不知为什么，我把这张相片调成了黑白的。看到黑白照片，我突然有些怕，像是有一个不好的消息在等着我。

做完CT很快出了诊断：右肺叶CA及双肺转移。

一般人看CT报告什么的，都不太懂。我大大咧咧地瞄了几眼，妈妈也凑过来看了一眼，还念到："'双肺转移'是什么意思？可能没得什么哈。"我也没看明白，于是去排队等医生看结果。这时人多了起来，我们在诊室外面等着叫名字。

我坐在候诊室外面的凳子上等，打开报告单再看，我突然意识到了"CA"是什么意思。我的身体开始发抖，打开手机查百度，却不敢看，关掉。我看了一眼爸爸，他仍在走廊外面游荡，站在别的诊室门外，面无表情地往里望。妈妈仍如往常像管小孩子一样地管爸爸，把不愿回来的爸爸往我们看病的诊室旁带。爸爸还是不太听话，不情不愿地回来，走得慢腾腾的。

我的眼泪涌上来，又咽下去。

轮到我们看结果了，门诊医生看了片，没有明确说结果，请我们去住院部找肿瘤科主任确诊，妈妈笑嘻嘻地问医生："谢谢啊，没什么事哈？"我全身仍在抖，知道结果必然不好。

去找了主任，办入院，下午做增强CT，我和妈妈陪着爸爸。

在CT室前，医生问我是否还会要孩子，我说不会再要了，他才让我进去陪爸爸。我穿着厚重的抗辐射服，将胸、腰及腹部遮住，抵抗来自CT机的辐射，为了爸爸，我不怕。

爸爸平躺在CT床上，有时身子会想动来动去，我一直守在旁边，握着爸爸的手。他的手仍然温温暖暖的，我的手却一直冰冰凉凉的。

我不停和爸爸说话：

“爸爸，不怕，我在这里。

“爸爸，你的手不要拿起来。

“爸爸，要推药了，有一点点胀，有一点点热，没有关系。”

他都乖乖地“噢”，乖乖地不动。

这个时候，女儿是他的护身符、安心剂。我就要陪在他身旁，我很开心这个时候我能有时间陪着他。

那天爸妈没有住在医院里，回家了，等待第二天做进一步的检查确诊。我也回了自己的家，从医院走回家三公里多，我想一个人走走，于是沿着小路往家的方向走。

那条小路，我很熟悉，年轻时经常去路上的一家小店吃烧烤，小老板有一项绝技，可以用眼皮开啤酒，经常引得人“哇哇哇”惊叹乱叫。再往前，就是几年前被污染的桃花溪，如今已治理得不错，修起了溪边步道，人们三三两两慢慢走着，枝头隐约可见玉兰花苞，而我埋头走路，无心问柳。继续走，经过小时候喜欢去的重庆动物园，这个时候动物园门口的公交站边有许多等车的人，人们下班了，而我想的是不要再工作，我要陪爸爸。

我心中满是忐忑、恐惧，脑子里像有万千激光射线穿来绕去，明明暗暗，缠在一起。那个时候，我感觉到的不是无助，而是有如等待宣判的恐慌，有如小孩子突然找不到路的害怕，一想到爸爸，我就会无来由地流泪。

那天我走了 21650 步，我把它截屏保存了。还保存了几张爸爸走丢时去找爸爸的步数截屏：2018 年 10 月 16 日，19325 步；2019 年 12 月 10 日，25784 步……保留这些只是想提醒自己很幸福，走了这么多路，就走到了爸爸的身边。而很可能有一天，不管我走的步数再多，都找不到爸爸了，那时，才会真正地放声大哭吧。那会儿像做了一场再也醒不来的噩梦，而现在，我所做的，都是会有结果、有希望的努力 。

回到家，先生在弄饭，我一脸呆若木鸡的样子，一屁股坐在沙发上，连喘气都微弱。生活有时不让我们喘气。家里黑漆漆的，我也不想开灯，不想说话，就只坐在黑暗里。先生觉出我回来的动静不对，平时回家我都会叽叽喳喳地和他说话，今天却一点儿声响都没有。

其实下午 CT 结果出来时，我给先生打过电话，他已经知道了。他静静地走过来，看着我，我这个时候像孩子一样哭起来，从小声的，隐忍的，到不可抑制地放声哭泣，我担心、恐惧，我怕失去……先生竟然说："既来之，则安之。"面对这样的消息，怎么"安"啊？怎么"安"得了？我不知道。

那天是我农历生日，我四十四岁了，小舅舅一早给我打来电话送祝福。每一年的这一天，小舅舅一定是最早给我打电话的那个。那天，舅舅打来电话时，我正带着爸爸去看病。生日这天得到了一个最坏的消息，而那天天气很好，重庆阴郁的天空现出红红火火的太阳，在医院里上上下下地奔忙时，妈妈还一直说，女儿生日这么好的太阳，说明今年一年都有好兆头。

这些都是吉言吧，可对于我来说，什么好消息都比不过爸爸身体健康。

## 2. 生死课

2019年1月23日，清晨6点40分，我对着镜子里的自己说:“晶，你要坚强。你还是妈妈的支撑，一家人的支撑。”那天我要去医院陪爸爸做活检。

在医院里，我时刻都牵着爸爸的手，上楼牵着他，下楼牵着他，他准备上手术台做活检，我也扶着他。

医生让爸爸把头朝下，脸对着手术台上的圆孔，爸爸的病号服反穿着，扣子解开露出背来。然后医生站在操作台前对他的肺部进行造影对位，他们怕他乱动，将他的两只手缠上带子绑在身后。我隔着玻璃窗看着爸爸，他一个人伏在窄窄的手术台上，一个人待在巨大的手术室里，脑袋前面是巨大的金属仪器CT罩，周围有各种明晃晃的看起来就很冰冷的医疗器具。人被置身在一个陌生环境里，不免要用各种动作来掩饰内心的不安。所以，我看到他的身体老是动来动去，一会儿头扬起来，一会儿身子移动一下，一会儿手又抬起来了，搞得医生无法准确定位病灶位置，如何叫他“不要动”，他都恍若听不见般我行我素。

隔着厚厚的防辐射门，我依然能感觉到失去记忆的爸爸面对病痛时那巨大的虚无感，有着毫无还手之力的脆弱，还有束手就擒的无奈，这个时候，即使是亲人，也无法代替他去痛、去受苦。那种孤独感又来了，一个人的孤独，总有些路要一个人去走的孤独。我能做什么？

医生后来准许我进去安抚爸爸并拉住他的手，希望尽快取得病灶组织去做活检。我穿着防辐射服紧紧地握着爸爸的手，那一刻，我和爸爸终于又在一起。

“爸爸，不要动哦，我在这里。”

爸爸听话地“嗯”。

爸爸手上的留置针已脱落，血液从里面流了出来，弄得手背上到处都是，暗红色的血逐渐凝固，在手背、手腕上薄薄地牵连着，手腕上有大片淤青。有我在他身旁，爸爸安静多了，也不动来动去了，我一直和爸爸说话，让他不再注意到脸朝下这种不舒服的姿势，他已坚持了很久。

医生们取了一小条身体组织去活检，接下来继续等待结果。其实 CT 片已基本能够确诊，只是还需要一个更完整的数据真相。

那天晚些时候，我和往常一样去接儿子下晚自习，我决定告诉儿子，爷爷的病情（他从来都叫爷爷，而没叫过外公），没想到十六岁的儿子，平时看他和我爸没大没小的，却远比我想象的要成熟，又要感性。

儿子听完我的话，看起来很平静，低声问了几个简单的问题，问怎么治疗，问爷爷现在好吗？我说："爷爷现在看起来很好，我们今天做了活检，在等待结果，看下一步怎么治疗。"他沉默着，没有说话，然后去卫生间洗澡了。那天他刚结束高一上学期的期末考试，第二天要开始寒假画画集训。

儿子从卫生间出来，我刚好经过门口，看到他的眼睛红红的，明显哭过，我什么都没说，进了自己的房间，这个时候我知道他和我一样难过，两个同样软弱的人不能相互安慰，说出来的话只会令人心疼。

临睡前，我给儿子发了一条QQ信息，我们娘俩儿经常用这个聊天工具沟通。

"儿子，爷爷的病，我们一起面对。"

"我无法面对。"

我知道他刚才在浴室里偷偷哭泣，一定是为了爷爷。这个时候，小小男子汉已不好意思在妈妈面前显现出脆弱。

我深知他对我父母的情感。小时候，他一直在我爸爸妈妈身边长大。还记得他小时候，我爸每晚都要问他："今晚按不按摩？"儿子每次都欢欣雀跃地穿着睡衣睡裤跳起来大叫："要、要、要！"那响亮回答的声音要冲破天际，如同萧红在五六岁时跟着祖父学念诗，大嗓门儿地嚷嚷，叫着读诗，祖父还担心她把喉咙吼坏了。他们在睡前，总是用这种方式交流，爷爷为孙子拉拉小耳朵，搓搓脚板心，轻轻地揉揉他的小身体，然后给他盖好被子，再悄悄地离开。

记得儿子初三时，立夏那晚，我和儿子聊到夜里两点，那天他心情不太好，也许心里顶着升学的压力。那天晚上，天下着大雨，他问我："妈妈，每个人的一生都像这窗外的雨点，一直落一直落，然后落地。"我问他："你理解的落地是什么？"他说是死亡。这是他第一次这么清晰地和我讲到死亡，他说："人的一生就像这雨，一会儿大，一会儿小，一会儿落得快，一会落得慢，人的一生也如同一场雨一样，有起有伏，有快有慢，有自由落体，也有原地不动，但是最终都是在走向死亡，而我们要在这其中做些什么，才会让这一生有点儿价值，不至于回忆起来都是遗憾。"然后他哭了。

那是我们娘俩儿第一次说到死亡。有独立思考能力，希望在短短一生中活出自己价值、活出自我的人，或早或晚，都会追问这个问题。关于死亡和生命的价值这样的话题，并不需要在成长中回避，也许我们一生都不会准备好与亲人告别，我们希望他们活得长长久久，长久陪伴、长久活着，可是不老就是一个人生命价值的体现吗？

之后很多次，我和儿子聊起死亡，我问他："为老人家祝福时都会说'福如东海，寿比南山'，可是'不老'真的就是最好的祝福吗？一个人真的长生不老、永葆青春，难道就是最好的命运吗？”

儿子说：“一个人长生不老，其实挺惨的。在《不老泉》那本书里，就有那样的一家人，他们喝下了不老泉水，永远也不会老，每天都是一样的，他们停止了生长，甚至身体永远不会受到伤害，不会生病，不会被刺伤，不会有任何身体上的痛苦，可是他们居然说，那是对他们一家的诅咒。

“迈尔斯的老婆和孩子们没喝不老泉水，他们变老了，于是妻子带着孩子离开了他；而迈尔斯和他的父母需要不停地变换地方工作和生活，才不会让人们发现他们不老的秘密，这就意味着，他们一直都没有朋友。

“孤独是诅咒，家人亲朋的分离是诅咒，不能过正常的生活更是诅咒，当然更别说去思考自己这不老的人生有何价值了。喝了这样的水，怎么能说是命运最好的安排？”

此时的儿子，十五岁，他开始思考生死，以及人生的意义，这是学校书本里学不到的，而他在阅读中追寻答案。

这世界上，没有学校会开设一门功课叫“生死课”，而在文学里，其实一直都有。所以我带着一些学生读文学，我给孩子们开设“文学课堂”，就是想让孩子们在文学中，体悟人生的一切，诸如爱、生死、人性冷暖、悲悯、正义、正直、勇敢、诚信、勤劳，等等，并愿他们能因为有这些文学书籍里的领悟，活好这一生。

我带着孩子们一起读《小河男孩》，了解生命的过程。在书里，爷爷去世前，一家人回到爷爷的出生地。擅长游泳的孙女杰西始终在观察河流的状态，她发现河流一直向前，奔流不息。当主人公杰西站在瀑布顶，看到大海的源头，也仿佛看到了生命的源头，她也站在那里看到了生命长河的真相：有起，有伏，有背阴，有负阳，有平静，有颠簸，有波峰，有低谷……没有所谓的真正一帆风顺的时光。杰西说看到爷爷去世的脸像小孩子一样平静，其实每个人到老，都如孩子般天真童稚，不留遗憾时，他们就会放手世间的所有。

而文学作品和我们生活之间的距离究竟有多远？小孩子们能懂得吗？

我有一个三年级的学生，叫依然，有一次，她写了一篇文章叫《对我最有影响的一个故事》：

> 这个故事的名字叫《獾的礼物》，讲述了充满智慧的獾离开了他的身体，也离开了所有的动物朋友。虽然他在生前已告诉过他的动物朋友，如果有一天他离开了朋友们，他只是到了隧道的另一头，大家不要为他难过。但在寒冷的冬天里没有了獾，这对其它动物们来说实在是太难过了。直到春天来临，所有的动物聚在一起怀念獾，大家一起聊起了与他相处间的种种，大家的悲伤才被慢慢抚平。獾生前教会每个动物一个特别的

技能，例如青蛙是一个滑冰高手，它想起獾是怎样扶着他迈出打滑的第一步。所有动物都对獾有一段特殊的记忆，这就是獾给每位动物朋友留下的离别礼物。

这个故事让我想起了我已故的和蔼可亲的祖祖。那是我五岁时的事情，在国庆节那天，祖祖去世了，当时我对死亡是没有概念的，我和妈妈、弟弟进去睡觉，爷爷和爸爸去了另一个地方。他们不告诉我，他们去哪了。到了第二天，我还傻傻地坐在小板凳上，像往日一样等着祖祖来给我梳头发。因为每次都是祖祖帮我扎头发，可是我不知道祖祖已经不在了。

我看完依然的文字，顿觉深深的感动。依然爸爸告诉我说，女儿是流着泪写完这篇文章的。我给依然留了长长的评论，其中有两段是这样的：

“关于祖祖的离世，关于獾的离开，依然可以从另一个角度去想想，或许就有另一种答案。其实在你幼小的心里，祖祖给你留下的五岁前的记忆，你都能记得，那份记忆就是最珍贵的，只要我们对逝去的亲人不忘记，他们就永远留在我们的身边。而獾，你也说到，他也给每个朋友留下了一份独一无二的礼物，那就是獾在这个世界上留下的足迹，它并没有白白地来过。就好像《夏洛的网》里的威尔伯和夏洛一样，他们在有生之年，对各自的生命都有了突破和创造，就意味着它们的人生不是没有价值地度过，即使它们都有逝去的一天，可这一生，也是不留遗憾的。

“每一个人，每一个动物，每一个生命都是流动的，我们无法去保存其‘永远’，生命正是因为流动、更新和创造，才有趣，才向前。而我们面对在世的亲人、喜欢的动植物，又或是喜欢的一切事物，我们唯一可以做的，就是好好与他们在一起，尊重他们、爱他们，珍惜在一起的日子，不留遗憾。并在他们去世后，永远记得。”

这是我与九岁的孩子谈论生死的方式，用他们听得懂的语言。我也相信文学是有治愈作用的，当每个人开始从阅读的字里行间去寻找那些隐秘的东西，他就会从中寻到生活的智慧和做人的力量。这些道理不是别人总结出来的，而是自己在阅读中，像寻宝一样一点点挖掘出来的珍贵礼物，它们会在生命里一直闪闪发光。

## 3. 摇摇晃晃的幸福

2019 年 1 月底，每一天都那么漫长，等待爸爸活检结果的日子，我们又回家了。妈妈不让我们开车送，也不让我打车，因为要节约。所以我、妈妈、爸爸，还是坐上每站必停的“老爷”

公交车，慢腾腾地回家。

在公交车上，爸爸坐后排，我坐前一排，爸爸半睡半醒地侧身坐着，将脚放在过道上，一手握着前排扶手，身体摇摇晃晃的，我坐在前面，伸出手往后拦着爸爸的身体，以免他睡着了摔倒。爸爸看到我伸向他的手，竟然一把抓住我的手，冲我笑，嘿嘿。爸爸的手好温暖。

我们父女俩就这样一前一后地拉着手，在公交车上一起摇摇晃晃。这摇摇晃晃的幸福啊！

回到家，吃完饭，爸爸依然玩他手下的“布玩具”，折来叠去。

后来，我准备走了，给爸爸说：“我要走喽，去上班。你想我去上班，还是留在这里？”

爸爸低着头理枕头上的布，一边理，一边说：“就留在这里，你觉（得）呢？”他把“得”这个字都忘记了。他没有抬头，但是我知道爸爸很依恋我。

再给爸说一次：“爸爸，我要走喽，去上班。”

这时爸爸从叠衣服中抬起头来，握着我的手问：“什么时候回来？”

我说：“你想我，我明天就回来。”

“噢，要得。”

爸爸这回直起了身，我拥抱了他，紧紧地，爸爸也用力地和我抱了抱，笑了。

坐公交车回家，一个人在车里摇摇晃晃，我在心里暗暗地对自己说，绝不能失言，明天一定回家看老爸。

第二天上午，我如约回了爸妈家。老两口没在家，快过年了，小区里正在做活动，一群老年人在坝子里表演节目，我站在下面等爸妈，来往的都是些老头老太，排队领社区发放的礼物。

有认识我的阿姨给我打招呼，问我妈妈还没回来吗，她说他们可能去超市了。还给我说，我妈妈的电话平时总是打不通，或者没人接……我心不在焉地听着，眼睛望着大门口的方向，期待爸妈出现在小区大门的那一刻，爸爸从远处走来，穿着他喜欢的唐装大棉袄，戴着我给他买的帽子，让我看到鲜活的爸爸走到面前来。

终于等来了他们，我第一次如此认真地看着他们从人群中由远及近，从小区的大门外，一步步走到近旁。我握着爸爸的手，望着妈妈的笑脸，然后牵着他们的手一起回家，这个场景不是虚幻的，它如此真实，如此幸福。

这样的牵手让人踏实，能感受到真实的体温，他不言语，但我知道他就在身旁。我们漫不经心地说话，妈妈问：“回来很久了呀？”“没有多久，就站在下面耍。”爸爸仍然不发一言，在旁边像个安静的孩子，只是安心地让我挽着他的手。

回到家妈妈做饭，我陪爸爸玩。其实爸爸大多数时候只和自己手中的玩具玩，那些衣柜里的衣服就是他的玩具，他会翻来覆去地打开，折好，再打开，再折好，那可能就是他的世界里最好玩的游戏了。

那天下午，儿子一直发QQ信息给我，说自己心里很烦，昨天才考试完，今天就来画画，心里好烦。我问他什么原因，他说没有原因，就是心里乱烦。我也不知如何安慰。他说想休息几天再画，我本来心里也表示理解，可也有隐隐的担忧，担心我因为太看重他的情绪和感受，而将他养成一个没有坚持能力、遇事容易放弃的男孩子，我在心里暗暗地自责。

当我不知如何安慰他时，我意识到说再多的道理也是无济于事，于是我选择了沉默，没有再理他。突然儿子再发信息过来说："爷爷的病有这个药——吉非替尼可以吃嘛。"我两眼放光，儿子查到的信息和医生的推断一样，医生说爸爸的病理检查，基因突变检测最好的结果便是可以吃靶向药吉非替尼来控制癌细胞。我在心里重新审视我的儿子，这个十六岁的小伙子。

我开始理解儿子，儿子在用他的方式成长，遇到问题，他力图寻找方法解决，尽管当天确实无法安静下来画画，可是这也应当被理解，他关心从小到大都爱他的爷爷的病情，无法安静学习绘画，也是情深所致。

那天晚上回家，我拥抱了儿子，和画了一天画的他说："辛苦了。"儿子抱着我说："明天画完画，我想回去看爷爷。"我答应说："好。"

第二天，回家看了爷爷的儿子，回来显然心情好多了。他看到爷爷和以前一样，在屋子里穿梭，低头折叠衣服，要叫很多遍才肯到饭桌前来吃饭，孙子抱着他时，他还是会迷茫地看过来问：“你好久回来的？”爷爷还是以前那个爷爷，儿子定心了，一切看起来都没有改变。此后寒假班集训绘画，他没有请过一天假，并且进步神速。

其实很多时候，幸福都是摇摇晃晃的，恍惚间就会丢失，我们经常都不记得幸福的脆弱和身边人的可贵，不懂得平常日子最珍贵。我们因此经常受到惩罚。

## 4. 中年女人，学会在缝隙间喘气

爸爸的病理报告出来了，肺癌中的腺癌，我准备给爸爸办张特病卡。

先去医院复印病历，然后去市肿瘤医院办确诊手续，回到家附近已快一点了，再转到银行为儿子缴下学期的学费，那时我还没吃饭，便去肯德基歇歇脚。点了一杯香草拿铁和一份汉堡，咖啡太甜了，完全喝不下去，汉堡也只是咬了几口，没有胃口。我几乎还是空着胃，只想坐在那里喘口气，脑袋里什么都没想，看着窗外孩子们玩的电动游戏场，一张张活泼的笑脸溢满冬日阳光，就这样静静地坐坐也挺好。

等到区医保中心上班，我再奔向那里，复印身份证、医保卡，提交照片，出具医院癌症确诊证明，办理特病卡……

带爸爸去看病那天，我在朋友圈写下：每一天的平凡生活，都有爱相伴。这样的每一天是日常，也是值得珍惜的不凡之日。

每一个日常中的不凡之日，都有艰难，有困境，有曲折，有病痛，有难过，有伤心，可是生活总要继续。而我就是那个总要将生活继续下去的中年女人。因为停车技术不好，怕遭遇在拥挤的医院久久无法停车的尴尬，又为节约时间，便涨红脸奔跑，坐出租车去一个又一个的指定地点；人群之中，挤在医保中心办理业务的队列里，又因流程不熟悉，而一脸羞怯有礼貌地问询。

小时候看电影《人到中年》，里边潘虹饰演的那个一边忍着胃痛，一边咬着硬饼子当午餐的中年女人形象，不知为什么一直在我脑子里。其他情节都不记得了，唯有这个片段，在脑子里怎么都抹不去。而我现在，大概比她电影里的年龄要大，我也成了“40+”生活艰难的中年女人。

很多人都喜欢看网上流传的表达中年女人各种不易的故事，我基本不看，生活各有各的难，看别人的难，道自己的辛苦，除了相互感叹一声真不易啊，对生活也无裨益。

是啊，生活是挺难的。谁不都一样吗？

前段时间看六六写老年人的爱情和生活：“早起尚未问安前，先量一下各自的血压，再服下各自的降压药和维生素，搞不好还要对着肚子打两针血糖针，然后相互拥抱道早安，一起出去开飞机冒险，风大点儿把假牙忽闪掉了，睡前缠绵一番然后彼此戴上呼吸机面罩进入温柔的梦乡，满屋子老人气……”我喜欢她这样的调侃，有幽默感，至少不觉得那么“苦瓜”，但其实生活的真相是真苦。

上有老下有小的日子，难是肯定的。昨天去看好朋友生病住院的爸爸，他们家三个孩子，但是哥姐都在外地。爸爸生病了，到城市里来就医。她的儿子读小学六年级，她晨起要给儿子做早饭，送上小学的儿子上学，然后去医院陪爸爸检查，再回家给爸爸做饭，她说自己像个独生子女，孤独无助，唯有挑大梁坚持。

那天晚些时候，我为爸爸办理好特病卡后，便约父母一起过来吃饭，我去看了家附近的餐厅，订了座，算一家人在小年时好好团圆。回到家，取快递，收到以前编辑部共处一室的同事妹妹为我寄来的新年礼物——亲手画的水粉莲花、手作的耳环和蝴蝶胸针。顿时觉得披头散发疲惫不堪地走了一万七千多步的我，又有了能量的来源。

这能量的来源，来自中午歇脚时的咖啡，和那一刻的宁静；来自远方朋友的惦记，和手作的心意。这些都是拥挤的时光缝隙里透进来的那一点儿光。

木心说：“所谓无底深渊，下去，也是前程万里。”我的理解是：触底，也无须拼命反弹，向下，也能探得洞中光亮。

我不想夸大那些生活中的艰难，我也要为自己制造小小缝隙中的一个个喘气机会，让呼吸变得更加顺畅。比如每天瞄一眼喜欢的日历，总能看到自己喜欢的话，今天上面写着："生活本就是一餐一饭，一生专心做好一件事。"看到这些话，不能说我就会欢欣鼓舞起来，至少，我会觉得自己在活着，有感知，我正是这样在做人，挺好的。这些对于我来说，就是加油站。虽是独生女一枚，可是我感觉自己从来不是一个人在战斗。

日常的清简，日复一日，就是最好的安排。每一天，家和人兴，父母安康，上班的上学的平平安安地去，好好地回，我坐在家里备课、看书、做家务，这样的日子，是日常，也是最珍贵的存在。

阅读、写作、备课，对我来说都是滋养。这样的滋养，让我心底自宽，眼清目明。这世上没有人活着是容易的，可是他们各有各的精彩。

命运多舛的萧红，依然能够写出："花开了，就像睡醒了似的。鸟飞了，就像在天上逛似的。虫子叫了，就像虫子在说话似的。一切都活了，要做什么，就做什么。要怎么样，就怎么样，都是自由的。"这些活泼的语言，让人感受到生而为人的自由。

萧红童年读诗时可以任凭喉咙被喊破，房顶也被掀翻；她将狗尾巴草当谷子全部留下来，把韭菜当野草用铲子除掉的帮倒忙从来不会被责骂；不喜欢的诗就不念，祖父换一首，再换一首……童年留下的自由、欢快，在萧红一生少小离家老大也无望回的经历中，或许成了她颠沛流离生活中压不垮的基石吧。你看她无论生活如何窘迫，都是相信爱的。

这些文学的语言，这写作的女人，都是滋养我的源泉。中年女人，当然不能只闷头于现在的生活，要记得回望。我们也曾有过少女时分，那些如同拥有“月亮的银苹果”般的梦幻时光，是少年时代的轻盈，也是我们现世生活的翅膀，曾经我们得到过父母的宠爱，有过不谙世事的天真，因为这些甜蜜，现在的担当也是理所应当吧。

人终其一生，要学会成长，一定要有担当，有能将苦难熬成糖的智慧，将杂乱的一切揉碎再重组的勇气。身为女人，也不能懈怠，如果“公主病”气质，“少女心”一生，无疑是悲哀的。女人的成长意味着继续热爱自然、纯粹、洁净的一切，心底也有无尽的辽阔与无所畏惧的勇敢，才能活得温柔、有趣又有力量。

而父母对子女的爱，让子女这一生有了温暖铺底。

我们这些中年女人啊，不管年龄几何，都还是老父亲疼爱的女儿啊。想想父母，我会觉得自己是有父母疼爱的孩子，会感到无比温暖，无论何时，我都有个家，有父母做屋顶，很踏实。尽管这个屋顶也要翻新了，有时甚至风雨太大会被掀起来，可是记忆里那些珍贵的在一起的时光，都是我能大口喘气的机会。

爸爸温暖的手，远方好友的礼物，近处朋友们给我写的诗歌，儿子存了好久的钱送我的生日礼物，那走累了时的一杯咖啡，静静坐着发一会儿呆，看一小会儿书，读到的一两句金句，或是微博上看到的笑话……这些都是中年女人喘气的机会啊。

你啊，也不要错过了。

## 5. 对爱的人，紧紧握住他的手

我 2019 年的春节，是属于父母的。年三十洗手做年夜饭；大年初一给妈妈准备生日宴；大年初二带父母去同兴古镇；大年初三、四去贵州习水土城……

我们在年前像过去那样去菜场买菜、买年货，去选青翠的黄瓜、白胖的萝卜、肥大的巴沙鱼，挑有机牛肉，买平时父母舍不得买的车厘子给他们吃。在厨房里忙活年夜饭，一家五口，要好好地一起过年，开瓶红酒，共祝五人团圆日，没有人在医院，没有人缺席，这是最好的时光。

初一，妈妈过六十八岁生日。那天太阳温煦，老人总说，生日那天有太阳，一年都会有好兆头。我的新年愿望简单又朴素，只是祈愿一家人平平安安，健健康康。爸妈在阳台上赏花，有阳光在妈妈的银发上舞蹈，我抓起相机迎着光给爸爸妈妈拍照。

妈妈拉着爸爸的手说："来，我们一起来跳个舞吧。"于是他们随性地在阳台上跳舞，我在一旁给他俩拍视频，妈妈一边跳一边笑，慢慢转身，扶着爸爸的肩。爸爸木讷地跟着音乐，机械地移动着脚步，脸上没有什么表情，可是他还是非常配合地和着妈妈的舞步，没有踩到她的脚。

我慢慢地将这阳光，将阳台上还在盛放的月季，将妈妈那时脸上的笑容，将爸爸呆板的转身，都录了下来，视频里有妈妈的笑，有爸爸不耐烦的“哎呀”，然后他们转圈，继续跳，继续跳。

那天，我的脑子里闪过一句话：和喜欢的人一起牵手跳个舞吧。也许不在最好的年华，可依然是最好的时间。我想起《丘奇先生》里，查莉去参加舞会了，她的妈妈和丘奇先生在客厅里起舞，虚弱的查莉妈妈也许会永远记住那样一个夜晚吧，有这样一个人曾扶着她翩翩起舞，彼此对于对方的感觉究竟是什么，已不重要，重要的是想跳舞的时刻，他刚好在身旁，他愿意握着你的手，和你共舞。

而现在，在阳台上跳舞的是我的父母，他们身形走样，面容上有了难以填平的岁月沟壑，舞姿笨拙，可是如同那天的好天气一样，我在妈妈脸上看到了阳光和如孩子般的天真笑容。穿长款白毛衣，紧身裤，扎着小辫儿，斜戴着贝雷帽的妈妈有些俏皮，那一刻的她看起来如此幸福。尽管身旁这个与她共舞的人，已痴呆了，如果有可能，也许这个人会想对她说：“我痴呆了，谢谢你长久地关照。”

第二天去古镇，我时时牵着爸爸的手，有时他走得慢慢的，有时又急速前行，不管怎样，我都紧紧牵着他的手，拍照时，我们也紧紧地握着彼此的手，不曾松开。

我和爸妈在一处涂鸦墙前照相，三人不经意地站成一排，从

照片里看，我和爸爸的手牵在一起，妈妈站在中间把手搭在我们俩手上面，我们仨手握手，不分开。

那天我和爸妈拍了好多照片，先生是摄影师。在河边，我把头搭在爸爸肩上，爸爸眼睛望向远方，不知在想什么，我很开心地任胸前的小蝴蝶胸针飞起来，像个调皮的小女孩儿靠在爸爸的肩上笑。那天妈妈穿了我给她买的过年新衣，妈妈在镜头前越来越轻松自在，手叉在腰上，很有气势地拍照，我发了一个朋友圈提到了妈咪："新的一年，妈咪要记得美起来，你是个美人。"我看过妈妈三十岁时第一次烫发的照片，真美。现在，六十八岁的妈妈依然美，只是她是个不知道疼自己的女人，以前是爸爸疼她，现在换作我来疼吧。

初三晚，在土城，我们仨站在一起看打铁水花。待炼铁炉将生铁融化成铁水后，天刚刚暗下来，十几个精壮男人赤着上身，围着高温大炉舞起龙来，数十个打花者将铁水一板一板打向天空，四面八方顿时奔溅出火花，将人、龙淹没其中，此时如飞船落地般的火花圆盘将人群团团围住，那飘溢出来的蓝色火星，如陨落的星辰，飞临身边，如此壮观，又声势浩大。这是人类古老的祈福方式，也让人感受到滚烫的心意，每一次铁花的绽放皆需打花人拼尽全力，而非像烟花绽放般飘渺无力。

观看到这一幕在城市里看不到的盛景，我还想更近距离地拍摄，于是离开爸爸，向着人群中央走去，爸爸惊慌起来，执意要摆脱妈妈的手，要去下面黑漆漆的地方找我。其实我离他并不远，就站在小坡下面，还能听见父母的对话。

爸爸问："姐姐呢？"

妈妈说："哪个是你姐姐嘛，那是晶晶妹。是你女儿呀。"

爸爸又说："你就是姐姐。"

妈妈责备道："我是你老婆，你都不晓得了嘛。"

听着爸爸还在吵着要来找我，我返身回去，拉着他的手。我能感觉到他整个身体都紧张地僵硬着，他执意说："我们回去了嘛。"一边把我往山下拉。

我安慰他："爸爸，等一会儿，你的孙子还在前面看打铁花，我们一起再看看吧。"

"哦。"爸爸听话地放松下来。

爸爸总是很听我的话，仿佛我的声音有着治愈性，他握着我的手，似乎很安心，身体不再硬邦邦的。

铁水火花四溅时，我和爸爸都仰头看着天上绽放的“铁花”，明明亮亮，拖着小尾巴，四处飞散。人群中时不时发出，“哦哟”“啊”“哇”这样的尖叫声，爸爸脸上没有什么表情，呆呆地看着，像看平时雾蒙蒙的夜空一样。我和他肩并肩地站着，黑暗之中，仍然紧紧地握着彼此的手，爸爸的手在冬夜仍然很暖和呢。

新年，对爱的人，紧紧握着他的手吧。

## 6. 给爸爸洗澡是场搏斗

爸爸生病以后，别人的语言于他已变得无足轻重，要么听不懂，要么装不懂，总之关于洗澡的每一件事都要哄，给他洗澡变成了一场搏斗，而这场搏斗，不是势均力敌的。爸爸生病以后一直有着绝不通情达理的“倔强”，而我和妈妈不能用蛮力，不能吵骂，只能循循善诱，好言相劝，甚至大声表扬，管他听不听得懂，把他洗得干干净净的就对了，尽管这看起来有些强迫的意味。

“爸爸，我们脱衣服洗澡哈。”

“哦。”

我慢慢地帮他解开外衣扣子，轻轻地帮他脱下外衣，他没有死死地拉住，没有抵抗。

好，继续。

“来，爸爸，再脱毛衣。”

“哦。”

“自己脱好不好？”

“好。”

“再来，脱棉背心了。”

“哦。”

“我们要脱裤子咯，你冷不冷？”

“不冷。”

“穿了这么多呀，棉裤里还有毛裤。”

“就是。”

“来，先脱棉裤。”

“哦。”

让他坐下，我帮他脱裤子，动作一定要轻柔，要慢慢的。

“我们进浴室再脱里面的衣服哈，不要冷到了。”

“哦。”

进浴室，热气蒸腾，妈妈在洗澡，爸爸看到这么大的热气，退缩了，怕，说：“好大的气。”

“没关系，是热气，会暖和的，来换拖鞋了。”

爸爸的脚从棉拖鞋里出来，哆哆嗦嗦地试着放在凉拖鞋上，“哎呀”，他惊叫，耸起肩，想必是太冷，不舒服。爸爸的脚马上又缩回到棉拖鞋里。

“爸爸，没关系，一会儿就好了，放进去嘛，洗澡要换凉拖，乖，把脚放进来。”

他又伸出脚来试了试，再次缩回棉拖鞋里。

“来，爸爸把脚放进去。”我试着去拉他的脚。

“来，爸爸换拖鞋，棉拖鞋打湿了，穿着会不舒服。”

他低着头，试着将左脚放进凉拖鞋，不行，又缩回去。又试右脚，还是不行，也缩回去。

我耐心地等他：“爸爸，一会儿就不冷了，来，放进来。”

大概持续了五分钟，爸爸终于换好了拖鞋。

继续帮他脱内衣、内裤，自己的爸爸，这个时候也很坦然。爸爸身上的肌肉并未过度下垂，不像快八十的人了。只是很瘦，皮皱皱的，干干的，起褶子，光光的头在浴室的强光下有些发亮。他的肩膀不宽，但还算平直，背也没有驮，因为瘦，几乎没有赘肉，像是一张皮贴在后背上，布满星星点点的斑。腿短短的，脚趾蜷缩，紧抓着拖鞋，依稀能看见几个厚厚的灰指甲。

妈妈举着淋浴头，要给爸爸冲水，爸爸看到那么多水向他喷来，吓得直说：“要不得，要不得。”急忙躲到浴室的另一边。

我站在旁边，轻轻地去牵爸爸的手，想让他站在水中央，可是他依然怕那铺天盖地的水，只是光着身子站在一旁，等到有一两滴水沾到身上，便“装模作样”地在那里搓身上的“脏面条”。

妈妈试着拉他，爸爸挣脱她的手，我叫妈妈不要拉，别摔倒了。我们试着一点点往他身上浇水，妈妈再轻轻地拉他，一边拉，一边哄：“乖，再站过来点儿。就是这样，再站过来点儿。”爸爸似乎这才柔软下来，感受到水温的舒适，慢慢站在了淋浴头下。

我站在雾气蒸腾的浴室里，听着妈妈一边表扬爸爸，一边快速地给他洗澡、洗脸，我其实更像个“监工”，如果爸爸从淋浴头下逃离，负责把他“带”回妈妈的身边，继续洗澡。

好一阵折腾，总算洗完了，他变成一个香喷喷的爸爸。晚上我送他回家，在楼下问他：“今天洗澡舒服吗？”

他说：“我没洗澡呀。”

后来和一位年龄与我妈妈相仿的阿姨讲起这事，说给爸爸洗澡，就是换个拖鞋都要用五分钟的好言相劝，加无数次的耐心试探，真是头疼不已。阿姨给我说到一个方法：“你把拖鞋先用热水给他暖和一下，浇热了，再让爸爸的脚伸进去啊。”原来如此，生活除了要有耐心，还要有智慧啊，又学到一招。

## 7. 妈妈也老了呀

我最怕妈妈打电话来，妈妈一般不打电话，就是要来我家也不会提前打电话，不管家里有没有人，来了敲门再说。所以，妈妈打电话，一般不太会有好事。

妈妈如果打电话过来，这样开头，我就有点怕：

“女儿啊，你爸爸又不晓得走得哪里去了。”

然后开始解释：“我们准备一起出去，我在屋里穿鞋子，我穿上鞋，锁上门下来，他就走不见了。我找他一个多小时了，还是没找到人……”

妈妈解释这一切时，我总是憋着一团火，像暴龙喷火一样：“好了好了，我马上查手表定位看他走到哪里去了。”

妈妈在那头怯怯地说：“他今天又没戴手表。”

我顿时火冒三丈，换我喋喋不休：“叫你起床就给他戴上手表，戴上手表，你就是不检查，这下走丢了，又到哪里找……”我似乎只有偶尔才会想起，妈妈也是六十八岁的人了，她有时也自顾不暇吧。

我叨叨埋怨一堆，电话那头沉默着，妈妈像个做错事的孩子，默默地挂掉电话。然后，我们分别起身开始找人。

我对妈妈的耐心，真是不够。也许因为妈妈总是很强势，让我感觉不到她的衰老，中气十足地“骂”爸爸、脸垮成一团地埋怨、喋喋不休地念叨，她精力好，身体好，中气足，能吃能睡，没有生病，我也因此更忽略了她。我对妈妈问候和关心是有的，但脱口而出的不耐烦也时有发生，会一句话“堵”死妈妈的嘴。而妈妈在女儿面前，似乎只有忍受的份儿，也没听她真正大声骂过我，总是对我心疼不已，挂在嘴边的始终都是那句：“女儿，辛苦你啦!”

爸爸靶向治疗一个月后，我带他去医院复查，医生说增强CT可以当天做，另一项验血要等到第二天上午空腹做，或者两项检查都第二天一起做。而我那两天的工作日程像针都插不进般紧张，顿时觉得要花掉两个半天的时间，不免心慌，也不好做决定，便问妈妈看怎么办好。

而妈妈也支支吾吾没有意见，我非常清楚妈妈是心疼当天住院，什么检查也不做，还要花住院费，明显看出她是不愿意当天下午带爸爸入院的，可她就是不说，以我四十几年对妈妈的了解，我心知肚明。

我对她吝啬小气的样子非常冒火，几乎低吼着逼她:“你有什么就说啊。”妈妈仍是唯唯诺诺，说不出所以然。医生问我:“或者看你哪天不忙再过来检查也可以。”我竟然脱口而出:“我哪天都忙。”一说完我就后悔了。

不是我自己说的，爸爸任何检查我都要在他身旁吗?我为什么会那么忙，忙到没有耐心陪爸爸做检查，忙到不肯好好听妈妈说话。

妈妈也老了呀，我似乎没怎么想到过。

妈妈比爸爸小十一岁，因此爸爸曾经“别有用心”地隐瞒过年龄，搞得以前我们也弄不清楚爸爸究竟多少岁，以致时间太长，他也说不知道自己年龄几何。

那次，爸爸满六十九岁时，我邀请老家的亲人们来重庆，结果我二爸（爸爸的二弟）的女儿说：“我爸爸去年都满七十了，你爸爸是哥哥，怎么今年才满六十九岁哟？”哈哈，秘密被揭穿。哥哥比弟弟还小两岁，哪有这样的道理。于是，问了老家人，爸爸应该是出门上学时改了年龄，他是 1940 年生人。

正因妈妈比爸爸小很多岁，两人都老了时，小十一岁的妈妈身体优势就显出来了，妈妈总是很有蛮力地从超市背米回家，提几袋菜上楼，从老家背一大口袋豌豆、胡豆、红薯回来，当然也会气喘吁吁，可终究能应付得来。而且大多时候，她能走路到的地方就绝不坐车，能省一分是一分。在 21 世纪，像我妈妈这样节约的人，真是找不到几个了。

就是这样在体力与精力上都极好的妈妈，有次给我打电话来，还是崩溃了。

妈妈在电话里哭天抢地，哭诉着：“我在厕所门口等着给你爸爸擦屁股，他就是不干，还把我推倒了。”电话那头，妈妈的声音声嘶力竭，歇斯底里，抽泣不断。正在开车的我，踩离合器那只脚突然有些发抖，家庭氛围一向安静和睦的我，很怕听到这样的声音，它传递的是一筹莫展、万念俱灰，竭尽全力也看不到希望，我很怕这绝望的哭声。

我一边开车一边安慰妈妈：“妈妈，你不要哭，我正在开车，马上就回来。”掉头，去妈妈家。途中，我想着爸爸是不是该进养老院了，这样爸爸既能得到相应的照顾，妈妈也可以轻松一些，我们也可以经常去看他，一路上头脑里 N 个念头闪现。可是，还没等我开车回到家，妈妈在情绪平复之后，担心起我奔来跑去的辛苦，又来了电话：“女儿啊，你不回来，不回来，我已经给爸爸弄好了。”

这就是我的妈妈。我曾经写过一篇《有点儿蛮力的好姑娘》，我写的是我自己，此时我知道，我身上的蛮力大概来自妈妈，妈妈的坚韧，妈妈的体力，真不像她这个年纪的人，这大概也和她常年走路锻炼有关吧。

只是即便是这样充满蛮力的妈妈，面对固执的老爸不肯配合她的护理时，也很泄气，很沮丧。而且爸爸失智后，对于他不愿意做的事，会很粗暴，不懂轻重力道，拼尽力气地推开妈妈，妈妈有时会摔在地上，有时会撞在门框上，身上青一块紫一块的，那个时候妈妈会坐在地上号啕大哭。爸爸也会被吓到，又伸手去拉她的手，安慰她：“你怎么啦。”对于自己前一秒做过的错事，他早已忘到九霄云外。面对这样的爸爸，妈妈也是哭笑不得。

事后，当妈妈给我说起这些事时，都是轻描淡写的，只是说有时会气得胸口发疼。我心疼妈妈，总是将妈妈青紫的手臂露出来，给爸爸看，不客气地教育爸爸：“看见没有，你把妈妈身上弄青了。”爸爸都会抵赖说：“哪里是我哟。”

我曾看过一本小说，书中主人公是位哈佛大学的教授，在得知自己患了早发性阿尔茨海默症时，她说她宁愿自己患的是癌症，因为癌症还可以手术、放射治疗、化疗，“还有一线生机可以打赢这场你死我活的较量”。还可以获得家人和同事的同情，在生命的最后，清晰地与每一个家人告别。而阿尔茨海默症“没有可以屠杀它的武器，就连服用安理申和美金刚都感觉像是拿着几把漏水的小水枪对抗迎面而来的熊熊烈火”。

可是，我的爸爸就是这么不幸，他既患有阿尔茨海默症，又是肺癌晚期患者，晚期肺癌和阿尔茨海默症一样，也没有更有效的药去控制他的癌细胞。他查出患癌时，已没有机会手术，他不能像个战士一样捍卫他的身体，为自己的身体健康而战，他每次都只能束手无策地投降。而照顾他的过程，帮他做决定的过程，成为家人必须经历的战斗。

在这场战斗中，最英勇的战士是妈妈，妈妈倾尽可能地爱他、疼他。我有时会狠心地给妈妈说：“如果爸爸夜里不睡觉，你就让他在客厅玩，你自己睡自己的。”可是妈妈说：“哪能不管他，不管他，他就不知道上床睡觉。”有一次，妈妈太困，睡着了，醒来时已是凌晨四点，一看爸爸，还站在床边玩，她心疼坏了，赶紧拉他上床，帮他开上电热毯，脱了鞋袜，替他盖好被子，看着他入眠才关灯睡觉。

每次听妈妈讲这些，我都觉得妈妈好辛苦，如果一个人不是深爱着另一个人，这样的苦是承受不下来的，更何况，年年月月，和身边的这个人没有沟通，只有将就；没有理解，只是一遍遍地去帮他做；没有回报，只是不断地付出。这世上又有多少夫妻到这个时候，还能够相濡以沫。

妈妈很爱爸爸，也许连她自己都不知道。这个一辈子不承认自己很幸福的女人，每次爸爸走丢之后我去派出所接爸爸回家时，她都会快步走到爸爸跟前，眼泪哗哗地上前一把抱住坐在椅子上正在玩手上帽子的男人，小声地问他："你跑到哪里去了嘛？我们找了你好久。"爸爸若无其事地说："我就在这里嘛。"

每次看见妈妈紧紧抱着爸爸，眼里闪着泪花，她的脆弱如此显而易见；而后待我们要走时，她总是弓着腰向民警道谢，满脸堆笑，又满眼希望。这个时候，我是真心疼妈妈，她已六十八岁了呀，本该安度晚年的时候，可是没有一天休息日。

## 8. 她也是哥哥口中的"小妹"

春节，吃喝、聚会、陪家人，虽然偶尔会觉得无聊，甚至想逃离，可是毕竟一年只有一次这样的辞旧迎新，只有这样一次看着妈妈笑得花枝乱颤，真正回到小时候，听她哥哥叫一她声"小妹"，听她哥哥在年初一对她说一声："小妹，生日快乐。"几个白发苍苍的老人，就这么在一年之中唯一一次的聚会里，喜笑颜开，喝酒碰杯，直至满面通红。那年春节，我们给外婆、大舅、二舅、妈妈、小舅舅一起拍合影，妈妈仰着绯红的脸笑，然后伸出了剪刀手，那是我第一次看到妈妈这么调皮。

镜头前同父同母的兄弟姐妹，他们名字的前两个字都一样，一样的姓，一样的字辈，不同的仅是第三个字，分别是“新”“松”“群”“忠”，兄弟姐妹现在也有各自的家庭，每个家开枝散叶，再聚在一起，我们这一房，也有二十六人之多。这样神奇的血亲联系，我们一脉相承，却又因为彼此长年疏于联系而陌生。但是于母亲辈是不一样的，他们是从小一起长大的兄弟姐妹，老家那片土地上，曾在哪里摔过跤，哪里是早逝的三哥的坟，妈妈都记得清清楚楚，每次经过都要说一遍，看到老家的人、事、物，还是不免兴奋，早些年梳着羊角辫儿的过往记忆，也随之排山倒海而来。

回妈妈老家，妈妈最高兴，去扫墓的路上一路碰到的都是自家叔爷，堂兄堂弟堂姐堂妹，还有些孙儿辈，大声地跟着父辈叫妈妈“姑婆”，七大姑八大姨叔爷舅婶便在这个小小的麻柳河村生了根开了花，我的外公以及他的弟弟妹妹们都在那里长大，是谢氏家族的发源地。

每年春节，年初二的家族传统照例是给老辈人上坟，当天中午就在外公最小的弟弟，我叫幺家（gā）公家里吃饭，浩浩荡荡七八桌，挤满了一年到头只见一面的人。我回老家少，很多堂舅、舅妈、姨娘、姑爷，也分不太清谁是谁，只是点头寒暄。我最喜欢桌上的小吃是红糖汤圆粑粑，炸着吃，汤圆裹在红糖汁里，软软的，糯糯的，一咬一撕，拔丝很长，又有汤圆的劲道。红糖是我最喜欢的，小时候我特别喜欢守在菜板前，外婆切一块丢进我嘴里，甜得化渣，吃多少都不腻。还有红糖甜肉，用稍肥的腊肉，加蒜苗和红糖翻炒，红糖融化成糖水，将肥肉汁液包裹，一口咬下去，有红糖的甜香，又有腊肉、蒜苗香盈嘴。这是关于老家食物的记忆，似乎只在那里能吃到这样的菜。而对于妈妈来说，和同桌人喜笑颜开的打趣中，更有许多作为小女孩儿时的回忆，会和大姨妈说起，以前小时候，经常去四爷家玩，四爷很凶，但四娘很温柔……

那天看到一个老朋友发朋友圈说，尽管大家都觉得春节已少了年味儿，但他还是期待，甚至喜欢它的“繁文缛节”，我也一样。尽管现在过年，早已不像旧时那样郑重其事了，从腊八，到小年，再到除夕，都有各种各样的讲究，可是我依然愿意在这个家人团聚的日子好好地陪陪父母和外婆。

那年外婆九十岁了，依然一个人独居，虽然她日日想念我们，可是我们回来了，也看得出孩子的吵闹和鞭炮的震山响给她带来的不安。她早已习惯晚上将门窗锁好，早早上床看电视，电视声音开得很大，看着看着就睡着了，半夜醒来再关电视；她已习惯一个人想几点起就几点起，下午一点半要睡午觉；她已习惯从家门口走十五分钟到铁桥下面去买农民的菜。而我们回来打破了她如常的秩序。

去乡下上坟，妈妈说去玉屏乘车，外婆说去铁桥坐车，各执已见。下午在乡下晒太阳，到了外婆睡觉的点儿，她说人昏头昏脑的。院坝里舅舅、舅妈、堂舅、婶婶们都在打牌，我决定送外婆回家，为她保持一些生活的秩序。平时请外婆和我们回重庆，我们来照顾她，她怎么都不肯，她常说“树挪活，人挪死”，虽是迷信之说，然而其实是她内心里不愿意生活轻易被改变而找的借口。

那天晚上，妈妈和爸爸在乡下吃了饭才回来，晚饭只有我和外婆两个人吃，我蒸了外婆做的烧白和蹄髈，做了豌豆尖蛋花汤、凉拌菜，还有前一日剩下的木耳酥肉汤，祖孙俩就这样在出租屋里开饭了。谁料外婆说我们俩还是要喝点儿小酒，于是抱出自己酿的葡萄酒，你一杯我一杯地小饮起来，这酒就成了外婆居住的那间陋室里的情调，第一次一老一小，两个女人之间有了一场酒事。那晚，屋里没有音乐，屋子里的灯也不太亮，小木桌上的漆都大块大块地脱落了，可是我在和外婆碰杯间，感受到一些别的什么，说不好，也许有承诺和对衰老的敬意。

每一程陪伴，其实也是孤独的。就像我知道外婆想念我们，我也想念她，每周我会准时在周一给她打电话，可是真正在一起时我也没有老年人喜欢听的龙门阵要摆，我也只有默默地和她对坐着看电视，只有闹哄哄的电视发出的声音，而我们相对无言。

有时现实的相处中，也会有诸多不适，比如外婆阳台上的水龙头开关，老人家总是要在晚上去关了总阀来断水，洗脸洗脚时的用水只能去水桶里舀，习惯大手大脚用水的我会突然觉得这样的时候很难熬。

陪伴妈妈也是如此。妈妈和兄弟哥哥一起打牌，兴致勃勃，我和儿子在旁边看谍战电视剧，无聊透顶。可是这也是“年”的一部分，远远地安静陪伴，哪怕不那么自在，不是自己喜欢的生活方式，可是为了老人家，也是可以忍受的。

儿子看了一本书后写了一句话批注：“谁都不能陪伴你一辈子，哪怕是父母。”我想以后如果儿子有了自己的家，只愿他春节能回来两天就好，一天陪着我们，让爸妈给他做美食；一天就让妈妈静静地看着他，和他好好说说话就好。两天之后他要离开就离开吧，我和他爸爸也要料理属于自己的生活。那根属于他身后的线一直都在，而我们不能眼巴巴地就等着一年中的这两天。

和至亲之间的关系，其实很多时候都很微妙，虽然父母生养了子女，却未必能够真正做到知无不言。各自活在自己的小世界里，有时他说的，你不懂；你说的，他不知道。就像在两个平行空间里对话，会错位、埋怨，甚至伤害，表面却又是一派和气。要知道，这团和气必须维系，那不是虚伪，是所有人都丢弃不了的心软。我们深知，其实很多时候都无法做到与最亲的人既相敬如宾，又相亲相爱，但即使如此，也要陪伴，这也是过年的意义。“年”让亲人之间有了真正意义上的相互守候与陪伴，是可以手拉手的，可以举杯相碰的，是可以感受到温度和语气的，可以红着脸亲耳听到叫那个六十多岁的老人“小妹”的。

有一年过年，中午在乡下大姨家吃午饭，大姨推了豆花儿，杀了母鸡，炖了沙参白豆，用自家种的胡萝卜炒回锅肉，腊香肠，炝炒上海青。吃完饭太阳出来了，我端杯老茶搬张凳子坐在门口，屋门口有七八棵李子树，三棵桃树，两棵樱桃树，一棵种了十五年的黄桷兰，总是香飘满院。门口搭着葡萄架，旁边小棚里鸭子和鹅在嘎嘎叫。儿子在院门口放冲天炮，黄狗在院子里打转。妈妈和大姨就在院子里东走走西看看，两人聊天，说的都是："那个鸡娃儿好乖。""今天中午的豆花儿饭好好吃。""二娘身体还好。"扯东道西，都是些家长里短，这对从小一起长大，年龄相差无几的姐妹，见面总有说不完的话，她们都已发上染霜，都曾被各自的母亲叫作"小妹儿"。而现在，"小妹儿"都六十多岁了，时光岁月都穿梭进她们装了假牙微瘪的嘴中，也藏在深深浅浅的皱纹里。时光会记住吗？那些快乐与不快乐。我仰着脸晒太阳喝茶，静静地看这乡村生活，时间慢流，这样地无所事事，又这样地舒心自在。

一年年的"年"，就这么热闹又无聊地过下去，在我这里"年"就是人间烟火吧，是我走到哪里都丢不开的。而妈妈，也只有在那个她曾经出生的地方，在整个家族的命运都紧紧牵系的土地上，才能找到属于自己的根，还原成人生最初的"小妹儿"模样。

## 9. 妈妈的日常

给爸爸打电话手表。

“爸爸，今天好不好？”

“好。”

“有没有哪里不舒服？”

“没得。”

妈妈在旁边说：“你爸昨天和今天早上又在调皮哦。”

“爸爸，有没有调皮？”我大声地在这头问爸爸。

大概电话手表那头我的声音特别大吧，也或许这句爸爸听得很仔细，他在那头竟然哈哈大笑起来，为我这句可笑的话。

“我都这么大年纪了，哪里还要调皮哦。”

妈妈在那头哈哈大笑，表扬：“耶，这句话说得好。”

我也在电话这头笑，爸爸很少说这么长的句子，一般都是“好”“没得”“没得啥子”“还可以”……当他说出超五个字以上的短句，我们都会为他鼓掌。

我回想起儿子第一次说四个字，是跟着我妈妈看电视学会的“雾都夜话”，足见当时重庆电视台“雾都夜话”栏目家喻户晓，上至八十岁老人，下至一岁孩童，都记得那地道的重庆话片头：“勒不是电视剧，勒是真人真事，勒是我们老百姓自己演自己的故事。”

曾经，为孩子第一次说出的四个字竟然是“雾都夜话”哈哈大笑，而今，爸爸能一口气说出五个字以上的句子，我也会大笑出声。

孩子是牙牙学语，爸爸是努力记得。

妈妈接着说：“昨晚睡觉前提醒他去上厕所，他站在那里穿鞋，老穿不上，后来发现他已经尿裤子了。我给他里里外外都换了，包括毛裤。”可以想象妈妈一边帮爸爸换裤子，一边生气喋喋不休念叨的样子。

“今天早上醒来，发现他的裤子又湿了，又在床上尿了，铺盖毯子又换，又洗，你说他是不是调皮。”

妈妈的日常就是时刻提防爸爸走丢，给爸爸打扫乱丢的“现场”，买菜做饭，照顾爸爸的一日三餐，做家里所有的家务，也没有人能搭把手。我本说为妈妈请个钟点工，至少也能分担些家务，可是妈妈坚决不同意。而我也限于居住条件，仅有两室一厅，不能和父母同住，便任二老在那边瞎折腾，隔三岔五去看看他们，周五定时请他们过来吃饭，似乎已尽孝道。不过我内心始终有愧，觉得自己自私，因为写作和对自己独立生活、独立空间的强调，而并没有与父母朝夕共处。

妈妈的日常就是要面对无数琐碎的小事：清早起来，给爸爸洗脸，他还要皱着眉极不耐烦地将脸转来转去地拒绝；刷牙更是难，牙膏挤好，温水倒好，妈妈去做早餐，转眼他就把牙膏弄在盆子里，用手玩牙刷，责备他，他也若无其事，一脸无辜地低着头，一边搓牙刷毛一边说："这个不能这样哦。"

爸爸上厕所大便，妈妈必须在外面蹲守，等听到他即将起来的动静，一个箭步冲进去，让他稳住姿势不动，再立马拿纸来，仔仔细细给他擦屁股。有时，爸爸很配合，乖乖地任妈妈弄，并会因此得到表扬；有时，爸爸则很不识好歹地粗鲁对待身边这个女人。有一次，他将妈妈拉住他的手狠劲儿一甩，竟将她的手肘磕在铁门把手上，晚上才发现那里有块干了的血迹。爸爸生病以后，妈妈身上经常有些淤青和不明来路的小口子，或是结疤的伤痕，有些妈妈知道缘由，有些自己也搞不清楚是怎么弄伤的。

可以想见，妈妈照顾这样一个阿尔茨海默症患者，不仅要付出百般的耐心，还得有对他用之不尽的体谅之心。妈妈事后和我说起她的那些经历，总会笑着说："其实那时候我气得不得了，但过一会儿想想，他也就是个病人，我原谅他。"仅仅是这句话，我已觉得妈妈对爸爸的爱比海深，其实哪怕是病人，也不是所有亲人都能容忍和谅解，能一直受折磨，一直原谅。

当然，妈妈也会发脾气，也会骂爸爸，甚至有时也会像打小孩子那样，去敲打他不听话的手，我有时还会责怪妈妈态度不好。不过有朋友提醒我："你对爸爸的好脾气，也许是没和他朝夕相处。你每天相处试试？"我当时还信誓旦旦地说我肯定不会焦躁。其实后来有几次和他长时间待在一起，那么调皮的爸爸，我就是围着他转，他仍然会以迅雷不及掩耳之势将乌龟池里的加热棒突然扯出来，任它干烧，瞬间加热棒就烧煳了；或是将一盆花，连花带泥全部倒进鱼池里，等我发现时，鱼儿已全军覆灭了……这些时候，我无法不生气地大叫："妈妈，你看爸爸呀！"妈妈则坐在旁边，像宠爱自己的小孩子一样笑着责怪："看嘛，他就是这么手快。"

这个什么都不记得的男人，是妈妈的丈夫，可是在生活上，他已帮不上半点儿忙，别说帮忙，不添乱已是不错了。叫他拿牙签来叉苹果，他拿了支签字笔插在苹果上；叫他把刚烧的开水倒进开水瓶里，他直接全部倒进脸盆里；叫他上楼晾衣服，他将衣服挂在小区出口的栏杆上……叫他帮忙，倒会生出许多别的纠结来，还得去重新削苹果、烧开水、找衣服，俨然越帮越忙。到后来，妈妈再不叫他做事了，就坐着玩吧，不乱跑就行。

准确地说，爸爸就是一个失智老人，他已丢失了头脑里的语言、物品名称、行为规范、方位概念，甚至亲人、年龄和生活的基本能力，也都慢慢忘记了。连喜好都变了许多，这时候的爸爸怕烫、怕冷、怕酸、怕冰，喜甜，特别喜欢饼干、瓜子、糖果类小吃，像孩子一样，喜欢吃零食，所以妈妈的包里总是随时装着几包小饼干，爸爸坐不住了，或是表现好的话，就给他几块饼干慢慢吃，他便开心得很。

爸爸真是"调皮"啊，老捣蛋。我心疼爸爸还能这么调皮，这么好玩，我也心疼妈妈，把我妈折腾坏了怎么办。

妈妈的日常就是围着爸爸转，也许现在还不是最艰难的。之前家里有过阿尔茨海默症老人的好友说过，这样的病症到最后会连大小便都不记得，爸爸现在是时而记得，时而不记得，我真怕他哪天找不到家里的厕所，在家里随地大小便，那妈妈可是为难了。

爸爸的肺癌已是四期，虽靠靶向药物控制着，却也说不清什么时候癌细胞会在身体里肆虐，到那时，妈妈能撑得下去吗？当然我不会让妈妈独自承受，更多的就交给我吧，不管多难，我都会和妈妈一起挺过最难的日子。

此时艰难度日的妈妈，还从来没有真正享受过生活，也从来没有想过要对自己好一点儿，从灾荒年代成长起来，经历过大时代变革的人，勤俭节约到对自己苛刻的地步，我一边心疼她，一边又对她的“吝啬”恼怒不已。

记得妈妈第一次和我出远门旅行，那时爸爸一切都很正常，他没有同行，独自守家。出门的第一顿饭，妈妈竟然站在饭店门外，说她不饿，不吃，可把我急坏了。知母莫如女，我知道她是因为看到一碗炒饭要二十元，因此宁愿饿肚子也不要吃饭。那个时候的我是没有好脾气的，怒气冲冲地说了她一顿，然后帮她点了一份最便宜的面，她安心地吃了下去。

那一趟自驾之旅，我们从重庆出发，去了湛江、桂林，到湛江那晚，正逢正月初一，妈妈生日，我们等她回了酒店房间，出来给妈妈买了个蛋糕，然后点上蜡烛，唱着歌，将蛋糕送到妈妈的房间，妈妈开心极了。

回来之后，我写了篇文章发表在报上，回家拿给妈妈，妈妈一直珍藏着，时不时会翻出来看看。后来过了好久，妈妈还在和我说："女儿啊，谢谢你带妈妈出去旅行。妈妈好感动。"实在惭愧，我做得太不够，但我知道了妈妈真正的心意，以前说哪里都不喜欢去，显然是谎话。

如果再带妈妈出去旅行，我想最好是去国外，让她什么价格都看不懂，只管吃、住、行，跟着我玩就好，期待那一天。

## 10. 爸爸干"坏"事时，我在哪儿

最不想发生的事情终于还是发生了：那次，妈妈准备带着爸爸回老家去看外婆，早早起来了，吃完早餐，妈妈还在收拾碗碟，没承想爸爸在另一间屋子解了大便、小便，摆在屋子中间。

我能想象，妈妈一边蹲下收拾，一边骂骂咧咧气急败坏的样子，没有人看到那一幕会不生气发飙。后来，他们去坐火车，妈妈胸前挂一个包，背上背个包，一只手上提着两个布袋包，另一只手牵着爸爸，急急忙忙出门，但终究还是晚了，他们走到车站

时，刚好看着火车开了。这时下起了小雨，妈妈又带着爸爸，肩背手提着几个大包回家。并且，他们来去的方式都是坐公交车，妈妈节约，从来不舍得打车，也怕耽搁儿女，不让我们送。而我们也就更加理直气壮地忙来忙去，总是在妈妈面前说："最近很忙，因为要上暑假课，要去夏令营，要备很多课啊……"妈妈总是体谅地说："你忙啊，我们没事。"

妈妈给我讲这件事时，时间已过去了两个多月。

"我们都很好。爸爸也很好。"这是妈妈经常说的一句话。妈妈一定会把爸爸单独从"我们"中提出来，她知道我很关心爸爸，可是谁知道妈妈一天都在承担些什么。

我知道的是，妈妈的每一天，都是挑战，各种始料未及的挑战。爸爸经常在傍晚时想往外走，有一天傍晚，妈妈灶上正炒着四季豆，门开着，爸爸便出去了，妈妈发现了就赶紧关火追出去，把爸爸叫回来；回来继续炒，一会儿发现爸爸又出去了，又关火去把他追回来；再次回来继续炒，爸爸又出去了，关火把他追回来……妈妈说那天的四季豆炒得真不好吃，因为关了三次火，又点了三次火，算是焖熟的。

这是妈妈的日常。

两年多以前，妈妈还会对爸爸说："起来，去洗脸。"那时，爸爸还懂得将水瓶里的水倒进洗脸盆，用洗脸帕擦脸。现在，妈妈将洗脸帕的水拧干，给爸爸擦脸，而爸爸还会像小孩子一样，把毛巾推开，手撑得远远的，拒绝，有时甚至会很粗鲁地和妈妈比划起来。

当然，偶尔爸爸也很配合，洗脸的时候，他一边理点布条，一边任妈妈拿着毛巾给他擦眼屎、洗干净耳朵，洗完妈妈会表扬他：“今天表现好。”爸爸脸上依然没有表情，捏着他的布条，到另一间屋子继续理他手中的“玩具”。

早餐后妈妈带着爸爸出去玩，买点儿菜，回来做饭；中午有时妈妈累了会午睡，爸爸在家里走来走去，自己玩自己的；晚饭依然是妈妈做，蒸、煮、切、炒，吃完饭妈妈洗碗。家里的清洁妈妈做，家里的衣服妈妈洗，家里的大小事都归妈妈管……以前妈妈什么都不管的。

如果真只是如此简单，也许妈妈的日子还会好过一些，可是应对爸爸不止如此啊。他走丢了，她会默默地先去找，免得惊动我们；他打脏了衣裤，为他脱下来去洗，或者实在太脏的就扔掉，要给他买很多内裤；守在厕所门口，等他解完大便为他擦洗屁股；爸爸在家里“画了地图”，妈妈收拾；爸爸有时生气，也会突然暴怒，掀翻小茶几，桌上的番茄汤洒了一地，是妈妈收拾；晚上妈妈已经很困了，可是爸爸怎么都不上床，妈妈只能等着；给爸爸洗澡，他却紧紧地拉住自己的衣服；妈妈被反锁在厨房里不能出来的时候，自己用菜刀一点点将门砍烂……

而妈妈在这些时刻，对爸爸也是不客气的，会骂他，甚至有时也会用手很气愤地拍他捣乱的手“打他”，可是妈妈总在事后和我说：“骂了他，后来想想又会后悔，他毕竟是个病人。”

妈妈的心很软，她是典型的刀子嘴豆腐心。

妈妈年轻时，看电视剧经常会跟着剧里的主人公一起流泪，我总是搞不明白，别人哭，为什么你也要哭，难道真的能感同身受？后来我教学生，那些孩子们说，他们的妈妈也是如此，每次看电影，看到人物命运多舛，特别是看到有孩子的妈妈人生境遇艰难时，总是泪流满面，这些稚嫩的孩子也总是搞不懂她们怎么如此“好哭”。我此时已为人母，自然知道身为母亲内心的柔软。

当然妈妈们也是别人的女儿，如波兰绘本作家伊娃娜·奇米勒斯卡所画：她们“有时是只欢快的小鸟，有时又像悲伤的水獭，有时像蛇那样凶狠，有时又像羊羔那样温柔，有时像河马一样笨拙……”。我在妈妈身上，也能看到我自己，有时愤怒如河东狮，有时垂头丧气如被打败的黑熊；有时骄傲得像只孔雀，有时又胆战心惊得像个小鼹鼠；有时心情欢畅得像匹野马，有时压抑得像只想躲在树洞里的小蚂蚁。我和妈妈，所有的女儿和妈妈，都会在某个时刻藏在一个动物的身体里，有时会变身成它们伪装自己，但又渴望被了解，渴望让他人懂得，这些都是我，都是我们。

所以妈妈们看到悲伤的电视剧总是会流泪，那是在别人的故事里流自己的眼泪。当孩子时，对人间世事并无知晓，只有一颗懵懂天真好奇的心，只觉这世界什么都有趣，什么都好玩，哪有这么多的眼泪要流。这也是做女儿时的天真与无邪，每个人一生的清澈之池。

而回头来想，当妈妈年老时，像柔软的海豚的时间越来越多，在她孤独无助需要帮助的时候，我在哪里？

我没有与妈妈同住，客观条件是，我的房子只有两室一厅，住不下二老；妈妈家有三室一厅，可是，我们又不想搬去同住，因为生活习惯各方面都不一样，恐怕住在一起更添烦恼。而且我是写作之人，家里如果始终闹腾，根本无法静下心来做事。

不过，所有这些，都是我的自私吧。

端午那天，妈妈和爸爸在我们家玩到很晚，爸爸始终很平和，在低头玩他的包包，将里衬布拖出来又放进去，放进去又拖出来，玩了一晚上。我和妈妈慢慢聊天，妈妈会在这个时候说我不知道的爸爸的很多“丑事”，然后突然压低声音说：“如果以后真一个人怎么办哟。”听得出来，她的声音有些哽咽，我陪着爸爸，假装没有听到那句话，其实心里自然有答案：“如果到那一天，让我们来照顾你。”可是，我终究没有说出口。

## 11. 像明媚的清晨一样做人

爸爸自检查出肺癌后，做了基因检测，刚好能吃对症的靶向药——吉非替尼。以前看电影《我不是药神》，觉得那些一个月要用上万元药费的病人离我很远，而其实就在爸爸患病的前一年，吉非替尼也不在医保保销范畴，属于全自费药，病人一个月的用药费用也可能上万元，绝不是普通家庭能承受的。而爸爸患病时，该药已纳入医保，爸爸每天服用吉非替尼一颗，一个月三十颗，如果没有医保，是六千多元，爸爸的职工医保通过特病报销之后，自费部分只需自己出一千三百元，这是家里能承受的范围，顿时为爸爸感到幸运。这个世界，总是一点点在变好。

爸爸生病，我们没有去重庆最好的三甲医院治疗，而是在区人民医院确诊并接受治疗。虽然医疗条件不是最好的，可是这家医院离家近，而且人与人之间的缘分说不清，爸爸的主治医生邓医生，和我们非亲非故，但她总是为病人着想的体谅之心，让我非常信任将爸爸交给她医治。

爸爸在 2019 年过年前开始服用吉非替尼，过完年再去医院开药时，邓医生建议每次少开一点儿，因为她已听说吉非替尼还会降价，降价幅度还不小。后来，她打听到某三甲医院已降价，建议我们先去那边开，等他们医院降价再回来开。

我谢过她的好意，第二日一早，去三甲医院为爸爸开药。可医生说，因为爸爸不是在他们医院做的基因检测，故不能为我开医保用药，如果我有异议，请去医院的医保中心咨询。从诊疗室出来，我站在宽敞的门诊楼大厅，周围都是脚步匆匆、快速行走的人，他们如同电影里的幻影在我身旁穿梭交织，有那么两秒，站在人群中央的我竟有些恍惚，不知要何去何从。

我定定神，各种各样的声音传来，周围的人都在奔走，我找不到医院的医保中心，像陷在一个巨大的旋涡里，漂浮，旋转，分不清东南西北。

仅仅只有几秒，我回过神来，也加入急行军的队伍，去找一号楼，去问询这关乎到爸爸要开的药能否进入医保报销的事。

在应对各种事件上，我也有着巨大的蛮力和适应能力。一向在家工作不挤早高峰的我，那天清晨为了给爸爸开到更便宜的药，去排队等候挤轻轨，可还是没想到 2 号线的清晨也可以将人挤成“肉饼”。好在我只乘三个站，不巧的是我上车时从右门上，下车时却要移到左边，从右到左的车厢距离不过三米，而我要过的是一堵堵密不透风的人墙。

我侧身过，轻声说：“麻烦让一让。”我在缝隙间挤，拼命用身子去挤、去钻，有的人朝边上挪挪，有的人巍然不动，刚露出个头来的我，看见一个人的胸膛横在面前，像个“人板”，我无法穿越，只好继续说“麻烦让一让”。他欠了欠身，我继续往外钻，又是一个“人板”，便再抱歉地说：“请让一让。”终于从人堆里钻了出来……

出了车厢，长叹一声气。一贯在家享受慢悠悠清晨的我，一直习惯了一个人是一支队伍的工作，总是不适应在拥挤的人群中去“拼命地挤”。

因为爸爸的病，我经常出入医院，总是看到周围如风般行走的人，所有的人都很焦躁，很不安，为疾病，也为各种焦虑不堪的等待：等待就医，等待检查，等待结果……而这些等待无一不让人感到命运未卜的惶惶然。在医院里，好脾气的人很少，连排队就医的八十多岁老太，也因为等待时间过长，怒气冲冲地冲进诊室和医生吵架，怒吼医生搞不清楚他们这个队究竟是怎么排的，自己有预约也等了那么长时间……

所有的人都很焦虑，我安静地坐在外面等着给爸爸开药。

被医生回绝，我出来给邓医生打电话说明情况，告诉她我还是回来开药。好心的邓医生说："我给你查查我们医院这个药降价了没，你别挂电话。"我等着，而后听见医生在那头惊呼："我们医院也降价了，你快回来开。昨天我才看了，还没降，今天就降价了。"

我在心里暗暗感激。

回到区医院，邓医生看见我竟然抱歉地说："不好意思啊，今天早上我没有查，让你白跑那边一趟。"我浅浅地笑，应该感谢的是她啊，她为病人着想，想着我们能节约一点儿是一点儿。不但如此，爸爸有任何问题，我在微信上问邓医生，她都会为我耐心解释。医者仁心，这是我第一次如此清晰地感受到，在我心中，她就是一位天使医生，爸爸生病，我们受到的照顾和关心如此体贴温暖，而在这之前我们和她完全是陌生人。

她甚至在和我交流病情的时候，会直接说："爸爸这个病……"她没有说"你爸爸"，俨然把爸爸当作亲人，一举一动、一言一行都透着对患者的关爱，而我们非亲非故，爸爸不过是她负责的一位普通的病患。因为有这么好的医生关爱爸爸，我总是感恩。

在邓医生那里开到了降价的药，降价幅度非常大，自费部分每个月只用我们付三百多元了，更是大大减轻了家里的经济负担。

那天奔波一上午，总算是圆满。我肚子有些饿，在医院外面的小餐馆儿吃午饭，给邓医生发了个微信，告诉她："一直以来，都想说声谢谢，感恩遇见，你真的很善良，让我感到很温暖。"医生回我："没事，我们也谢谢你们理解。"我的眼泪流下来。

就是这样的温暖，能抵挡所有的艰难吧；就是这样的温暖，能驱走所有的寒冷吧；就是这样的温暖，可以让我们的路走得更稳些吧。

每次遇到一些事情，晚上我照例会读诗，那天晚上读到余光中的：

一粒松子落下来
没一点儿预告
该派谁去接它呢？
满地的松针或松根
满坡的乱石或月色？
或是过路的风声？
说时迟

那时快

一粒松子落下来

被整座空山接住。

我的心，也有一颗松子寂静地落下，被诗歌稳稳地接住，被人心的温暖稳稳接住。

毛姆说：“阅读，是一座随身携带的避难所。”我其实并不认为阅读是逃避现实的避难所，我更喜欢作家黎戈所说：“阅读，可以让颠簸的命运得到别样的补偿。”

所有的“黑夜”和“迷雾”都是为了让我们明白一件事，那就是：“让我更爱、更珍惜早晨。”像明媚的清晨一样做人。

## 12. 上有老，下有小的日子

生活是一道又一道等待被翻越的山坡，像一场永远看不到顶点的攀岩，凿坑、挂绳、抓紧绳索，拼尽全力向上。崖壁上怪石嶙峋，或突出，或凹陷，奇峰陡起，断壁悬崖，一样地冰冷，一样地坚硬，稍不小心，就被顶起的石头刮伤身体，又或者，若不紧紧抓住绳索，就会摔下万丈悬崖。

人到中年，不仅要在悬崖上攀登，还如西西弗斯推着永远推不完的石头，不停地推上去，又不断滑落，顶点遥不可及，且身旁还有一个又一个望不到底的洞，一不小心又会深陷洞中，洞中四壁黑暗，借着点滴光芒，也要挣扎着重新自救爬出来。

刚刚理清爸爸病情的治疗方案，先生的爸爸，我的公公也检查出恶性肿瘤，医院立即准备手术方案，真是一波未平，一波又起。

公公手术那天，我抱了本《安徒生自传》在手术室门口，边看书，边等待，手术做了近八个小时，从早上九点半到下午五点二十分，当然那天看书的速度并没有平常那么快，这么多个小时，也只读了区区一百多页。一会儿下楼买水，一会儿上厕所，一会儿联系人血白蛋白的购买，一会儿回去拿准备好的尿集袋，还有等待时内心的不平静……

医院的来苏水味充满鼻腔，绑着绷带、打着石膏的病人在等电梯，护士推着医疗小车子，大声喊着“三十二床，换药了”，穿着蓝条纹病员服的人躺在病床上，或平躺或侧身，表情呆板，人名变成了床位代号，走廊上的人有的瘸跛，有的肿胀着手臂，这一层楼一边是手术室，还有半层是骨科住院病房。

我埋头看的《安徒生自传》，才刚刚看了个开头，这个鞋匠的孩子，父亲经常带他到林中散步，长到十四岁，他便想去哥本哈根寻找自己的世界。我看名人传记，总是想看到卸下光环之后的他们，作为一个普通人的他们，在生活的真相中是如何闯过人生一道又一道的难关。天才绝不会一蹴而就，都一样艰难，一样要沦陷，一样需要揪着沼泽附近的烂草，努力爬起来。

安徒生所处的19世纪，以及他喜欢的剧本、台词、歌唱、舞台，与眼下我身处医院的这一刻当然毫无关联，这让我低头看书时，有些“穿越”：热烈的、灯光辉煌的剧场，与冰冷亮眼的医用托盘；身着燕尾服在剧院里热烈鼓掌欢腾的笑脸，与身旁缠着绷带、皱着眉头、蹒跚走路的病人……

但这个时候的我，正需要这样的“穿越”之感，一方面不让自己被世事的不济打败，另一方面看到身外的世界，让我跳脱出来。除了充满鼻腔的来苏味，这世上依然还有田野间春天的新泥、安徒生的童话、阳光里起舞的蝴蝶，鲜活地存于我们的生命里。仅仅这样想想，再看到这医院里穿梭来去穿着大大病号服的患者，就不会让人觉得焦躁了，他们就是一群身体出了问题到这里来修整的病人。坐在手术室门口看书的我，并非要逃避什么现实，而是为了更好地和现实在一起。

这于我来说，是向文学致敬的另一种方式，安徒生从心底的疼痛中诞生出来的童话，与现实中的病痛、尿集袋、针头、插管、输液瓶，都是生活的一部分。当文学与生活紧紧相依，我能从中获取力量，虚无隐退，扎根生活，并努力承担，恰恰是文学让人在混浊的生活中，如绿野在望般呼吸到春山之气，至少让人面对一地泥沼的生活时，不再灰头土脸。

四十岁之前的我，无论是工作还是生活，一切都很顺利，生活几乎没向我抛出过难题。四十三岁之后，一方面更加向好，寻向内心更深处的自己，活得越来越肆意：从杂志社辞职，教儿童文学课，做成人写作营，给自己更多写作的时间，越来越喜悦地走在属于自己的路上；另一方面，家里老人的病痛接踵而来，猝不及防，需要给予他们的不仅仅是时间，还有面对不治之症的束手无策，无奈，以及濒临崩溃的妥协。生活就是这样好一步，坏一步的吧，根本没有那么多风平浪静。

我想我人生的下半场要开始了，先是父辈人生的下坡路，接着是自己的，不那么容易，但都得接着。

那天，公公躺在小小的担架床上，从手术室被推出来，麻醉药效还没过，他闭着眼，我们一群人拥着他进了电梯。在狭小的空间里，我近距离看他，他吸着氧，脸有些肿胀，肚皮上放着巨大的氧气袋，身上插满了管子，脸色尚好，从七楼乘电梯到二楼，进 ICU。

第三天，从 ICU 出来的公公显得特别兴奋，平时少言寡语的他，滔滔不绝地讲了三个小时。

“我在想啊，是不是今年年初不该去动阳台上的旧东西，我说把那些东西理一理，不要的就扔了，结果把那些扔了，没想到自己生病了。

“对了，春节前来了一只大耗子，我们没有抓住它，说有耗子来家里也是很不好的预兆，是不是？

“那天晚上，有个病人进 ICU，当天就走了，我还在想，是不是就是他将我的坏运气带走了，我一定可以活下来了……”

每一个人都是渴望活着的，这个曾经服役二十年的老兵，那天给我们说：“如果不是身上插着那么多管子，真想下地来走走啊。”话语间有着多么活泼的生命力。

虽然他的很多话都迷信，也没什么依据可言，可公公的精神头儿和对病痛的不惧，让人看着也觉得可喜。没承想，公公手术后十天，竟突发肺部感染，致呼吸困难，接到消息，我临时取消了那天晚上原本要上的写作课，急急忙忙地赶到医院。还好抢救及时，他的心肺功能成功复苏，再过难关。

人的一生，就是这样闯关、升级、打怪的吧，没有人轻易举白旗投降。

公公手术之后的4月依旧青草嫩绿，野花遍地，春夜的雨总是准时降落，“像季节燃起花朵又把它吹熄”。它们不知人间疾苦般，照样点燃希望。每隔一天，我们会去医院看望住院的公公；每晚十点，我们会风雨无阻接儿子下晚自习。每天，我这日日在家工作的人，开始有了命运的颠簸，当生活巨大的浪头打来，我深潜海底，看到泥沼、珊瑚，看到鱼群与水草，开始接受来自大海深处喷吐的汹涌波涛，永不言惧。

## 13. 每一寸时间嘀嗒的欢喜

以前假期忙着外出旅游，现在一放假就喜欢窝在家里，陪父母，做美食。

最喜欢的是宁静的下午，我蜷在沙发上看书，眼角瞄到爸爸将家里的衣服偷偷塞进他的布包里，然后再将饼干放进去，再撑进一双鞋子；妈妈靠在沙发边睡觉，大概昨晚没睡好；儿子去江边和小朋友骑自行车了，先生在厨房做饭，屋里一室安静。爸爸不说话，我也不说，任他自己一直“弯腰劳动”，那么可爱，那么认真，要是打扰他，他会甩开我的手，生气。

爸爸看不懂电视，也不会玩手机，他只活在自己的世界里，只在自己感兴趣觉得好玩的地方花时间，比如他抬起头来扶住我肩膀摇晃时，会咧嘴大笑，又拼命忍着，不想笑出声来，好像憋着巨大的幸福，不能随便让人发现，那是一张老顽童的脸，涨红着，脸上的白胡楂儿好像都在发光，我喜欢看爸爸笑。有时，爸爸会突然把我头上的帽子摘下来，将帽子放在书架上，然后转过身来拉住我笑，说：“不戴。”我戴帽子是为了遮头顶的白发，在爸爸面前，我永远都是小孩儿。好，不戴。

除了贪玩，爸爸就只对小孩子感兴趣了，看到每个小孩子都会打招呼，越是走路都走不稳的，摇摇晃晃一岁多的孩子，他越是要去拉着人家打招呼。旁边有脱了鞋的孩子坐在沙发上，他会用手去抠人家的脚板心，小女孩儿怕痒，立即将脚缩进沙发里，他就回头来对我笑，觉得好玩，“恶作剧”让他开心。

爸爸七十九岁生日，刚好在国庆节，我为爸爸做寿宴。那是我在爸爸确诊肺癌后许下的心愿，如果十个月之后，爸爸安然无恙，在他过生日时，我将为爸爸操持一个盛大的生日宴，说是“盛大”，其实就是邀请老家的亲人，还有我的朋友们一起来同贺爸爸生日。这是做女儿的，第一次为爸爸做寿，我和先生为爸爸做了影像背景，在餐厅背景大屏上循环播放。爸爸穿上印有“寿”字的唐装，妈妈穿着我给她买的新衣，长风衣让她看起来风姿依然，看到他们精精神神的，我喜在心里。爸爸坐在桌前，依然只知低头吃菜，身边这巨大的喧闹，所有人是为他而来，他全然不知。妈妈代他举杯，谢谢亲朋好友的光临祝福。我看着父母，雾气盈睫，他们安好，就是我的幸福。

爸爸和他多年未见的幺妹举杯相碰时，两个矮小的老人，一个不自然地笑着，脸上都是纵横的皱纹，不善言辞地说：“祝大哥生日快乐。”一个木木的，眼里有惊讶，有欣喜，也许似曾相识，但木讷的脸上依旧没有什么表情。从小一起长大的兄妹，此时相见却不相识，紧密的骨血却被记忆割散。

无论怎样感慨时光易老、幼时不散，也唤不回光着脚丫走田

坎、牵着流鼻涕的妹妹回家的那个大哥的记忆。好在，今天他们相聚了，从老家四川中江来，最小的堂妹租了大巴车，浩浩荡荡半车人去南山枇杷园吃火锅，然后在南滨路上看夜景，人很多，景很美，每个人脸上都带笑，一大家子人在一起，这么温暖，这么有爱。

原来，我们一大家子都很有“文艺细胞”啊，小妹妹在车前像导游一样领唱，我和堂妹春梅坐在最后一排大声和，老一辈坐在中间也高声唱，妈妈唱得很大声。我们唱《我和我的祖国》《洪湖水浪打浪》《明天会更好》《我只在乎你》《美酒加咖啡》……鼓掌，一车欢歌笑语。

我和弟弟妹妹们有同一个爷爷奶奶，我们身体里流着相联的血液。时隔多年，终于在一起吃饭、喝酒、聊天、唱歌、手拉手、笑，这珍贵至极，绚烂至极的时光。

我们的爷爷是老家的一个教书先生，毛笔字写得极好，现在老家堂屋里还留有爷爷曾经的墨宝，笔法刚劲有力，工整娴熟，想来我爱文字，也有爷爷的遗传基因吧。记得小时候，爷爷来过我家，是个白胡子老头儿，留着长长的胡须，身高在一米七五左右，有点儿驼背，但爸爸所有的兄弟姐妹都像奶奶，个个都身材矮小。但身高不是问题，不妨碍爸爸年轻时求学上进，一个农村孩子，靠自己去到成都读书，然后在重庆这座城里扎根下来。

爸爸有三个兄弟，还有一个姐姐，一个小妹，我们这一辈，除了二爸有一个儿子，其余全部是女儿，妹妹们的孩子叫我姨，弟弟的孩子叫我姑妈，对于一个独生子女来说，都是好珍贵的称呼，他们叫，我就大声答应。我怜爱地看一个个孩子，和他们聊天，每一个都那么可爱。上一次看见他们是在七年前了，那个在老家扣鸽子，还执意要带小鹅回家的我的儿子，如今已是一个快一米八的大小伙儿了；那个爱拍照的弟弟家的女儿，也成了一个爱轻声唱歌，声音很好听的少女；那个曾经脸色苍白，看起来弱不禁风的小男孩儿也读初一了；那个之前走路还摇摇晃晃的小女孩儿如今可是健美操小能手……

时间在孩子们身上是阳光，助他们茁壮成长；在老人身上是闹钟，到点儿了，它会响起来。

我珍惜着每一次相聚，每一个假期的陪伴，在父母身边感受每一寸时间嘀嗒的欢喜！

# 第三章

# 生活继续，步履不停

生命就是这样滚滚向前，以前我会用“裹挟”二字，现在觉得这两个字显得太被动。而用“滚滚”会让人联想到有轰隆隆的声响，滚得大声，滚得快速又肆意，倒也自在。

## 1. 活在当下的“特需孩子”

好朋友戈娅写了一本关于自闭症孩子的书——《等风的孩子，谢谢你成全了我》，她写她的自闭症儿子经常玩在当下：“即便刚刚受了委屈，眼泪还没有擦干，但拿起一根铁丝，要用它来做一只螃蟹的时候，他的整个世界立马就只有那一根铁丝了；玩积木的时候，他可以不吃不喝坐在地毯上整整两个小时，把它们拼成各种各样的形状，然后为自己鼓掌；帮我把茶针套上封套的时候，即便外婆问他等会儿要吃什么水果，他都是听不见的，他会仔细地检查每一根茶针是否都套上了，一根都不能少；在天台用一只水桶玩他的‘水下王国’的时候，他会翻遍玩具箱，找到各种各样的水生动物，然后一趟接一趟地用小盆子从二楼接水上去，这样的游戏可以持续一晚上……”

我发现爸爸也是一样啊，当他折手下的那些衣服时，他就仿佛变成了衣服本身，一遍遍打开，一遍遍折叠，然后再打开，再折起，弯着腰，也不觉得累。当他想要把碗底的一朵花或沙发布上的一朵花弄下来时，这个时候，你叫他吃饭或叫他去上厕所，他会全然不理，这些都与他无关。

那次爸爸又走丢了，我按照定位手表显示的位置去找他，他已离家十公里。我们爷俩儿回来时，坐的公交车，我静静地陪着爸爸，看着他。他在玩他的尼龙包，车辆相对而过，外面的喇叭声巨大，加上公交车上电视的声音，这些都不能使他抬头，他只管拉他包上的拉链，一遍遍地拉过来拉过去，拉不动了，就使劲扯扯，再拉。

开包，扣上，再开，再扣。从找到爸爸到回家的二十分钟里，爸爸一直埋头理他的包，不时挂在脖子上，取下，再挂上，拉拉链，各种金属扣这里捏一下，那里扯一下。我坐在旁边看着他，我如果不主动和他说话，他可以一直埋头玩他的。

他不会不安，也不管该在哪一站下车，这些都不是他关心的，所有的担心、恐惧，都留给我们这些正常人吧。

从另一个角度理解爸爸，他深谙失去的艺术，最开始失去的仅仅是钥匙、存折、工资卡、手机、钱和各种各样的小物件，然后失去想要做的工作，失去精神领地，失去思考能力，再到失去方位感，失去时间定位，失去各种各样的认知，失去头脑里的词语，失去基本生活的能力……到最后，他可能会忘记如何走路，如何微笑，如何吞咽，如何呼吸。

在普通人看来，这样的失去真是灾难性的，将其比作是人生中毁灭性的打击也不夸张，可是观察爸爸，失去的东西每进一层，他便更加不慌不忙地专注眼下能掌控的，比如手里包上的拉链，比如那一朵他觉得完全可以凭己之力拽下来的花布上的花，比如拿一本破烂的卷子在手上翻来覆去地看……有人说，这样不断失去的阿尔茨海默症患者一定很绝望，因为无论怎样努力，都没有办法将自己拉回到原来的轨道，他们绝望地活在一个混沌未知的世界里，其实我想，他们那个时候，其实是没有绝望的，因为根本不知道什么是绝望。

深谙失去的艺术之道的人，只会更加热爱手中正在做的事，只做自己想做、爱做的事。时常在爸爸身边的我，不会怜悯他整天的昏昏噩噩，反而从他认真埋头做手中事的专注神情里，得到了别样的启示。

他告诉我，其实天地万物皆是"一"，当人心和所在的位置也是"一"时，会让我们收获很多喜悦，也会暴发出散乱盲目之心永不能及的能量。所以其实很多时候的心随人愿，不是他的目标定得有多高远，三五年内的目标拟写得有多辉煌，而是由他的内心里有多喜欢眼下的事所决定的。

这样看来，爸爸失忆后，依然是我的榜样。当我的人生越来越顺遂，也如他一样，头脑里的构想越来越少，只是专注手上的活儿，并喜悦地去完成它，尽可能完美，这样的过程对我来说本已是礼物，至于财富，那也是随这些喜悦而来的附赠品，我没有特意去求神拜佛，但一切都在自然而然中发生了。

后来再看到一位特殊教育老师小媛发的朋友圈，她的奶奶也患了阿尔茨海默症，她写道："陪护阿尔茨海默症的老年人就像参加十项全能马拉松，了解大方法的同时还要讲究家庭特色，会消耗大量脑力、心力和体力。我奶奶应该是护理起来相对轻松一些的老顽童，最喜欢的'游戏'是数钱和拼中国地图。"这位特殊教育老师说："游戏要重视家庭特色，优先选择每位老顽童喜欢或者感兴趣的事情，融入肌肉训练和大脑训练，全程一起玩游戏，不要丢给老顽童一个人完成，游戏过程中语速平缓的交流也很重要。"

怪不得每次我慢慢地对爸爸说话，爸爸都会听我的，大概是我的语速不急不缓而让爸爸安心吧。记得 2019 年夏天，我带着来自全国各地的孩子们去西双版纳夏令营，但刚到机场，便接到妈妈的电话，说爸爸发烧住院了。

有一天中午，爸爸的主治医生正好在他身旁，她让我给爸爸发微信语音，告诉爸爸午睡一下，这样妈妈也好休息。我照此意思向爸爸好好说话，后来医生给我留言说："爸爸真的能听懂你的话，乖乖地不再闹腾。"

从重庆到西双版纳，隔着一千四百公里的路程；从医院病床上的衰败景像，到长满苍翠橡胶树的西双版纳热带雨林；从发烧身体疼痛的爸爸，到我身边这群可爱活泼生命力旺盛的孩子……我们之间真是隔着长长的距离啊，而那一刻，透过一根网络之线，爸爸听懂了我对他的安抚，还有女儿对父亲的担心和爱。

再次看小媛老师发的朋友圈，让我知道，爸爸也是一个“特需孩子”，虽然他已是七十九岁高龄。那一刻，我才知道，爸爸这样的“特需老顽童”也是需要游戏的，而陪他游戏，恰恰是我们很少做的事情。

我们经常陪爸爸聊天，都是说些无聊的话。怕他的记忆继续衰退下去，有一天不知道自己是谁，于是一遍遍地问他：“你姓什么？”“叫什么名字？”“你认识我吗？”这些在他看来很愚蠢不屑于回答的问题，而我们一次次重复。

当然对我们的这些傻冒儿问题，爸爸也总是相当聪明地回答。

比如我问他：“你姓什么？”

他会机智地回答：“你说呢？”

当我问更傻的问题：“我姓什么？”

爸爸会蒙蒙地说：“你跟我一样的噻。”

爸爸的回答堪称脑筋急转弯，智慧又有趣。

闲时，我会教爸爸写自己的名字，写“唐”，一笔一画还能写；写“荣”这个更简单的字，他却胡乱加一些笔画，“木”字老是写不出正确的样子，尽管如此，爸爸还是很认真地一笔一画地写，写了一个又一个，写好几排，不停笔，可依然没有一个写对的。自己的名字都不能正确书写的人，他的脑子里究竟都还剩下些什么呢？

我按照小媛老师所说，陪爸爸做游戏。爸爸一辈子做经济工作，对数量、金钱之类的东西依然有概念。那日下午，爸爸坐在桌边剥花生吃，他将花生从袋子里倒出来，然后一颗颗数：“1、2、3、4、5、6、7、8，8颗。”他递给我。哇，爸爸真的还记得数数。

爸爸对数字的敏感一如既往，当我和爸爸聊天，有意识地聊他感兴趣的关于“钱”的话题，我告诉爸爸，我现在做老师，一个月能挣多少钱，本来在低头用手指不停地抠一段布料上花朵的爸爸，这时抬起了头，望着我，很肯定地告诉我：“还是可以哦。”哈哈，爸爸真的有他感兴趣的话题。

然后，我发现现在也可以和爸爸好好聊天了，我说的他都懂。

我问爸爸：“你孙子明年就要上高三了，你说在国内读大学好，还是国外读呢？”

爸爸说：“就在国内吧。”

我说：“好。”

我问：“你说尧考不考得上大学呢？”

他说：“考得上。”

我说：“还是要多读书好啊。”

他说：“对头。”

……

爸爸是有他感兴趣的话题的，爸爸并不是一无所知，我宁愿相信这一刻，他与女儿的这些对话，都是认真并带有祝福意味的，那是一个外祖父对外孙的祝福，我深信这些像预言一样的话语，都能在生活中一一实现。就像爸爸曾经告诉我，我奶奶以前对他说“你以后什么都不会缺”一样，爸爸说那是奶奶对他最好的祝福，他这一生，真的什么都不缺，过得很富足。

一代代传承的，不过就是彼此的爱与信任，爸爸现在已变身为一个“特需孩子”，唯有更专业地护理他，更有耐心地爱他，同时，让他做力所能及的事，和他探讨他愿意谈论的话题，不轻易让他在生活中退场，一旦他知道自己被需要，他会对身边的人越加友好。

如果照顾爸爸是场十项全能马拉松，我愿和妈妈一起陪跑。

## 2. 爸爸写的散文诗

清晨，我照例起来写作，冬日六点的天，还被黑暗包裹着，我戴上耳机听李健改编翻唱的《父亲写的散文诗》，准备写这篇文章，那种无来由地被歌词与旋律击中的感觉，再次袭来。

第一次听这首歌，是儿子分享给我的，那时，正值上班高峰，周围都是拥挤车流，我开着车，儿子用他的手机软件里找出来放给我听，听着听着，我泪流满面，儿子在旁边沉默着，不知他有没有看到妈妈眼中涌出的泪水。

内心里有很多地方像被子弹击中一样，有了一个又一个洞，在身体里陷得很深，很痛。这首歌讲了一个故事，一个普通父亲变老的故事，还有一个普通父亲对孩子最平凡的希望。

这首歌让我想到张爱玲写过：“中年以后的男人时常会觉得孤独，因为他一睁开眼睛，周围都是要依靠他的人，却没有他可以依靠的人。”

父亲就是这样一个总是被我们依靠，自己却无处依靠的人，无论他高矮胖瘦，无论他体格健壮或是羸弱，他作为一个男人，被要求顶天立地，应该是家里的经济支柱，应该是家里的一把大伞，应该是家里撑起来的那片天。小时候和父亲的对话通常是这样的吧：

“爸爸，这是什么呀？

“爸爸，为什么会这样？

“爸爸，你看这个，怎么回事啊？

“爸爸，你连这个都会啊！”

爸爸无所不能，爸爸什么都会、什么都懂，爸爸是我们心中大大的英雄。

三十年后，我们的对话变成了这样：

“女儿，你挂的这个是什么呀？

“女儿，你帮我看看这个鼠标怎么回事啊？

“女儿，手写板不动了，是不是坏了？

“女儿，你写的书都出版了，好棒啊！”

无论年龄几何，有父亲在，我们就有天。而每一个父亲，都是平凡的人。有一些父亲不善言辞，只是把生活写进日记本里，而有更多的父亲，他们没有留下任何文字的印迹，子女虽了解他们，回忆他们，但很多时候，都是在别的地方有了触动才会将那个关在身后“屋子”里的人放出来遛遛，想想自己的父亲母亲。

耳边一直回放着《父亲写的散文诗》，歌词让我的脑海中出现很多画面。

那个蹲在池塘边上，给自己几拳的父亲，恨自己无能，自责自己几块小饼干也不能满足孩子的父亲，那拳头里充满自责、悔恨、自怨。我们的父亲也曾有过这样躲在小角落里狠狠给自己几拳的时光吧，只是我们不知道他们何时流泪，何时叹气。

当父亲老成一张旧报纸，老得像一个影子，当孩子慢慢长大，爸爸唯一的心愿是孩子的生活不要过得那么艰难。这是天下所有父亲、母亲对孩子最平凡的祈愿。

虽然大多数父亲都不写诗，也不读诗，然而他们写下的诗歌，就在他们每一天度过的日子里。

他们只是每天上班、下班，努力做好一份平凡的工作，有时会去应酬，有时喝得烂醉，有时会是空中飞人，他们生命里的散文诗有时清晰，有时墨迹黯淡。

还有一些父亲，他们的工作就在田间地头，种庄稼，卖菜，顶着烈日打谷子，为了几毛钱与人讨价还价，他们有一双粗糙的大手，佝偻着背，他们的散文诗写在脸上。

还有的父亲，在城市里住着窝棚，他们打扫街道、做小贩、帮人挑东西、在工地上运砖头，是城市的建设者，却又不属于大都市，做着城市里的异乡人，他们的散文诗写在背井离乡随时打包好的包裹里。

如果爸爸现在心里有个日记本，那上面会写些什么呢？

带爸爸复诊，我和爸爸妈妈约在医院的大厅见面，爸爸看到了我，像偶遇了一个老熟人，径自走过来，举起手和我打招呼，眼神里充满着惊喜："呀，你也在这里。"

"是啊，我也在这里。"

爸爸，其实不是我也在这里，是我在这里等你。

一生有几个真正值得等待的人，一生又有几个人，会风雨无阻地等你。

如果爸爸心里有个日记本，那一天，是否会写：女儿在等我。

只要我在爸爸身旁，爸爸吃饼干，会分我一半；吃玉米，会掰半个给我；吃面包，会撕一块给我；吃糖，会分我一颗……递给我时，只说两个字："你吃。"

那天他从自己的衣服口袋里拿了两块没有包装的饼干出来，也如此自然地先递一块给我，我笑着说："那么脏，不吃。"结果爸爸转身把饼干给坐在另一边的妈妈，说："你吃。"妈妈在一边笑："哦，脏的，女儿不吃才给我哟。"爸爸说："对头。"

如果爸爸心里有个日记本，那一天，是否会写：爱女儿。

看电影《依然爱丽丝》，主人公爱丽丝，五十岁即患早发性阿尔茨海默症，在影片末尾，她的病情也是发展迅速，很多词句都已说不清，当小女儿莉迪亚给她念完剧本，请妈妈告诉她感受时，那个什么都不太记得的教授，张大嘴哆哆嗦嗦努力地从嘴里拼出："L-O-V-E。"

我们一定可以感受爱，什么时候都不会遗忘。每一个父亲的散文诗里，都隐藏着大大的"爱"。

歌手李健的父亲已去世十几年了，父亲的墓碑上写着"冬夏恒久，一世温良"，他的父亲叫李久良。父亲在世时，没有听过他的演唱会，所以现在每一场演唱会，李健都会为父亲唱一首歌，希望父亲能看到他的万人演唱会，能听到他唱给父亲的歌，那是写给天堂父亲的信，父亲天上有知，必定会泪流满面地收下。

而父亲写下的散文诗，有时只有等父亲去世之后，我们才能读懂。人间有很多遗憾，如同寄出一封思念的信，永远没有回音，我们难过，却也无法补救。

写这篇文章的清晨，我一直循环播放这首歌曲，看歌曲下方的留言，再次泪流满面。他们是散落在这世间的星尘，他们都是每一位平凡父亲的孩子，他们的父亲也都很普通，是一个个普通的爸爸，一个个普通的男人，会胆怯、会失落、会害羞、会落伍、会笨拙、会拼命努力，即便有时会弄巧成拙。他们有时畏畏缩缩，有时又胆大心细；有时自私，有时虚伪，有时脾气暴躁，有时又自责连连；他们努力想成为孩子心中的榜样，虽然未必能事事如愿……

“人最大的悲哀在于，拿着爸妈提供的物质，学着他们不懂的知识，见识他们没见识过的世面，体验他们没体验过的人生。到头来，却嫌弃他们如此笨拙。”

“父亲，贫苦的老农一个，抽着廉价的香烟，一辈子都和泥土打交道，不识字，没有日记，没有散文诗，所有想说的话都写在脸上。”

“我的父亲没有散文诗，他的日记本里只有给别人干活儿的日期，他的手上全是茧，他很平凡，什么都给不了我，却什么都给了我。”

“我的爸爸他有点儿世俗，有点儿贪小便宜，有点儿不可理喻，甚至有时候有点儿虚假，但他却努力教我所有美好的品质，他想我成为好的人，一切的不堪他都一个人承受，只是因为我是他的儿子，他很平凡，什么都给不了我，却又什么都给了我。”

“一直觉得，爸爸就像一块海绵，把所有的苦水都吸进肚子里，还要在我面前炫耀，自己被幸福撑得好饱。”

在眼泪中，我看着天慢慢亮起来，每个父亲都有独属于他这一生的散文诗。

## 3. 不断离去，不断向前

我进门时，她在昏睡。

她是我的外婆，我在她身旁长大，从一岁到十一岁，朝夕相处十年，此后每年寒暑假我都要回去，她在的地方是我的故乡。

我走到近前，看着她。苍白的脸上，有大块浓黑的老年斑，紧闭的双眼下面吊着大大的眼袋，每次我送她礼物，她最喜欢的是眼霜、面霜、洗面奶，她希望这些护肤品能洗掉她的老年斑、眼袋，还有皱纹。每个女人，即使老了，也不希望时间写在自己的脸上。

外婆九十三岁了，这个女人目不识丁，但一生倔强、自立，到老都不愿意给孩子们添麻烦。喜欢做缝纫手工的她不像其他老太太那样穿宽大的衣服，她永远都穿着合身且要有腰线的衣服，九十岁之前拒绝平底鞋与拐杖，一直精神抖擞地活着。

而现在，眼前的她，枯瘦如柴的身体裹在薄薄的棉被里，像风中的薄纸片，似乎轻轻的一阵风就能把她吹跑。我叫醒她，她睁开眼，无神地看着我，我大声说出自己的名字，她张开嘴想说话，眼里流出大滴的泪来，拉住我的手口齿不清地说："妹妹，你走哪儿去了，我等你几天了。”

她以前从不叫我妹妹，大概不记得我的名字了，又或者根本不知道我是谁，我握着她如柴皮枯瘦的手，在床边坐下来。

之前，有时外婆生病时会给我打电话：“晶啊，我这身体，不知道还能不能再见你啊。”我都安慰她，一定可以再见的。而如今的她，除了胡言乱语，自说自话，手在床上抠来抠去，或是扬起手在空中挥来挥去，用简单的手势表达要喝水，然后张大嘴，其余已说不清楚什么了。

我说的她听不到，她说的我听不懂，我只是握着她有温度的手时，知道我们还在同一个世界。

那种熟悉的味道又来了，过了十一年，我竟然没有忘。婆婆临终前也是这个味道，和外婆靠近时，那种味道又来了。蒋勋曾写过夏日大海中的尸体气味浓烈：“气味里有一种不甘心，好像是强烈的欲望，欲望活着，甚至欲望在死亡之后还要坚持活着。”而人呢，人在生命的最后，不能言、不能语、不能表达时，也是用气味在述说他想活吗？

我知道她已时日不多，而我回来了。握着她温暖的手，手臂上的皮可以推来搡去，如佐野洋子所说，可以揉搓成一座小小的富士山，“山上”还有大个儿的斑点牛儿在散步。

那天夜里我一个人照看她，她还是那样“调皮”，几天粒米未进却还有些许精神头儿，脚在床上摆来摆去，有时会双脚掉在地上，头歪向另一边，歪斜着睡，铺盖也随之斜掉一半在地上，我就起来将她的脚抬上床，给她拉好被子。

夜里，我睡在她旁边的木质沙发上，总是醒来听她的呼吸，注意她夜里的一举一动。小时候有很多个夜晚，我们曾并肩睡在床上，我在睡前有个习惯，喜欢玩睡在身旁人的头发，挑一缕在手指上绞来绞去，直到自己入睡。和外婆同睡时，我也总是将手插进她浓密的头发林里，玩起她的头发，有时不注意把她弄痛了，她会大声地骂我："绞痛了。"我就乖乖地把手缩回被窝里，快速睡去。

那夜，窝在沙发上睡觉的我，似乎没有精力多想什么，连伤感都没有。一会儿昏昏睡去，一会儿醒来，起身看看她的呼吸是否均匀，给她拉拉被子。小时候，她也这样一遍遍给我盖被子吧。

2019 年中有一段时间我是生过她气的，爸爸病情稳定后，妈妈带爸爸回去照顾外婆，她总因我爸"不懂事"而生气骂他。想想那个场景：三个老年人在一起生活，一个高龄九十三岁，已是颤颤巍巍；一个失智的七十九岁，已返老还童；最小的那个也已六十八岁了，很多时候也自顾不暇。而他们在一起，买菜，做饭，洗衣，看电视，争执，甚至吵架，三个老年人的小小世界，各自都活得自我而互不相让。

外公去世后，外婆独自一人生活了二十多年，习惯了简单整洁的生活秩序，而爸爸因为阿尔茨海默症，思维已不受控制，他既听不懂外婆阻止的话，也不会看她脸色行事，不会因为她不高兴而停下他想做的事，于是在家已习惯东翻翻西看看的爸爸，在外婆家就颇不受待见。外婆闹脾气时，甚至举着拐杖要打我爸爸，讨厌爸爸乱翻她东西。而妈妈此时像护短的“母鸡”，想着爸爸身上的两种疾病，心疼不已，哪里还能忍受外婆对他责骂，于是母女俩偶尔也会争执，甚至闹得很不愉快。

不过是半年前，外婆还有力气起来“打人”啊。现在的她，话都说不清楚了。余烟就是这样的吧，有一两个火苗，微微的，忽明忽暗，也说不定什么时候熄灭，也许就是一阵风，也许就是几滴雨，就足以让它变成黑色的灰烬，兴许还有一点点青烟，最后飘渺一下，也便沉沉地暗下去。

我们无法预估时日，好在她等到我来了。我给她洗脸、梳头、换尿不湿，默默地看着她。她像个睡倒了时间的孩子，夜里闹腾，上午大家都围着她时，她便安心地睡，叫都叫不醒。

她们说，外婆不吃不喝已有七天，也许就是留着一口气，等某个她想见的人吧。第二天上午，我和表弟视频，将外婆扶起来靠在我肩上，让公务在身不能赶回来的他也看看外婆。我们都是她从小带大的孩子，弟弟在那头儿抹泪，一声声叫着她，她也流下大滴的泪，张大嘴，发不出声。她是最后想见他一眼吗？我是否帮她完成了心愿？

下午我要走，她似乎认出了我，哆哆嗦嗦地叫我：“晶晶，你要走啊？”我过去握她的手，说回头再来看她。她对着我和舅舅说：“谢谢你们。”我永远会记得，她对我说的最后一句话是“谢谢”。我知道这一回头，必是永别。

回重庆的大巴车上，我心里很沉。给好友留言说，回家要吃一大碗冰激凌，要喝红酒……然后就在车上沉沉地睡了。

晚上回家，看到宁远写的贝壳表妹，当贝壳面对拔不完的白头发时，说：“算求了，拔不赢了。”我笑了，我头顶的白发，早已是不能拔了。看到这篇文字，想对远远和贝壳说声谢谢，她们让我冷冷的心，又有了一点儿热度。

生命就是这样一步步衰退的，从垂下昂扬的头开始，到有一天，再不能起床。

那天的日历上写着：2019 年 9 月 19 日，宜告别。下面是村上春树的《远方的鼓声》摘句：“在远方鼓声的呼唤下，我踏上漫长的旅途，裹起一件旧大衣，把一切留在身后。”

那天，也是我与先生结婚二十周年纪念日。生命似乎就是这样，不断离去，不断拥有，不断向前。

## 4. 步履不停

外婆在我去看过她的两天后去世，2019 年 9 月 21 日。

接到舅舅电话说外婆过世时，我正在给孩子们上文学课，我让孩子们下课休息，整理了下自己的情绪，定了定神，给先生打电话安排说一会儿中午吃完饭就去接父母回老家。然后给儿子发信息说，祖祖去世了，我们要回老家，让他安排好自己的周末。

妈妈送走了她的妈妈，说："人这一生好没意思啊！"

我说："怎么会没意思呢。我们活过，爱过，经历过，吃了那么多好吃的，看了那么多好风景，有那么多好朋友，还做了些自己喜欢的事……"

《安徒生童话》里有一个故事叫《最后的珠子》，我曾给文学课堂的孩子们讲过，就算老天总是会给我们那颗最后的悲伤的珠子，我们也接受。因为它的出现，会让其他的珠子更加闪亮，于是也会让我们更安心地接受这生命中所有的悲伤、欣喜、团圆、分离。

黑塞有诗如此：

苦闷。绘画。作诗。活着。
一切继续着
且一饮而尽，
一饮而空
在白日将尽之前。

黑塞在堤契诺将痛苦萃取出宁静和喜悦之后，以文字和绘画的面貌呈现。那些难熬的日子也必须"一饮而尽，一饮而空"。

奥修说："开始去散布你们的芬芳，你们的宁静，你们的体验。让那成为一种你们身上微妙的保护，那也是一股无比巨大的转变力量。与其怀着恐惧，不如带着祝福，去散播发生在你们身上的经验。”

外婆去世后，生活还要继续。第二天一早八点，我照样去给孩子们上课，在路上打开网易云音乐听歌，首页即出现“音乐的力量”几个大字，眼泪一下涌上来，无来由地被“力量”二字打动。木心说：“人从悲哀中落落大方走出来，就是艺术家。”悲哀和艺术之间的转换，理性的力量与感性的柔弱之间的翻转，当然不是转瞬发生的，却让人看到通往美好方向的可能性。沉浸式的悲痛不是对死者最大的告慰，更好地活下去才是。那是我那一瞬间，对力量的感动与理解。

于是，我坚定地维持着日常的运转，感受过痛失亲人的悲伤后，继续去上课，与孩子们探讨文学之美，这样的课堂，让我在幽暗潮湿的苔藓之地，亲眼得见一株嫩绿的新芽诞生，那伤感幻化成另一种美。在遭遇不幸之后，我体内仿佛变出庞大结实的根系，牢牢抓地，生长出新的枝丫。

在穿梭的人群中，在9月的金秋阳光下，我一边走路，一边听《步履不停》，眼眶湿了又湿，在人行道等红绿灯时摘下眼镜，拼命地揉眼睛，像困了一样，揉了左眼，又揉右眼。

成年人，总是这么擅长掩饰自己，其实孩子们也是一样。上一周给他们讲日本心理学大师河合隼雄的遗作《爱哭鬼小隼》，然后问他们最近一次哭是什么时候，五六年级的孩子小心掩饰着说："谁这么大了还哭啊，我上次哭是去年了。"

而我想通过这本书告诉他们，即使是心理学大师，也可以坦承小时候曾是个爱哭鬼，并没什么大不了。河合隼雄用哭泣表达自己内心的感动、委屈、不平、伤感、欣喜，他一直在正视自己的情绪，用眼泪来疏解。其实每个人的情绪都理当受到重视，包括负面情绪，也无须回避，用自己喜欢的方式去缓解压力，用自己觉得舒服的方式去放松，没有人规定谁必须一直优秀，没有人应该一直紧绷。

我将自己这么多年跌跌撞撞的经验通过文学作品，表达给了孩子们，他们未必现在就懂，可是也许有一天，当他们身上的压力沉重得快承受不住时，至少可以想起花花老师说过，想哭的时候就可以肆无忌惮地哭，男孩子也是可以大哭的，这不丢脸。

那天我在轻轨上，与老友微信聊天。

"外婆去世了，生活还要继续，我在轻轨上，去给小朋友们上课。"

"也不一定非要坚强，做自己。"

"我很喜欢现在的自己，也许你会觉得现在的我太倔强。"

"不，你一直倔强，从未改变。"

"外婆在外公去世三十年后走了，他们约好的吗？"

"约什么约哟，自然规律。"

一句话，让我破涕为笑。生活就是这样简单。

那个周日我在文学课上，给孩子们分享诗歌，泰戈尔的"使生如夏花之绚烂，死如秋叶之静美”。在外婆去世的第二天，这也纯属巧合。是的，我会在课堂上和孩子们讨论生死，我们会讨论一片树叶飘落后去往哪里。秋叶的静在哪里，美在哪里？

孩子们说秋叶无声的飘落是静，秋叶的颜色让人觉得安静，秋叶在夏天曾经绚烂地盛开过，它很满足，它没有辜负老天给它的生命，所以当秋天来临时，树叶就心甘情愿地落下，变成泥土滋养大树，到了明年，这落叶也会变成新的叶子，新的花朵。

说得真好啊，最纯真的年华，有着最洁净的灵魂。人此一生，一旦有“心甘情愿”几个字，就不会那么纠结，就会静美如初。爱，心甘情愿；付出，心甘情愿；努力，心甘情愿……

那天，外婆出殡，我抱着痛哭的妈妈，告诉她：“妈妈，我们在外婆生前对她足够好，她知道的。她在生前对我说的最后一句话是‘谢谢你们’。”爸爸站在旁边，看着哭泣的妈妈，指着她不停地问我：“她怎么啦？她怎么啦？”爸爸知道眼泪代表伤心，爸爸也会知道关心他身边的人为什么会难过。而我这十年间读过的那些书，这一次对我有了救赎，我没有久久陷在悲伤里，有阳光将我打捞出来。

生命就是这样滚滚向前，以前我会用“裹挟”二字，现在觉得这两个字显得太被动。而用“滚滚”会让人联想到有轰隆隆的声响，滚得大声，滚得快速又肆意，倒也自在。宫泽贤治在妹妹病逝前半年写下诗歌：“不如焚毁一切寂寞与悲伤，沿着透明的轨道前行。”那条隐形的、有着既定方向的轨道，一直都在，那是我们的生命轨迹。我们一直在这条轨道上狂奔，悲伤也不能让它停下脚步，生活总要继续。

吞咽苦痛，继续前行，当内心被一束光照亮时，会发现每一个生命，都与他人紧密相连。

夜里，看到四年级学生嘉懿的文字，让我欣喜不已。她不叫我花花老师，而叫我“花闺蜜”，我也戏称她“嘉闺蜜”，因为她的文字太灵动，我对她喜爱有加，那些灵气劲儿是骨子里的，是任何老师都无法教的，我知道那是一个人的才华，我在心里暗暗许诺要好好保护她。

她写：“一罐糖罐里装着阳光，可以叫它‘一罐阳光’。如果灵魂也可以感受到愉悦的话，有时她的灵魂就像一只玩尾巴的小鸟，或是一只正在啃胡萝卜的折耳兔，有时又会战战兢兢缩成一个小球。”十岁小女孩儿的文字，让我看到向前的生活里的美意和甜蜜。

就在写这篇文字时，狗狗喜宝趁我不注意，从垃圾桶里叼走了一个我刚扔的酸奶盒，我把它叫住，它趴下来，我摸着它的头，它慢慢吐出那个酸奶盒，叹了一声气。

这是步履不停的生活，交织着苦痛、欣喜、离别、希望，以及无数个平常瞬间。

接下来带爸爸去复查，自己去医院体检，车子刮擦报保险，准备教师资格证考试，看秋分时枝头挂着的红石榴，拍这个季节又白又大的茉莉花……这些都是步履不停的生活，唯有继续爱。

## 5. 外面一片白茫茫大雪

看心理咨询师李雪写的《当你遇见一个人》，一本写母婴与亲密关系的书，我在其中竟然仿佛看到我的父亲。他似乎已退到婴儿的状态，而我要如何和他相处，如何与他保持安全、有爱的亲密关系？

书中说，感受婴儿，包括感受他的呼吸，同时也感受自己的呼吸，让情绪自然流动，“婴儿天然地活在当下，和万物联结，我们借由婴儿的存在感知自己”。

对这一刻的觉察，对身边人情绪的觉察，对婴儿或是已退回到婴儿状态的父亲情绪和身体反应的觉察，对季节变化的觉察……这些觉察与感知，让我们在亲密关系里互为魔镜，看到彼此的样子。若你是柔软的，全力给予亲人爱和温暖，他们就会感知到，也会回应，而你也会一直感受到来自他们的温暖和爱。即使是与我那失智的父亲，我也会尽可能地去观察、体谅他的情绪。

书里说：“如果我们去观察那些得到爱和自由的孩子，他们天然地会去体验各种事物。比如看到一幅卷轴画，孩子会抚摸，闻一闻，卷起来，再放下，再卷起来，再放下……”看到这里，我觉得这和父亲现在很多时候的状态多么一样啊。

父亲总是对每一件物品都有兴趣，对一切东西都抱有强烈的好奇心，一定要拿起来看个究竟：我家茶盘周围的茶罐，每一个他都要打开来看看。妈妈告诉他：“里面装了茶叶，不用看啦。”他就像可以自动屏蔽妈妈的“吼叫”，继续做他想做的事，红色的小铁罐，打开，用手指放进去搅一搅；白色的小瓷罐打开，闻一闻，眉毛皱了皱；褐色的小瓦罐，揭开蓝花布，将脸凑近了看，里面有些什么东西……这些也许都是爸爸的游戏。

妈妈就在旁边喋喋不休，怕他将瓦罐、瓷罐拿起时摔坏，于是爸爸拿起什么，妈妈就从他手中抢下什么，这一拿，一抢，一夺，一放，让爸爸很不开心，最后，他像孩子一样，直接把小罐子扔在了沙发上，虽然他什么都没说，可是我看出爸爸生气了。

但是这一秒还在生气的爸爸，下一秒又开始在五斗柜前玩一个花瓶，玩得兴致盎然了。跟在身后不准他这样、不准他那样的妈妈，也自是无法。

我就站在旁边看父母，觉得这样闹闹小脾气、吵吵嘴的父母也真可爱。

如果从护理的角度讲，妈妈是不应该去打扰爸爸的，就该让他专注地玩，那也是对他的尊重。我们不知道那个专注手下“玩具”的他穿越到了哪里，是不是变成孩童回到了小时候，回到他内心里的农村，回到那段总是光着脚调皮地奔跑在田埂上的时光。如果他暂时对这些城市里的东西感兴趣，就让他好好地玩一玩吧。

小时候的他，身材矮小，在家却是顶天立地的大哥，除了照顾弟妹，还要好好学习，他是他们那里学习最棒的，也是最调皮的一个，他读完中学考到成都去读财经中专，在他们那个村，他是第一个走出穷乡僻壤的人。

爸爸沉浸的世界，我们不再了解，但如书里所说：“需要时常放下成人已被高度训练过的头脑的假想，带着敬畏之心去体验。”仅仅是陪伴，仅仅是看着爸爸手不停地摸来摸去，看着他眼睛里闪现出的孩童般的好奇，我就觉得仅仅是这一刻默然的陪伴，和爸爸并肩坐在沙发上看他将手里的东西玩来玩去，也是一件极有意思的事。

妈妈有时招呼累了，就倒在旁边的沙发上睡了，爸爸就像精力很好的孩子，还是意犹未尽地玩他手中的玩具。我就静静地坐着，看着他，从这一刻里滋生出一点儿岁月静好、不过如此的感觉。这一刻的安静，是连狗狗都趴下睡觉了，外面也没有蝉鸣。爸爸的世界里有没有下雪？是白茫茫的一片，还是带着各种各样的色彩？

日本作家井上靖写他的母亲也是阿尔茨海默症患者，他最后一次见母亲，是在一个夏天之后的 9 月，而那最后相聚的夜晚，母亲告诉他：“下雪了，地上都是雪。”她还问井上靖，有没有听到下雪的声音。

母亲和井上靖在暖桌前对坐，“笼罩在两人周遭的夜之寂静，确实有些像无声的雪夜”。这时的母亲即使和孩子对坐聊天，也许想从记忆里要打捞一点儿什么，却什么也打捞不起来。没有对随父亲赴任的雪乡旭川、金泽、弘前等地的印象，也没有对童年时每到夜里就静得毫无人气的老屋的印象……他的母亲说：“全都记不得了，头脑不听使唤啊！”

那白茫茫的一夜夜下着的大雪，是井上靖母亲内心的荒芜与寂寞吧，大概有着“前不见古人，后不见来者”的苍凉。在看不到尽头的雪地中，雪花零乱飞舞，没有打伞，没有庇护，四周没有房屋，也没有村庄，只有寂寥独行的小小身影和两行寂寞伸向远方的脚印。她总是一个人吧，一个人行走，一个人孤独，一个人不得停歇，一个人不知目的地，只是疲惫不堪地走啊，走啊，走。也不知何时是尽头，也看不到雪的那边有什么，不知道那时她心里是否恐慌？

那身外的一片白茫茫的大雪，有着“千山鸟飞绝，万境人踪灭”的空无，在他们的头脑里总是会出现这幅怆然、洁白、独行、寂寞的画面吗？那里有属于他们的寂静与欢喜吗？

我爸爸精神世界置身的地方，是不是也总是一片寂静，了无人踪？只有他手下不断变化，可以打包的毛巾、布条、袜子、纸块、绳带，那是他的玩具，也是他一直想回的家乡？

每一位阿尔茨海默症患者，他们感觉到的世界都不一样吧？井上靖的母亲，觉得自己总是身处一片白茫茫的大雪之地；在获2019年奥斯卡提名的那部短片中，那位患阿尔茨海默症的艺术家，他的记忆被处理成散落飞逝的各色彩纸片，最后连颜色都变得透明。不管是纯白的雪地，还是透明的颜色，都是创作者对阿尔茨海默症患者精神世界的猜测，因为无法抵达，只有尝试靠近。毋庸置疑的是，他们的头脑，的确会变得越来越简单、干净。

## 6. 人生，就是要全力以赴地战斗

2019年的日历撕了一半了，薄了好多，从第一页博尔赫斯说:“时间永远分岔，通向无数的未来”；到今天《幽灵公主》里的对白:“不管你曾经被伤害得有多深，总会有一个人的出现，让你原谅之前生活对你所有的刁难”。日历还剩下一百八十四张，也就意味着今年过去了一百八十一天。

当初买下单向书店的日历时，原以为撕下的每一张日历，我都会认真地看，可是到现在才发现，其实每天连去撕日历这个动作似乎都没有时间，有时连着撕下好几页，囫囵吞枣地看看上面的字，又不舍得扔掉，便放进抽屉里，万一哪天还想要一张张地看呢。可是，可是，这个“万一”，这个“哪天”，也确实不知道会是哪一天。可能等到“断舍离”的那一天，又会匆匆地收拾出来，扔掉。

前段时间已忙碌到焦虑的程度，很多事追着做、赶着做，我要求自己在规定时间内完成，不行就加班加点地完成。内心的计划很多，很丰富，它们也真的被一一推动着，我曾经在年初时就和朋友笑说：“我这一年真够充实啊，我的计划已排到了明年1月……”这是好，也是坏吧。

不过随着夏季的一场场大雨来临，我也彻底冷静了。该做的事，一件件慢慢去做就好啦；内心里的计划，一件件去实现就好啦，急也没有用，和每一个当下在一起。

这样的冷静也是因为6月前后非常不平顺，爸爸不见了三次，几乎每周一次。

一旦接到妈妈的电话说爸爸不见了，我内心就“轰”的一声巨响，然后放下手中所有的事，冷面无语，默默背着包出门，找人。

生活就是这样的啊，再难也得继续。

6月的一天，妈妈说，爸爸和她一前一后地走，她刚过马路，一回头，却没有看到爸爸跟上来，她第一时间去公交站找人，可是没有，那天爸爸没戴定位手表，没带卡片，没带老年卡，没有钱……也就是说身上没有能证明他身份的东西。

那天出门找爸爸，挤进视线的，都是些看了心情不好的招牌，“丧事一条龙”什么的：纸钱，花圈，墓地宣传，做丧事的大棚……我的爸爸又不见了，在父亲节后的第二天，我能找到他吗？又是下雨天，又去派出所看监控，看他有没有上车，然后再顺藤摸瓜，我已成了有经验的、内心慌张表面冷静的“木偶”。

寻找到中午，无果。回家，妈妈给我做了鸡蛋面，我回到小女孩儿状态，坐在沙发上刷手机。她一边剥番茄皮，一边吸鼻子，我没有去看，我知道她在流泪，肯定也挺崩溃的。我早过了满大街找人的阶段，也已没有了到处通知亲朋帮忙寻找的疯狂，只是冷静、崩溃、无力，希望尽力寻找，也等待好消息。生活不过就是无尽地折腾，没有爸爸这件事折腾，也会有别的事情来折腾，我并没有心生抱怨。

爸爸乱扔的花生壳还在沙发上，家里还有妈妈不知道在哪里捡回来的两个别人不要的烂皮箱，还有乱扔的鞋子，长势很好的月季，靠在墙角没用的冰箱……

外面雨越下越大了，爸爸会在哪里？那种无力感、毫无方向感，以及疲惫，都让人好想大睡一觉，只愿一觉醒来便能听到好消息。可是世上没有那么容易的事情。

这个时候，爸爸再次走丢这件事，我不想和任何人说，不想被任何人安慰，也不想再打扰他人，当然心底仍然忐忑，不知这次还有没有以前的幸运。我又想到爸爸还要回来吃靶向药，他治肺癌的药不能停，然而这都是我假想的“他不能”，可是如何能掌控？

雨还在下，爸爸还是没回来，妈妈做的番茄鸡蛋面端了上来，生活还要继续。

我和妈妈说，我去杨家坪找找，然后把妈妈一个人“扔”家里了，我知道她是害怕的，我知道她是恐惧的，只是我无力面对和我一样手足无措的她，两个同样恐慌的人坐在一起，是不能相互安慰的。那会如两个紧紧拥抱着的人一起沉进水底，坠落得更快。于是，我走了，把妈妈扔给电视机，当然，我也知道妈妈不会干坐着等消息。

漫无目的地走在街头，汽车呼啸而过，火锅店里传出欢声笑语，红绿灯明明暗暗，我的耳机里反复播放的是李健唱的《父亲写的散文诗》，这首歌无论何时听，都会让我流泪。

步履不停，继续找人，看到街对面有人睡在街角长凳上，我焦急地等红绿灯，走过去凑近看，然而那人不是爸爸，是个流浪汉。我不知道他有没有家人，是否有家人正在焦急地等他，只是看他穿着一双编织的毛线拖鞋，有一个小布包挂在椅子一角，他睡得很安稳，旁若无人，即使有人走近，也不曾抬头。我隐隐失望，又开心，那不是爸爸，也许爸爸已被哪个好心人“捡”到，正在吃饭呢。我给派出所打了电话，说这里有个流浪汉，不知他们会不会带他回去登记，然后帮他找到家人。

在街头逛到夜里十一点，依旧毫无爸爸的影踪，本想一路走回家，那条街离我家还有四公里左右，可以顺便看看街边的行人里有没有爸爸，但过街要走一个巨大的地下通道，从外面往里看，空旷又渗着蓝阴阴的光，我不敢一人前行，只得像个懦夫一样，打车逃跑了。在车上，草草给妈妈打了个电话，说我准备回家了，明天再找吧。然后赶紧挂掉，我其实不敢听妈妈的声音，不敢听妈妈在那边焦急地念叨：“这么晚了，他走哪儿去了嘛。”一句句叹息，我听得心疼，但又无法回应，没有答案的回答都是无力的。

当我筋疲力尽地回到家，一屁股坐在凳子上，瞬间就崩溃了，小声啜泣，还是被在里屋做作业的儿子听到了，他出来问我：“爷爷还是没有找到？”我只能流泪，就让他知道妈妈也不是“金刚”吧。儿子默默地盯着我看了几分钟，没发一言，心里也是万语千言吧，这个时候，我们却无法安慰彼此。

那晚深夜，洗完澡上床，宜宾发生了6.0级地震，好多人都穿着睡衣出去，我们一家人都没有动。这个时候，我担心妈妈一个人在家，我担心爸爸今晚在哪里露宿，可我一个电话都没打出去。

第二天上午，终于有了爸爸的消息，离家四十公里的空港派出所打电话来，让去领爸爸回家。爸爸一定饿极了，警察给他饼干吃，我们到时，他正低头吃得认真，抬起头来看到我，又很自然地递给我一块，还是我的那个“傻”老爸。

2019年5月27号，6月11号，6月17号，在这几天里，我都找过爸爸。而现在，我虽俨然已是一个经验十足的老战士，可是内心的恐慌和他第一次走失时完全是一模一样。可是人生本就是全力以赴地战斗，我又哪能松懈呢？

## 7. 万物皆有裂缝，那是光进来的地方

准备炖鸡汤，等儿子晚上回来吃。我刚把鸡肉倒下锅，妈妈打电话来说，爸爸又不见了。妈妈在电话那头解释起因，我焦躁不安地打断她说话。

儿子下午下课吃了饭马上要补习，我得给他弄饭，爸爸又不见了，也必须马上去找。我摘下围裙，立马打车去妈妈说的方向找，正在路上，先生打来电话，告知某医院打电话来说爸爸在那里的四楼。我火速告诉妈妈，让妈妈先去接，我随后就到。

在医院电梯里碰到了正牵着爸爸的妈妈，爸爸又像是犯了错的孩子，不说话。我过去牵他的手，他也紧紧地握着我的手，我对他说："爸爸，你要跟妈妈一路呀，不要一个人走。"爸爸听话地说："对头。"

这一年开年就不顺，两个爸爸相继生病，而且都不是小病。

这一个春天，就这样在医院里奔来跑去地度过。不过，我依然毫不懈怠地上完了"亲爱的生活自由写作营"第五期课程，在两个多月里共点评八万多字，很开心写作伙伴们对我说："花花老师，你让我们知道生活很美好。"

是啊，生活很美好，即使有时也会让我焦头烂额。

实际上这个春天里的很多时候我都是焦躁的，不曾拍过几张花朵的照片，拿不起相机的原因在于总是疲于奔忙。写作、摄影、绘画、阅读，包括后期调图，都需要安静，我却总是匆匆忙忙的，自然不能做成什么像样的事情。

但是再没有时间，我仍然保持着每天读书的习惯。莱昂纳德·科恩唱：“万物皆有裂缝，那是光进来的地方。”即便在看起来密不透风的生活里，我们还能吹吹风，还能透透气，还能扬起脸笑笑吗？

小满之后，阳台上的花越开越热烈了，我重新拿起相机给它们拍照，今天立鹤开了二十几朵；总是向阳的扶桑在阴雨天只开了两三朵；茉莉开花了，还有大大小小的花苞等待登场；蓝雪在这个季节已开了一大片，又被小雨打得七零八落，不成样子；高高的三角梅总是有落花掉到楼下，有时在楼下刚好看到清洁工在打扫，我便心怀歉意。

心无旁骛地拍花朵时，内心很安静，在那个时刻，我的心里有光。

那天悦读会分享《简·爱》，在最后有个大“彩蛋”，好友红红收集整理了一些诗人的诗歌，以应和罗切斯特和简·爱不同时期的心情，一群不同年龄的女人在小米的工作室对着大屏幕一起轻声朗诵。那个时刻，每个人脸上都洋溢着笑脸，每个人都那么欢乐，每个人的内心都只为那一句句诗欢腾，那个时候，我已离开了让人恐惧的医院，离开了颠簸的世事，离开了“夹心饼干”的角色。

这个片刻，生活便有了缝隙，也有了光。

想必生活对任何一个人都有过挤压吧。我的前四十几年都非常平顺，父母是天，为我遮风挡雨，家是蜜罐，保护我不受任何伤害，事业虽不曾一鸣惊人，但也一直有小小的价值。在前些年我写了很多文字，大多是鼓励他人看到生活的缝隙，哪怕是喝一杯茶，看一朵花，欣赏几滴透亮的雨滴……现在看来这些文字稍显轻飘，因为我本人并未经历过多少生活的苦难，也没有真正面对过世间的黑暗，不知他人生活的艰辛与挣扎，我那些文字犹如雾里看花，其实质是模糊不清的。

而现在真的尝到了做“夹心饼干”的滋味，上有老下有小，可是我发现即便如此，我依然有集中“火力”解决问题的本事，然后剩下一点儿时间，留给最爱看的书。

想当年沈从文当兵时，每个月工资只有三四元，而随身带的包袱里，有一本值六块钱的《云麾碑》，值五块钱的《圣教序》，值两块钱的《兰亭序》，值五块钱的《虞世南夫子庙堂碑》，还有一部《李义山诗集》。“这份产业现在说来，依然是很动人的。”我不禁想为这份“产业”起立鼓掌。

明代“斜杠”人氏（大概他是最早的“斜杠青年”）张岱说自己“学书不成，学剑不成，学节义不成，学文章不成，学仙学佛，学农学圃俱不成，任世人呼之为败家子，为废物，为顽民，为钝秀才，为瞌睡汉，为死老魅也已矣”。真是实属谦辞，其著作《陶庵梦忆》《西湖梦寻》《琅嬛文集》《夜航船》，今天仍堪称经典。这个上知天文下知地理，“少为纨绔子弟，极爱繁华”之人，及至年过半百，却遭遇国破家亡，躲至山野，回望前半生，其实是标准的会“玩”之人，成为了史上“生活专业户”之一。

小林一茶，日本俳句大师，屡屡遭遇丧子之痛，一生贫穷，却依然能写：“此世，如行在地狱之上凝视繁花”；食不果腹时，写：“夏日原野—— 一阵雷声回响于我的空腹”；看到在自然那里，众生平等，于是写：“一代一代开在这贫穷人家篱笆——啊，木槿花”；命运不济，接二连三遭受重创的他在书写俳句时一定获得了救赎：“米袋虽空——樱花开哉！”“柴门上代替锁的是—— 一只蜗牛”“美哉，纸门破洞，别有洞天看银河”。

我在这些文字里，都看到了光。

读书，让人看到这世上并没有那么多风调雨顺的人生，可是生活还是值得好好过。

我承认，单靠喝茶、看花、买衣服是不能将人从苦难中拯救出来的，可以拯救一个人的，唯有内心的能量。我的能量来自身边非常优秀的朋友们，来自喜欢的书籍，还来自我始终乐天的心性，更来自那些源源不断来到我身边的爱，这些让我小小的肩膀能扛重重的活儿，也能扛风雨。

第一代独生子女的压力来喽，很有点儿难，但是我不见得会怕。

## 8. 这样就好

2019 年夏天经常背远家的布袋，上面写着：这样就好。

2019 年夏天看《日日是好日》，里面有一章标题也写着：这样就好。

电影《三傻大闹宝莱坞》里面反复在讲一句话：All is well。只要内心里有“all is well”，一切就会“这样就好”。

2019 年夏天，收到好友泓默做的手作洗手液，她说是用玫瑰精露做的，让我不要舍不得用。于是，我变得特别爱洗手，每次洗完手都会想她，然后告诉她，我的手好香，好像皮肤更嫩了。真是“这样就好”。

这个夏天，我好像一直都很忙，像是放了一个假暑假。但还是会留些时间给家人，陪伴爸妈。这个夏天我特别喜欢听程璧的歌——《每天记下重要的几件小事》。

我这样记录今天的小事：

1. 做饭给爸妈吃，陪爸妈聊天。

2. 重读完《我的母亲手记》。

3. 今天摸了爸爸的大光头，还有他那满是胡楂儿的脸。

爸妈来我家，我做了清蒸巴沙鱼给他们吃，还有凉拌藕丁、清炒莴笋，都被吃了个精光。我还炖了从城口买回来的腊排骨藕汤，让爸爸慢慢喝……爸爸还是那么调皮，把餐椅故意往前一推，把喜宝妹吓了一大跳，爸爸在椅子后面偷偷地笑，这个老顽童。

爸爸坐在沙发上，手也是这一摸那一摸，一会儿拿起茶杯玩玩，一会儿拿起茶具弄弄，妈妈在旁边说他一刻都不得闲，说他："你这样走到哪儿去，都没有人喜欢。"

我笑着问爸爸："有没有人喜欢你呀？"

爸爸笑着说："有。"

我再问："谁喜欢你啊？"

爸爸指着妈妈说："她。"

妈妈也被爸爸弄笑了，说："还是晓得哪个喜欢你哦。"

我们仨都笑。

这样的时刻，"这样就好"。

今天摸了爸爸的大光头，有一点儿粗糙，有一点儿干涩，摸了爸爸不愿刮胡子的脸，爸爸脸上的络腮胡根根银白竖立，很是硌手呢。爸爸鼻子周围有自己抓破的小伤口，血迹凝成一块块的血斑。因为吃抗癌靶向药，副作用会有瘙痒反应，有时皮肤很痒，爸爸就像小孩子一样去抓挠，而他的皮肤也变得像小孩子一样脆弱，一抓就破，会流血，爸爸不知道，也不去擦它，一会儿就凝成一小块。我拿了一片湿巾，为爸爸的鼻头清洗，一点点轻轻地将他鼻子周围的血迹擦干净，再仔仔细细查看，看究竟是鼻血流出来的血迹，还是鼻子尖上真有小小的伤口？

爸爸站在卫生间的台阶上，一只手贴在推拉滑门处，另一只手还很不老实地想要去动我那化妆镜前的一堆化妆品，我知道这个老顽童下一步就会伸手。于是，我一边给他擦鼻子，一边告诉他："爸爸，那是我的化妆品。"他会仰起脸，任我给他擦鼻子，一边挤出声音说："噢，化妆品。"即使这样说，眼睛还是不停地盯着看，搞不准他什么时候就会快速地伸出手，去抓一瓶拿在手上把玩。

我每次和父母相处的时间也并不长，不过只要父母来家，我就会停下手中的工作，认真地陪他们。有时看妈妈在沙发上昏昏睡去，有时看爸爸专注地玩他手上的布袋玩具，我会给爸妈泡菊花水，老说不爱喝水的爸爸，在我这里会乖乖地一杯杯喝水。

吃酸甜的葡萄，爸爸会皱眉，将脸转得远远的，说："算了嘛。"我总是打趣他："再来一口？"他把嘴转到一边，手里继续玩他的，也不理我。这个时候，我会觉得爸爸好可爱，也是我的大玩具。摸摸爸爸温暖的手，与他一起并肩坐着，和他说一些无关紧要的、答非所问的话，也觉得日子真好。爸妈都在的感觉，真好。

爸爸吃冲剂类药时，总是不配合妈妈，妈妈有时冲调好后，给爸爸端去，而爸爸正在玩他的游戏，只顾手下，不愿意理她。过一会儿，我再次将药端给爸爸，爸爸有时会很配合地端在手上慢慢一口一口喝下，然后妈妈就会一边鼓掌，一边夸他：“啊，真乖，表现真好。”还要为爸爸竖起大拇指。这个场景，这个声音，我很熟悉。当年妈妈帮我带儿子时，每当儿子乖乖吃药，她也会这样鼓掌，这样表扬。现在这掌声，又给爸爸了。

我珍惜着这样的相聚。

这个夏天很忙，但无论我工作到多晚，我们都会带狗狗喜宝下去散步，对我来说这也是一种放空。夜里的小区很安静，也没有什么人在外面走动，当我仰望星空时，才发现夜里的天空也是有云朵的，像梵高的画，美极了。这些小小的时刻，都好。

## 9. 惊险度五星的 2019 年

惊险度五星的 2019 年啊，终于快过完了。

2019 年，终于走到了 12 月。好希望它快快过去，这一年的惊险度实在是太高。

不过我皮实的身体，似乎已身经百战，见怪不惊，还能有什么比这一年更坏的呢？似乎没有了吧，也就这样吧。

2018 年 9 月我写了《辞职一年，我做着世间最美的事》；2019 年，我离职的第二年，更是突破性地完成了很多事。

这一年，我自己主讲的“亲爱的生活自由写作营”做了三期，学员来自全国各地，甚至还有国外的学员，她们来自美国、丹麦、加拿大等地，当然她们都是华人，也都是高知，有北大毕业生，也有在美国大学里做教师的，她们出于对我的信任，来到写作营，我们一期一期创造奇迹，我带着她们写作，她们不断给我惊喜与感动，她们不仅学习到如何更好地表达，也学习去感知如何更好地生活。能够影响一百五十个人的生活方式，是我这一年最大的成就。

这一年，我的线下儿童文学课堂，依旧将阅读多遍的儿童文学书籍推荐给孩子们，我认认真真备课，每周日带着孩子们赏析、探讨、表达，认真批阅一篇篇作文，我用我笨拙的方式在慢慢推进，收获了越来越多的家长和孩子的信任。

这一年，我尝试做了夏令营，带孩子们去了西双版纳，拥抱了来自天南地北的孩子们，有了一段美好的回忆；

这一年，我去了广州，见了“光的研习”的摄影伙伴们，有了一场类似人生加油站那样可以让人激动很久的聚会；

这一年，我在夏天备考教师资格证考试，笔试已过，后来面试也顺利通关；

这一年，这本书稿即将写完，我多么希望这本书能在爸爸的有生之年出版。

然而，在这么多工作和写作上的突破之后，这一年，我也经历了许多家庭变故：

年初，爸爸检查出肺癌；

4 月，公公重症，进行手术；

8 月，外婆病重；

9 月，外婆去世；

这一年，我找爸爸，一共八次，有两次报警。

这一年，真是不平顺啊。

还好自己现在“只工作不上班”，工作上的事可以自行调节时间完成，这能在父母需要我的时候，随叫随到，虽然有时也是真累。可想而知，那些每日坐班，必须打卡考勤的独生子女，如果遇到我这一年所遭遇的境况，该有多难。一边是需要照顾的父母，不能耽误的治疗，以及孩子尚幼无法独处；一边是必须推动的工作和老板的脸色。这样想想都觉得煎熬，但每个人各有各的难，每一步都只能靠自己稳稳地走下去。

对我来说，2019 年已是惊险度五星，那么对于妈妈近七十岁的心脏呢？更是受尽折磨吧。相比妈妈，我那些不容易算什么。她天天和爸爸在一起，是她帮我承担了照顾爸爸的所有家事，为了照顾爸爸，妈妈甚至连外婆最后一面都没见到，为此她自责不已。因为妈妈在我前面为我挡风遮雨，我才能安心带学生、教写作、为考试做准备、写我的书，没有妈妈就没有我这一年的成绩。我深深感恩，是妈妈帮我撑起了岁月静好的天。

仿佛这一年经历的磨难，比以前四十四年加起来的还要多。但我依然还能与人拥抱，也能开怀大笑，还能不失信心好好地活，觉得除了生死，真没有什么事是大事。

之所以还能简单地相信，能像孩子一样笑，那是因为我内心一直珍藏着文学这个宝贝，它像护身符一样，总是让我免于受伤：

我读沈从文，看他经历世事艰难，可依然把家乡写得那么美，他看到为一分一厘讨价还价的老水手像古罗马老纤手，他说他强壮得像托尔斯泰，在作家眼里，所有的生命都如此美，没有贫富贵贱，只有美。

我读儿童文学作品《提灯的天使》，它在讲背叛、贫穷、衰老、心碎、友谊，它也在讲人的一生就是溺水——获救——再溺水的过程，可是终究，我们每个人都能凭借点滴光芒，走向自己的光辉大道。

我看电影《死亡诗社》，它告诉我们人之一生，终究要依靠热情，热情从哪里来，来自于你热爱的事物，比如诗歌，要大声吟诵它，让它们变成你的血液在身体里流转，找到你所爱，并一以贯之。

我在年末看坂本龙一的纪录片《终曲》，它让我看到一个有良知的音乐人，除了关心音乐，也关心环境，关心地球，反战，反核武器，他会在为地震灾民做赈灾义演时，轻声问大家：“大家很冷吧？来听音乐吧。”他的声音里，满是温柔。

我听李健唱《父亲写的散文诗》默默流泪，这世上有那么多的好父亲，他们都很不容易。

这所有的所有，都在告诉我，美，其实无所不在。

生命里的热情、流转、起伏、辛酸、悲悯、温柔、良知，都能在这些艺术里看见，我们正在经历的也正是他人经受过的，每个人的生活都难，可是我们也要相信没有什么跨不过去的坎。

人的一生，都在坚守与突破吧，坚守想坚守的，突破自己生命的局限，生命不就是创造奇迹的过程吗？如果说这世上有一种人人都拥有的法宝，那就是爱吧。

爱可以让许多东西诞生，比如幽默，比如温情，比如惦记，比如理解……我愿此生，向爱而生。

## 10. 偷来的栀子花

芒种那天，妈妈从他们小区“偷”了些栀子花装在包里，给我带过来。我能想象，她在前一天傍晚时分以带爸爸散步之名，一圈又一圈地绕着那棵栀子花树走，假装漫不经心，实则在悄悄打探的样子。趁天光未暗之时，连哪几朵适合“下手”都已瞄好：树尖上那朵是刚长出来的，洁白婀娜；侧腰那朵昨天就开了，已显老态，半低头耷拉着；它旁边那朵是娇羞的新娘，花骨朵儿紧紧包裹，明天一准儿会开，可以视为目标……她心里一边盘算着，一边走。

待游逛得四下无人，妈妈从社区发的红色环保袋里拿出花剪，开始“工作”。先从树尖下手，因为目标较大，手抬得过高，容易被人发现，好，摘下一朵。转身过来，背后还有一朵可人的。噢，那花骨朵儿已微微张开了，也可以要……树枝都剪得不长，是一枝枝小侏儒。

爸爸木讷地站在旁边，嘴里发出轻微的“嘘嘘”声，他不是在这里放哨，他只是无处可去，离不开我妈妈。

妈妈带着爸爸来了，还带着前一晚偷来的栀子花。

每周五晚，儿子要回来，我也会请妈妈、爸爸一起过来，那一天最重要的事—— 一家人一起吃饭。一家人，也就五口，爸爸、妈妈、我、先生和儿子。

我牵着爸爸进卫生间洗手，妈妈高兴地从红布包里拿出“小侏儒”栀子花，短短的枝杆，精神的花枝。我家的花瓶大都长得又高又壮，一插进去，花的头就不见了，妈妈笑着喊：“不行不行，拿小点儿的花瓶来。”

我继续给爸爸洗手，接了温热水，爸爸的手一只紧紧地握着门边，另一只半伸半缩地任我捏着，抹香皂，搓泡泡，然后浇上清水洗净。爸爸的手很僵硬，没有捏成拳头，可是却感觉他用着捏拳头的劲儿，整个身体都紧绷着，他怕烫，怕冷，怕一点点水温的变化，怕一点点对身体的刺激。

不动是爸爸最喜欢的姿势。坐下，就不愿意站起来；站着，就不能坐下去。妈妈总说：“要把你爸从床上弄到厕所去解手，必须用腿抵着他走，抵一步，挪一步，推得慢点儿，就会尿到身上。”

给爸爸洗完手，我就去给妈妈找小花瓶，妈妈喜气洋洋地一边插花，一边给我一朵一朵地介绍她亲自摘下来的花：“这朵我看着还不错，刚刚开；那朵鼓起腮帮子的，明天肯定要开；这朵不怎么好，可能开了两天了。”

去卫生间接水时，妈妈发现地上有一摊水，回来去摸坐在餐桌边上翻书的爸爸的裤子，湿的。刚才我给爸爸洗手时，他就尿了，我没发现。

妈妈啥话没有，牵着爸爸的手去厕所换裤子，我将厕所门悄悄关上，听到里面妈妈在说：“你抓我的手干啥子，我给你换裤子。”

“来，拿水冲一下，乖，站过来点儿，洗一下屁股。”妈妈像是自言自语，没有人和她对话。爸爸歪着身子转过半边去，抓到一卷纸就玩，抓到一条毛巾也要打开合拢捏半天，妈妈的音量就要高起来：“喊你过来点儿嘛，你躲啥子嘛躲。”

一会儿又哄：“乖，哦，对头，过来点儿，给你洗一下舒服。”

换上一条棉绸裤子的爸爸出来了，妈妈继续在里面洗裤子。

我站在厕所门外，看着这个蹲在地上为爸爸洗裤子的女人，穿着棉布的直身短裙，因为裙子下摆过小，或者觉得碍事，她将裙子撩到胸间，露出了白色的内裤，还有肥胖的腿。她将裤子放进大盆子里，抓了个搓衣板放在里面，打肥皂，身子一前一后用力地揉搓着，其实洗一条裤子，不需要那么大劲儿的。但看那个背影，像使足了蛮力。

爸爸若无其事地站在门边，看着妈妈，不说一句话，他连自己的名字都说不清楚，他能说什么呢。看了一会儿，他面无表情，小脚碎步，窸窸窣窣地走了。

我望着蹲在地上使劲揉搓裤子的妈妈，其实这个背影已成了日常印象。只是我不常见，每次和妈妈微信，都只是听见妈妈报喜不报忧："今天爸爸还是乖，只尿了两次；今天吃饭很乖，吃了一大碗，功过抵消。"

妈妈在微信那头哈哈大笑，爽朗地说："女儿啊，不担心。我们还不是要笑对人生。"

那次，回家看到妈妈摆在小餐桌上，插在塑料矿泉水瓶里的栀子花，我就知道一向节约到对自己抠门儿的妈妈，是舍不得为自己买花的。花一准儿是"偷"的。

当妈妈说周五要给我带花过来，我欣然默许。这个年近七十岁的女人，每天都在生活的泥沼里搅打，没有帮手，可是她还能在生活中看到花，我怎么能责备她？

此时桌上的栀子花，已是黄的黄，枯的枯，可是香味还在。

## 11. 轻声说句：谢谢你，辛苦了

“妈妈，今天爸爸乖不乖?”

妈妈有时回答:“乖。表现好。”

有时回答:“调皮哦，今天身上打脏两道。”

自从教会妈妈用微信，妈妈时不时会给我语音留言：

“女儿，爸爸今天大便了，自己上的厕所，没有拉在裤子上。

“女儿，今天我买了一只鸭子，花了一百元。爸爸今天喝了好多汤，一开始也是不愿意喝，还差点儿打倒，后来喝了好多。”

爸爸有没有好好吃饭，有没有好好大小便，成了妈妈要对我分享的重大事件，是妈妈和我每天最关注的事情。

完美的一天，就意味着爸爸没有把大小便弄得到处都是，没有臭烘烘地搏斗一场，妈妈可以在晚上轻松地看看电视，可以笑着和我打电话。

我经常对妈妈说:“妈妈辛苦了。”

妈妈经常对我说:“女儿，辛苦你了。”

我经常给妈妈说:“你们要吃好点儿，好好吃饭。”

妈妈经常给我说:“你们三个都要好好的，大家都要好好的。”

生活里真没有什么大事，这些小声叮咛，这些母女间的惺惺相惜，足以让我们抵抗生活里所有的难。

我是爸爸妈妈唯一的女儿，我们都是彼此的唯一。

2020 年清明节那天，中雨，下午我陪着爸妈在家看电影，外面雨声哗哗，房间里很暗，只有电影里的光忽明忽暗，爸爸穿着厚厚的羽绒服，我挽着他的手臂，靠在他软软的衣服上，很舒服。爸爸没有和我说话，也根本没有看电影，可当他安静坐在我身边时，依然给我“他在场”的安心感。

和亲人在一起的每一寸光阴都值得珍惜，哪怕我们并不会说什么情感浓烈的话，连用力地拥抱都很少，说的只有“辛苦了”“谢谢你”“你好不好”。

玛格莉特·亨利笔下的“风之王”是一匹叫“闪”的马，他的右腿上有一个白点，象征急速，预示着好运；他的胸部有一块麦穗纹，象征着不幸、厄运连连。于是“闪”就有了好运连着厄运的命运，可是有谁不是在好一步坏一步地走自己的人生呢？

好一步，坏一步，深一脚，浅一脚，都是人生。我们身在其中，感受路途泥泞、曲折，体会深陷其中又拔腿而出的瞬间，由不得我们抱怨。

“妈妈，明天上午接你们过来吃饭哦。”

“会不会太麻烦了？算了吧。”

“麻烦什么啊，来，我开车来接你们。”

“好。过来耍哈。”

认真生活很简单，就是好好吃喝，好好陪伴，轻声说句：“谢谢你，辛苦了。”

还有些时候，我会在休息日回家看父母。如果是夏天，我会在进门第一眼看到爸爸光着头坐在沙发上，低头摆弄手上的大红布包，上面印着“××社区”的白色字样，他用手一遍遍抹平上面的褶皱，折过来，展开去，仔仔细细，慢慢摸上面的每一个字。

我站在门口，大声喊“爸爸”，他抬起头来，很惊讶地问我：“你好久回来的?”他知道这里是我的家，要用“回来”这个词。晚上我要走时，对爸爸说“我要走了”，爸爸眼神疑惑，问：“走哪去?”我说：“回自己的家。”他又低头不语，继续弄手上那一个布包，不再理人。

一周只有这么一天，我能静静地陪陪爸妈，然而有时因为工作太忙，连这一天都不能保证。但我还是喜欢回家，回到那个乱乱的家。如夏目漱石说：“生身之地，空气的色泽是殊异的，泥土的气味是特别的，对父亲和母亲的记忆也浓密密地荡漾着。”妈妈做饭时，我把头靠在爸爸肩上说些幼稚的话：“爸爸，你知不知道我好爱你。”说完我摸摸他的大胡子脸，爸爸低着头，说：“嗯。”

中午吃饭时，爸爸那一大碗饭，他总是要赖不吃，玩自己的“玩具”，我用勺子喂他，他一边玩一边吃。妈妈先吃完饭，又来接力，接着喂爸爸，不停说着：“张大嘴，对了哦。”“吃点儿姜，开胃。”妈妈一边喂，一边说，我慢慢吃自己的饭，觉得安心，有爸妈在的安心。

中午我躺在沙发上午睡，任妈妈为我盖上小棉毯，变成小女儿享受妈妈对我的爱；下午两点半，爸爸午睡醒来，妈妈会给爸爸削水果，家里以前不常备水果，现在一年四季都有。或是爸爸喜欢吃的梨子，或是香蕉、苹果、西瓜、橙子……妈妈以前不喜欢削水果，现在会一点点削皮，一小块一小块装进盘子里，用叉子一小口一小口地喂爸爸。我和妈妈有一搭没一搭地说些或近或远的话……

吃完水果，天气要是不热，妈妈会带爸爸出去散步，小包里装着小饼干和糖果，手里提着水杯，下午四点，妈妈还要给爸爸加次零食餐。

也正是因为妈妈这样的照顾，爸爸才越来越依赖妈妈吧。在家里，只要爸爸抬起头，他的视线从不离开妈妈。就连妈妈起身去开门，他的目光也会紧紧地跟着她，看她走到门外，再走进来。那日，爸妈送我去公交车站，妈妈走得快，我和爸爸牵着手在后面慢慢走，走到公交车站，爸爸用惊讶的眼神看着妈妈，我知道他看到“熟人”了，爸爸急急地向她走去，充满期待，欲言又止。他已忘了，如何和这个老熟人打招呼。

爸爸已忘记很多，忘记了语言，忘记了亲人，忘记了自己的曾经，但我确信，有些记忆还在他心里。

每当妈妈在厨房里忙碌时，我经常会靠在爸爸肩头，问他：“爸爸，你幸不幸福?”

爸爸低着头，一边玩他的“玩具”，一边回答：“幸福。”

《小好，小麻，佐和子》里有一个镜头，佐和子的外婆患阿尔茨海默症，什么都不记得了，瘫痪在床。小好、小麻去佐和子家吃饭，小好执意要去跟外婆打招呼，外婆竟然笑着说：“好好玩。”然后打了一个大大的哈欠。真是好可爱啊。

谁说，他们什么也不记得。

## 12. 生活并不止眼前的温柔

爸爸八十岁生日，因为我儿子高三每周二从画室回来休息，一家人好不容易聚在一起，便决定那天给老人家过生日。我们买了蛋糕，弄了饭菜，等爸爸和妈妈来吃。

中午时，我们给爸爸拍手清唱生日歌，妈妈在旁边笑，我的儿子长到快一米八的大个儿，弓着背给他外公唱生日歌，我拿着手机一边唱歌一边录像。妈妈将爸爸的手拿起来放在桌上，爸爸用两手轻轻地拍打桌子，和着我们的节奏。轻轻地，轻轻地，他低着头，脸上也没有什么表情，我看着爸爸妈妈还有他们的小外孙，一起轻轻地唱歌，轻轻地和。

那画面柔和又动人。

周四，农历九月二十，爸爸正生日，我因上午有写作营点评课，晚上有网课，不能回家。妈妈前一晚微信语音跟我说："我给你爸做了长寿面，明天给他炖个鸡过生日。"我抱歉地说："妈妈，明天有课，我回不来。"妈妈大大咧咧地说："不回来不回来。你忙你的，那天不都过了吗？"

我心安理得地忙自己的事，让妈妈一个人去折腾。晚上下课听到妈妈留言，说爸爸今天很不乖，尿湿五六次裤子，也拒绝穿纸尿裤，总是脱掉。晚上不到九点，妈妈说很累，她要睡了。

折腾、累人，这是生活的另一面。

我心里隐隐感到有些亏欠，是那种逃避之后的不安，也有对妈妈深深的心疼，妈妈明年年初一就七十岁啦。

晚上和好友小米聊了几句，她觉出我内心不平静，说："天地不仁以万物为刍狗，但是人间还是有爱，这就非常值得了。"

我被这几句话安慰了。

爸爸被妈妈爱着，我也被妈妈爱着；爸爸被妈妈护佑着，我也被妈妈藏在身后，做自己喜欢的事情……正是如此的护佑与爱，让我能一直前行。也因妈妈给我创造出的这些可以不受累的时间，所以我极尽可能地在这几年里做了更多的事情，我像花一样盛放的时间，都是妈妈给的呀。

每天备课、点评作业、运动、写作、学习，每天和妈妈道辛苦，和在高三日夜拼搏的儿子道晚安。我们各自用自己小小的力量在做好自己。

前一晚和儿子分享我备课《羽毛男孩》时看到的话，我说：

“今天妈妈备课时，看到书里一句话：虽然不能有‘无所不能男孩日’，但是无所不能的力量来自内心，来自一个触动、信念或是希望。妈妈把这句话分享给你，你就是那个无所不能的男孩儿，我们都是。

我的理解是，无论一个看起来怎样不出众的男孩儿或女孩儿，都应该有勇气去追寻自己的梦想，那梦想是我们飞翔的羽翼，让我们勇敢无畏、义无反顾，一直闪亮向前。”

深夜一点多依然在画画的儿子看到后回我：“谢谢妈妈的分享。一起加油。晚安。”

一家人能够给予彼此的就是这种小小的爱，和大大的值得。

而有些时候，我也会对爸爸猝不及防的捣乱感到不耐烦，甚至生气冒火。

那是第一次爸爸因找不到厕所而在我的卧室尿了。我大惊小怪，骂骂咧咧地去拿拖把。深夜时我回想起来，又满是惭愧。和儿子聊了几句我内心的不平静，本想从儿子那里获得些安慰，没想到儿子竟然对我一阵猛批：“本来就是你的问题，遇到一点儿事情就咋呼呼的，很不耐烦，你看你今天对爷爷的态度。爷爷在屋头搞了破坏，婆婆都在收拾了，你还在那里吵，那么大声音。”

一句话就戳到我的痛处。我口口声声说会对爸爸好，而我仅面对他一次小小使坏就崩溃了，如此不耐烦。我竟然没有对妈妈说“没有关系，打扫了就是”，没有。我一直在指责，指责妈妈应该提早注意，早些让他去厕所；我甚至指责爸爸，事后想想这多么残忍，爸爸如果有记忆，那么要强的他，无论如何都不会做这样的事。妈妈在旁边打着哈哈，帮爸爸圆场；爸爸站在门口怯怯地看着恶凶凶的我，扶着门框。我不知道在他眼中，这个怒发冲冠的女人是谁；我不知道在那时的他，有没有害怕这个怒气冲冲的女人。儿子站在旁边，一言不发地陪着爷爷，任我喋喋不休。

而在深夜，儿子才跟我说这些，原来他都看在眼里。我羞红了脸，惭愧万分。作为一个母亲，我惭愧；作为父亲的女儿，我更惭愧。

那夜，我痛哭了，大滴的眼泪掉落在枕头上，没有人安慰，我在深深的自责中睡去，又突然在夜里惊醒。梦里，爸爸薄如纸片，穿着一件蓝色衣服，坐在椅子上，他的头越偏越低，清亮的口水就要落下来了，我着急地去给他擦嘴角，一下惊醒了。

爸爸实际的样子和梦里也差不多了，薄如纸片，半天说不出一个字，问他什么，他已很少开口说话，连说一个“好”，都已是困难再困难。他会慢慢不懂吸吮，慢慢不懂咀嚼，慢慢不知吞咽，慢慢不知道抬脚走路。一个人的生命，当要面临这样的遗忘时，会像是将自己关在了一间黑屋子，没有窗户，没有门，没有出口。我甚至没有问过爸爸：“你害怕吗？”

# 13. 寻找，寻找，寻找

寻找，似乎是阿尔茨海默症患者的宿命。

从病症一开始，就总在寻找，找存折，找遥控器，找钥匙，找密码，找不知跑到哪里去的钱，最后，他们把自己也丢了，也被人寻找。

看井上靖原作改编的电影《我的母亲手记》，我之前看过书，又找了电影来看。那个同样的句子在患阿尔茨海默症的母亲嘴里不停重复，说起初恋的人，她如同情窦初开的少女。一群叽叽喳喳的女孩儿打趣她，用扑克牌为她算命，算两人成功的概率，她也颇感兴趣地坐在一旁期待结果。最后算到她和初恋走到了一起，已成为一群少女的奶奶，白发苍苍的奶奶，用扇子不好意思地捂住嘴笑。

这样的母亲，这样的奶奶，有时可爱，有时淘气，有时说话难听，有时糊涂，有时气得让人想弃她而去，看起来像是一直在麻烦子女。

当她还有旺盛的生命力时，她会说让人讨厌的话，她会无数次逃跑、无数次挣扎，去她想去的地方，不知道她在寻找什么，可总在寻找。

而井上靖说，在母亲心中，他就是母亲一直在寻找的那个人，他是被母亲狠心丢下没有带在身边的孩子。而这个孩子，也一生都在寻找，他总喜欢在黑漆漆的地方燃上一盏烛火写作，这是他内心寻找光亮、寻找爱的方式。母亲失去很多记忆，却牢牢锁住少女时分的初恋记忆，儿子年少时写下的诗歌，还有那无法渡过的大海带来的恐慌……这些都是她隐藏的甜蜜和伤痛。

大雨中，在神殿旁边找到母亲，为母亲擦拭身上雨水的儿子，眼里满是怜爱的光。镜头后，远远看着这一幕的孙女，泪湿眼眶。

那个远远观看的女人，也是我，我也曾这样在雨后找到过我的爸爸，也曾这样心痛地看着他穿着湿湿的衣服，和他拥抱。

在阿尔茨海默症患者的时间表里，一切都是混乱的，时间混乱、人物混乱、关系混乱，他们不知道自己是谁，不知道身边的人是谁，不知道谁在说话，不知道身在何方，不知道上一秒发生的事情，不知道午餐吃了什么……他们偶尔清醒，随时糊涂。

似乎余生都会不停地寻找、寻找、寻找。

最近看《困在时间里的父亲》，饰演父亲的安东尼·霍普金斯，获得了第 93 届奥斯卡金像奖最佳男主角奖项。

在片中，摄影机仿佛钻进了父亲的头脑里，对记忆错乱总是产生幻觉的老人进行了多角度的拍摄，何时是真正的现实，何时是头脑里的杜撰，分不清；现实与虚幻交织，构成了父亲亦真亦假的现实生活。真是应了《红楼梦》里那句“假作真时真亦假”。

那个父亲，有时会坐在沙发上哭泣，说有人打他；有时会寻找母亲，像小孩子一样缩着肩膀痛哭流涕。女儿去了巴黎，她也需要有自己的生活，而这个被送到养老院的老人，巴巴地等着他的女儿（被他看作母亲的人）来看他，他在医护人员的安抚下慢慢平静，听话地愿意换衣服出去玩，忘记这一刻的伤心。

是的，他们也会伤心。

我在某网站上为这部电影评了满分，写道：“看这部影片，犹如看到自己的爸爸如何一步步走向深渊，他也有过幻觉，也有过幻听，也曾说在家里有人打他。那时他还能说话，能大声嚷嚷，还能和妈妈据理力争家里的财政大权。而现在的他已不能言语，行动迟缓，早已不识身边人，像婴儿一样睡很长时间，那棵精神抖擞的大树，树叶早已掉得不剩几片了，我怕他终有一天会忘记咀嚼，忘记呼吸……”

困在时间里的父亲，没有过去，也没有未来。

因为爸爸患阿尔茨海默症，所以凡是能找到的关于阿尔茨海默症的书籍、电影，我都找来看，并不为确认什么，而是我也在寻找一种理解，寻找我理解爸爸的方式。

当然对爸爸最为理解的人是妈妈，她每天照顾爸爸，给他穿衣，喂他吃饭，安抚他睡觉，坐久了要搂着他的腰帮他站起来，再带到楼下走走。别人看爸爸走得小心翼翼，慢慢腾腾，建议让他坐轮椅，可妈妈说就是要让他自己走，这样能得到锻炼。

每天都去小区花园里走走、坐坐，沐浴阳光，牵手走路的老人，是我的父母。

妈妈每天日子的重心都是爸爸，亲戚们都称赞她的耐心与了不起。妈妈说：“不过是磨成这样。”我知道这个“磨”的意思，“磨”是一个动词，是时间的碾磨，是无数个动作的连续，是无数个细碎瞬间的陪伴，像推磨一样，将米磨成浆的过程，有竭力，有无奈，有耐心，也有接受与顺势而为。

爸爸也如井上靖的母亲一样，精力旺盛时总是出走，现在想想，也许他想逃离的就是现在的生活，那种他无法把握的生活。

可是每次我又生生地将他拽回来，他像再一次被打败般，落魄地跟我回家。每次接他回家，他都会在车上沉沉地睡着，像很倦似的，但他的手总会和我的手紧紧握在一起。

2019 年，一年之内我找过走丢的爸爸八次；

2020 年，他已不会主动开门；

2021 年，只要坐下，不把他扶起来，他已不会自己站起来，更别说出走。

现在想想，有一个能说走就走的父亲，也是幸福的。

现在的爸爸，一直深陷阿尔茨海默症的噩梦里，迟迟不能醒来，他究竟在寻找什么呢？

真实的生活，比任何一种文学艺术创作都要残忍。

我的这本小书，只想用最普通朴素的笔调，记录真实的阿尔茨海默症老人的日常生活，只想呈现最平凡的价值与光亮。

一点点失去，一点点寻找，也许是空白，也许是无意义。

当一个人的人生，在他的头脑中被一笔抹消，但并没有在现实中消匿不见，我想，这就是我记录、书写的意义。

因为我会铭记——爱。

## 14. 我爸好爱好爱我

2021 年 5 月里平常的一天，我回家看爸妈，中午妈妈做饭，我陪爸爸在家走走。把爸爸从沙发上扶起来，用了一分钟，我扶着他的腰，让他靠着我站起来，爸爸牢牢抓住我的手，弯着腰，慢慢起身。

站起来后到能够开步走，又花了一分钟，他今天走得比前几天好，走得更有力量一些，没有偏偏倒倒。

我牵着爸爸的手走到阳台，带他看妈妈种的指甲花开了，长寿花谢了，窗外远处的高山榕树越来越青翠，我指给爸爸看，初夏如约而至。爸爸佝偻着腰，低着头，嘴里只能说着“嗯”，然后掉下清亮的口水。

这一瞬，我想和爸爸拥抱。我伸出双手，抱住爸爸，他的背薄如纸片，像歌里唱的“我的父亲已经老得像一个影子”。

我伏在爸爸的肩头轻轻给他唱：“我来唱一首歌，古老的那首歌，我轻轻地唱，你慢慢地和……”我感受到爸爸那双有些凉的手，轻轻地在我背上慢慢敲起来，和着歌声，打起节拍。这便是我们父女闪亮的日子。

妈妈烧的红烧肉香气从厨房里溜了出来，锅铲翻滚的声音，也是最美妙的音乐。这一时刻，我们仨，一个也不缺，日光闪闪。

我们仨在一起的时光，大多数时候都是温馨、平静的。妈妈更年期时，也会大声吵爸爸，可是妈妈越老，对走不动路、吃不好饭的爸爸反而更温柔了，妈妈把爸爸照顾得很好，我们一家人，是靠着一种很正经的温柔彼此支撑着走路的。

之所以说“正经的温柔”，是因为我们会真心向对方说一声“辛苦了”。郑重其事，感受来自亲人之间的体谅、感激与懂得。

父母对我一向温柔。我记忆中少有的一次被爸爸“打”，也是他虚张声势。有一次，爸爸辅导我数学，我坚持我的答案是对的，爸爸就说我做错了，我也是毫无悔意地倔强着。

我爸气急了，问：“你算老几？”

大概和今天辅导孩子写作业，快被气出心脏病的家长差不多，实在不知该如何对付我这“犟拐拐”，才出此下问。

我也很直率地回他：“我算老大。”

我心想，家中只有我一个孩子，我不算老大吗？我理直气壮。

结果，爸爸让我靠墙站着，他拿出一根长长的木直尺，我已是吓得哇哇大哭，在我的大哭之下，我爸左打三下，右打三下，吓得我不敢动弹，眼泪鼻涕糊一脸，已被这阵势吓傻，却全然不知道，我爸没动我一根毫毛。那“咵咵”声，全是打到硬墙壁上发出的吓人的声响。我外婆在旁偷偷暗笑，也不理我们爷俩儿。

仅有这一个被“吓傻”的记忆，其余都是我爸和颜悦色的样子。爸爸是个温柔又开朗的人，爱我，也会表达，我的童年如此甜蜜温馨，也为我今天的人生奠定了很多底色。

那天看一期采访节目，女演员在接受采访时说她是个泪点特别高的人，因为从小就被禁止哭，要像男孩儿一样养大。但她最后说到爸爸的体检报告出来，有一项不太好时，她哭了。她流泪，倒也不是完全因为爸爸的病情，而是因为在这种情况下，她依然无法和爸爸说一句亲密的话，她说：“做不到呀。”

安慰的话，一句没说出口。反而像个医生一样，说了一通客观、客套的话，可这个心思细腻的演员知道，这哪是女儿和父亲应该说的话呀。可是她已无法和他亲密，因为她从小在家里没听过柔软的话，不习惯。

在我小时候，爸爸将我抱在腿上，轻声告诉我：“女儿，你知不知道，爸爸好爱你。”这个记忆，我也不知道为什么这么深刻。这句话一直都在，一直都在我耳边，我爸好爱好爱我。

被采访的演员说她爸爸有一米八四的身高，可是她慢慢看到了他的枯萎。他变得好说话了，变得听话了，女儿说什么他都听，可就是面对着这样衰老、脆弱的父亲，她还是无法对他说一句柔软的、心疼他的话。这才是她掉眼泪的真正原因。

在父母家，我会在妈妈做饭时，带着爸爸走来走去，然后亲昵地拉着他的手，给他唱歌，陪他跳舞，有时会靠在爸爸肩头上，或是用我的脸挨着他的脸，让他刚刚长起来的胡楂儿轻轻地扎我的脸，他的脸真瘦啊，骨头硬硬的。这时候的爸爸，在我拥抱他之后，会抬起头来看我。我会看着目光浑浊的爸爸，悄悄对他说："爸爸，我也好爱你。你知不知道。"

他点点头，小声说："嗯。"

爱，也需要触碰、抚摸，需要体贴，需要说出口。

## 15. 生命中的黑色日子

2021 年 5 月以来，我总是说不清楚地低落，如何都振奋不起来。回想起来，那是因为对爸爸病情加重、不喜饮食的焦虑；也是儿子即将高考，对他前途未卜的担心。而当时我以为自己是到了更年期的年纪，也许就是这样。

我总是做很多紧张的梦，有时在梦里大闹、大哭；有时违规考试，交了白卷。那段时间的我，战战兢兢地活着，像掉进了一个巨大的坑里。那是我第一次整整一个月没有写出整篇的文字。

小川糸在《狮子家的点心日》中写道："将要直面的，与已成过往的，较之深埋于它内心的，皆为微沫。"

我不知道这些深藏于心里的"微沫"究竟是什么，我只是潜意识里不去碰触，不去思量，可是该来的总会来。

儿子高考结束，我们接爸妈来一起过端午，那时的爸爸只有七十多斤了。上车时，爸爸颤颤巍巍地不知该如何上车，那个曾经总是睡在被窝里等外公来按摩的孩子，双手抱起不足八十斤的外公将他平稳地放到座位上。

上楼时，儿子和我扶着爸爸的双臂，架着他往六楼走，爸爸的腿软弱无力，走路轻飘飘，像是总踩在棉花上，可就是这样歪歪斜斜地走，爸爸也是靠自己的力量进到了我六楼的家里。后来回想，爸爸从来没有真正地卧床不起过，即使是在生命结束的前一天，他依然从床上下来，由妈妈牵着从卧室走到客厅，坐在椅子上等我回家。

端午那天吃完饭，我让儿子与外婆、外公合影，儿子乖乖地站到老人家的身后，拥着他们照相。谁能料到这会是爸爸最后一次与我儿子合照。而我给他们拍照，没有入镜，这竟然成了永久的遗憾。人生真的没有那么多"下一次"。

当时我发了一条朋友圈："孩儿长大了，老人老了。至少我们这个节日在一起。"我不知道，这竟是爸爸最后一次来我家，这竟是我们最后一次在一起过节。

后来的经历，我以小日记的形式，用少量的文字记录了下来。每一次陪伴，每一次与爸爸的相见，都是倒计时，而我们不知道哪一天的到来，会让时钟卡壳，从此，我与爸爸永不相见。

2021年6月21日

我双手牵着爸爸的手，他颤颤巍巍地走，低着头。

我问爸爸："你快不快乐？"

他抬起头来回我："快乐。"

我问爸爸："我爱你哦，你爱不爱我？"

爸爸点头："爱。"

他只能说出一个字，或两个字，而他把说话吐字的机会留给了"快乐"和"爱"。

2021年7月13日

读黑塞的诗歌，他写：

> 我和你一样，
> 历经破碎，痛苦的生活却未垮掉，
> 每一日都从承受的苦难中，
> 再一次将额头浸入光明。
> ……
> 虽经历了一切苦痛，
> 仍爱着这个疯狂的世界。

想到今日大雨，在转地铁时看到的车流和脚步匆忙的人们，我心生感动。在夕阳下坐车回家看爸爸，到家已是近八点，太阳还没完全落下。

路口的蓝花楹高大、舒展、健壮，而我爸爸的叶子就快抖落完了。

看到窗外的落日，我想拍下。我还想写下这样的一天，奔忙的，承受的，也是将额头浸入光明的一天。

遇到的最好的医生，在我咨询后亲自回我电话，我照做，缓解了爸爸的不适。我一只手拉着爸爸的手，另一只手摸着他的大光头，他安心地睡了。我和妈妈聊天，听妈妈说话，我坐在爸爸和妈妈的床上，打着盘腿，知道最困难的时刻还没到来。我只是告诉妈妈："有我呢。"他们准备第二天下午等我下课后，送爸爸去医院。

那天我给妈妈买了栀子花，妈妈放在窗前，窗下是妈妈的钥匙包，爸爸的水杯和药。妈妈的生活中有了一点儿花香。

傍晚，我在爸爸身旁，查到了儿子的高考录取信息，我轻轻地告诉爸爸："爸爸，你最爱的孙子考上大学了。"爸爸一句话都说不出来，只是望着我，我紧紧拉着爸爸的手，拍下了我们俩紧紧握住双手的照片，爸爸手心里好暖。

这是 2021 年的夏天，7 月 13 日。

2021年7月14日

爸爸于 2021 年 7 月 14 日，中午十二点四十五分去世，我刚下课就接到了妈妈的电话。

我失去了爸爸，成了一个奔丧的孩子。果然生命中不是总有预告，还有突如其来的噩耗。

我打了车，在烈日下的午后狂奔回家，爸爸还是躺在他平日睡觉的床上，只是再也叫不醒了。

重庆夏天这么火热，爸爸选择在最热烈的正午离开这个他热爱的世界。

2021年7月15日　清晨六点

清晨，我们一家去天台上香，天空还是那么美，而我已是一个没有爸爸的人。

2021年7月17日

最爱我的爸爸去了。爸爸走得安详，天堂里再也没有苦痛。

这几天感恩亲人、朋友们的关心，你们的爱，会成为我生命里的光，存在于身体的每一寸角落，支撑我继续好好陪妈妈，继续好好生活，继续做一个良善的人，温柔地对待身边的一切。我深知温柔的力量。

妈妈柔弱的身子，支撑起了照顾爸爸最后几年的日子，她善良、有爱、坚韧、坚强，是我的榜样。我们一家人在一起的日子，让我感受到家庭的力量。

虽独女一枚，却从不孤独，从不觉得是一个人在战斗。亲人们的陪伴、关心、对妈妈的心疼，我都一一记在心底，感恩。

朋友们就是我的兄弟姐妹，不一一致谢了，你们的情谊，我会记在心间，感受你们的温暖，做一个更好的人。

昨天清晨出殡时的大雨，就是对爸爸最好的祝福。爸爸，一路走好！

2021年7月21日

清晨，早起。送儿子出门，遛完狗狗回家，给妈妈做早饭，然后坐在餐桌前，和妈妈一起追忆爸爸生前事。今天是爸爸走后第八天，我们较为平静地谈起爸爸的病痛，爸爸最后的治疗，爸爸在一个月多前的端午曾坐在餐桌旁和我们一起吃饭，祖孙俩合了影……点点滴滴，都在心中。

将音响打开，放上久右让的音乐，妈妈躺在沙发上看《秋园》的续集《浮木》，我打开电脑做事，楼下是迎接小朋友的老师们在幼儿园门口大声对孩子们说“早上好”。新的一天来了，这是平静的一天。

生活还要继续。思念爸爸是必然，爸爸在天上也看着我，我们父女俩依然在一起，爸爸永远都在我身旁。带着爱的力量，我会走得更稳、更坚强。

## 16. 在伤痛中，拔出希望和花朵

爸爸走了，生活还要继续。

在爸爸去世十天后，我又开始给孩子们上文学课了。妈妈每天陪我去上课，几乎和我寸步不离。她不能适应一个人生活的日子，我们就这样相伴着，没有爸爸的日子，一家人都要慢慢适应。

那天，儿子仿拍了一张照片，用创可贴和阳台上的蓝雪两枝，以及外面捡拾的小花枝和果实当作拍摄素材，拍了自己的一只眼睛，眼睛下贴着创可贴，里面插着花朵、小花枝和果实，创可贴上写着“hope”。

他将这张照片发在空间里，我留言评论：“在疼痛中，在伤痛中，拔出希望和花朵。”的确，我在那张意味着掩盖伤口的创可贴上，看到生长出来的花朵和果实，也看到了希望。

爸爸过世，再看这张照片，更让我看到每个人的疼痛都如此显目，但一张小小的创可贴，也可以生长出希望与美。

我从儿子身上看到希望，他年轻，身上拥有无尽的热情，不愿意过“躺平”的人生。昨天下午，重庆三十七度，他早早吃完晚饭，扛着相机，背着角架、稳定器出去拍视频。尽管拍得也不尽如人意，可是他明白，做任何喜欢的事都需要千百次的练习。视频拍摄、剪辑更是不易，但我在他身上看到一种执着，对自己热爱的事情的执着。未必能做到最好，可是他在尽自己的全力。

我在他走后，给他的QQ留言：

看到你去做自己喜欢的事情，妈妈为你开心。上大学后，会有更多的时间做喜欢的事情，同时随着学习的深入，你也会更加专业，会拥有更多的专业自信。

年轻的孩子总是能让人看到新生的力量，他也是爸爸的血脉。

暑假，教孩子们文学，每天和他们一起读诗，精读儿童文学大奖作品。在那些年幼的孩子身上，也总让人看到希望。每个清晨，他们来到教室时，像小鸟一样叽叽喳喳地围在我身边，给我讲他们家的小鸟、小狗，告诉我他们喜欢的书……我微笑着倾听，爱这样的清晨，爱这样的烈日，爱这样的相聚。

和五六年级的孩子一起读《战马》，我带着孩子们看到战争的残酷，也看到即使是在肮脏的战争中，依然有人在坚守人性的温暖、美好、友善，信守着承诺。

我们一起读黑塞的诗歌：“每一日都从承受的苦难中，再一次将额头浸入光明。”

我带着孩子们看到在黑暗中暗藏的光明，如泰戈尔所说：“夜晚的黑暗是一只口袋，一只盛满了黎明金光的口袋。”

黑塞写：“虽经历了一切苦痛，仍爱着这个疯狂的世界。”

这样“疯狂”的世界，绝不会是一帆风顺的世界，不会是只有坦途大道的世界，是有高低起伏的世界，是有波峰低谷的世界，是同时拥有黑暗与光明、欺骗与诚信、冷漠与热情、苦痛与幸福、伤害与怜爱的世界。世界是立体的，也是多面的，而我们如何才能在经历一切苦痛之后，仍爱这个“疯狂的世界”？

我想唯有保持相信：在冷漠中，信守温暖的存在；在苦痛中，坚定幸福的信仰；在受到伤害后，依然诚信待人；在历经苦难后，依旧热爱这个世界……这样的人，不是软弱，不是没有力气抗争，而是真正有能力让自己幸福的人。

在暑假课前，我读到黑塞的这首《被修剪过的橡树》，将它选进了我们的诗歌手册。没想到的是，给孩子们讲这首诗歌时，我已经历了丧父之痛。再读此诗，又觉得内心里生长出一些力量，有些伤痛在慢慢愈合。

我还是那个会笑，也会爱这个疯狂世界的人啊。每一日承受苦难，每一日也将额头浸入光明。苦难是滋养，我确定依然要做一个幸福的人。这也是爸爸的希望。

# 第四章

# 踏实活着，风烟俱净

犹如一个人在生命的尽头时说，这一生虽短暂，却让人活得如此兴高采烈，如今远方呼唤，也可以没有遗憾地走了。

当一个人真正地活过，他会平静地接受死亡。

## 1. 父母的孤独，你我都正在经历

多年前看到黎戈书里写《我们不擅告别》，她的父亲离开了。她父亲患了癌症，一家人总在医院里奔波，看她写父亲抽胸积水，一次又一次抽取胸水，那些血色的胸水“和无数的生活垃圾、排泄物一起”被混合着冲进下水道，生命的一部分看似被轻描淡写地冲走了。人要走之前，都会将身体里的一部分以某种形式提前抽离出去，也许是污浊之物，也许是病变部分的切除，不知是不是为了让身体变得轻盈。

回忆我婆婆临走前，我为她一遍遍地吸痰，将管子伸进她喉咙处安置的金属器里，然后开启吸痰器，很多时候塑料导管吸出来的都只是血色泡沫，并没有真正的痰液，也许是肿瘤使她觉得呼吸困难，于是总叫我们为她吸痰，但也只是一次次抽出血沫来。

当生命面临着病痛时，谁都一样难受。人老了，会有很多难以言说的悲哀。可是有什么办法呢？谁都会老，谁都有可能生病。

网上流传着一段关于“老闺蜜”的插画，她们在年老时，白发苍苍，挤在一个被窝里看书，讲笑话；她们在森林里度假，在草地上铺桌布野餐；她们一起拄着拐杖去公园里赏春天的花；她们光着脚在树上喝酒，哈哈大笑；她们在风大时划一艘小船，顺水漂流；她们躲在满是书和郁金香花朵的桌下喝咖啡，吃蛋糕；她们在一个无事的午后，一起去吃一串粉红色的棉花糖；她们在开满杏花的树下裹着披肩打扑克……满满的温馨和有趣，那是人们对年老时所有美好的想象，这组插画也因此一遍遍被转发。

前段时间看的一部韩剧《我亲爱的朋友们》，也讲述了一群从小一起上学，后来“白头携老”的姐妹们共度余生的故事，但里面的剧情并没有那么多温暖的场面，有如真实的人生，让我们直视老年的孤独、真实的病痛、“自私”的子女。“亲爱的朋友们”不过就是几个生活得不易，一辈子都在努力过活的老阿姨们，像你我身边的父母。

一辈子被照顾得很好，到老也似孩童的喜慈阿姨，在老伴儿去世后最想过的是独立生活，可是没想到她得了阿尔茨海默症；对老公言听计从，辗转几个女儿家为孩子们做清洁赚取自己母亲医疗费的晶雅；一身病痛，乳腺癌、子宫癌、甲状腺癌，不停手术不停吃药的大明星英媛；一生艰难，开着老年舞厅的君子；终身未嫁，有十一个哥哥姐姐，要照顾一大家子人的忠楠阿姨；还有倔强独立，独自抚养女儿长大的兰熙……

里面是一群在生活中连轴转的人，似乎没有停下来歇口气的机会，晶雅说："人生就是狗血啊，我的二十四小时就是孤独啊。"除了不理解自己的老公，自己养大的儿女又真的能贴心贴肺吗？

当阿莞的妈妈兰熙确诊患癌，刚刚和男友约好写完书就去斯洛文尼亚与男友相聚的她，得知这个消息的第一反应，竟是自己的生活怎么办？原定的生活计划会被一一打破，剩下的就是照顾生病的妈妈和没完没了地奔波医院，直至妈妈去世才能有自己的人生。仅仅这样自私地想想，阿莞也为自己的小心思感到羞耻，在卫生间里猛抽自己的耳光。

看到这里，我不禁心底一痛，难道这不就是在父母面前"自私"的我们吗？我们以有自己的生活为由，甚至不让父母突然来袭，面对他们提来的大篮小碗，有时还会很不耐烦；可是当我们有事需要父母帮助时，一个电话打去，父母又乐陶陶地跑来给我们做清洁、接送孩子。

有时父母的爱很沉，让我们背起来好重；有时看不惯他们的生活方式，有种恨铁不成钢的咬牙切齿。看着别人家的妈妈爸爸游山玩水、潇洒人生，可是家里的父母还是千篇一律的吃饭、睡觉，最多散个步，或去超市里抢低价的菜，还喜气洋洋地显摆：晚上八点半以后的菜真是便宜极了，我居然买到六分钱一斤的冬瓜……

剧中有句话，"我们并不是父母随时喜欢的孩子，我们也不总是喜欢我们的父母"。大约人与人之间的孤独就是这样奇怪吧，即使我们是她身上掉下来的肉，但我们依然如纪伯伦所说："你的孩子，不是你的孩子。”

孤绝地长大，可当年老失去母亲时，依然会痛哭出声。如剧里的两位老太太抱头痛哭：“我们的妈妈都死了，我们成了孤儿了。”我的泪是怎么也忍不住狂飙下来。我六十九岁的妈妈，在她九十三岁高龄的母亲去世时，也曾满面泪痕地说：“我是没有妈妈的人了呀！”一直以为“遗世独立”的我们，唯有在此时，才会觉得父母的眼神就像风筝的线，当我们飘得远远的，蓝天白云，自由自在，他们则一直在地上仰望、等待，无论我们任何时候想返航、回落，都会回到他们踏实的怀抱中。而当那个人去了，我们就真的成了断线的风筝，飘零无依。即便已老到七十岁，失去父母时，也是同样的感觉，父母的孤独也才开始真正体会。

片中的几位阿姨都曾像孩子一样痛哭过，晶雅在妈妈去世后坐在厕所里呆呆地哭泣；喜慈在知道自己得了阿尔茨海默症，成为孩子们的负担时，倒在沙发上哭泣；兰熙知道自己患了癌症，并且已经转移，她担心的不是自己的病痛，而是因挂念她那九十岁的父母、残疾的弟弟、未嫁的女儿而狂哭。女儿阿莞在片中的独白说：“像山一样、海一样的母亲倒下了。”

面对病患的痛击，人生的孤独在无常的命运中被放大。一个人无法对另一个人的疼痛感同身受，每个人内心深处的欲望或耻辱无人知晓，复杂幽微、无人能察的情绪混杂在一起，成为生命里看不见的东西，将我们彼此隔绝，不便将秘密说出口，也不知从何说起，更妄谈理解。

而那些人生的细节，又如此清晰地出现在生活的角落里：厨房洗碗池的油腻，爸爸脚上永远穿着的两只不一样的袜子，时而出现时而隐匿的剃须刀，妈妈无奈的叫嚷……它们都无声又有声地在传递着父母的孤独。

回想有一次从妈妈家出门时，妈妈正在监督爸爸吃药。

爸爸问："给我吃的什么啊？"

妈妈说："银杏螺旋藻胶囊。"

爸爸又问："为什么要吃啊？"

妈妈说："吃了对你的记忆力有好处。"

爸爸变得笨拙了，妈妈则显得如此强悍。

自私的女儿心想：如果失去妈妈，我的爸爸该怎么办啊？

剧本里复杂的人性，是你我的缩影，只是身在其中，或许看不清。

## 2. 有过爱的一生，已是足够

"很快你就八十二岁了。身高缩短了六厘米，体重只有四十五公斤。但是你一如既往地美丽、优雅、令我心动。我们已经在一起度过了五十八个年头，而我对你的爱愈发浓烈。我的胸口又有了这恼人的空茫，只有你灼热的身体依偎在我怀里时，它才能被填满。”

——《致D情史》

这段话来自法国哲学家安德鲁·高兹写给妻子多莉尼的作品《致 D 情史》的开篇情话，这本仅有七十五页的动人情书，是西班牙经典默剧《安德鲁与多莉尼》的创作灵感来源。

2017 年中元节那天，和几个朋友团了票，去看爱丁堡前沿剧场引进的西班牙库伦卡剧团表演的默剧《安德鲁与多莉尼》。整部剧九十分钟，没有一句台词，演员们戴着面具，台下观众看不到他们的表情，同时，三名演员饰演十二个角色，仅仅这样听说，就觉得会是一场神奇的演出，没有表情，没有台词，仅凭有限的声音和演员的肢体动作去理解剧情，能看懂吗？

看过之后，才知道一切毫无障碍。

他用打字机写作，发出“啪啪”的声响，在她那里是噪音；她拉大提琴，乐声搅扰了他写作的思路，两个牵手过了一辈子的人，到老了却对身边的人失去了耐心，似乎光阴已磨平了爱。

更难的在后面，多莉尼患上阿尔茨海默症，渐渐失去记忆，一天一天过去，病情越来越严重，她将上衣反穿、将袜子套在手上、把手提袋戴在头上，而她拒绝正确的穿戴，别人根本不知道她究竟在想什么。安德鲁一遍遍地给她穿袜子、穿上衣，可是多莉尼又一遍遍地脱下，她看起来滑稽可笑，很多观众都笑了，然后安德鲁失去耐心，将衣服重重地扔在她的身上，她倒在地上哭泣。

她多么无奈，她很孤单，她只活在自己的世界里，活在别人不了解的世界里。而在新婚时，她送他打字机，他送她大提琴，在他们互送礼物时，我能强烈感知到他们彼此深爱着对方，彼此懂得。回忆如此清晰，但今昔是何年。我被那样的幸福击中，也被现实的无奈击倒，眼泪滑落下来。

看到多莉尼，我想到爸爸。爸爸在夏天也会穿几件衣服在身上，一件件短袖重重叠叠，不管妈妈怎么说，他都会这么穿，即使大汗淋淋，可每当出门时，他还要顺手拿件外套穿在身上。穿裤子时，他经常将两只脚伸进一个裤腿里，无论怎么拼尽全力想把裤子提上来，终是气喘吁吁也不能如愿。

有朋友说："这部剧，看到更多的是无奈。即使有一个人对你不离不弃，在你丧失记忆之后依然能够牵着你，又有什么用呢？人自身的那份孤独，最亲的人也无法理解、无法分担；看着爱人病痛，你即使爱得海枯石烂又有什么用呢？其实你什么也做不了。"

我完全理解朋友说这些时的心情。一个人无法对另一个人的孤单完全感同身受。那种眼看着他枯萎，却并不能切实有效地帮助到他，看不到他好转，他再变不回以前那个活蹦乱跳、思维敏捷的人，这种无力感和挫败感，还有深深的无奈，都让人恨不得能替他去痛、去受罪。这是最亲的人啊。

一如我的爸爸在七十七岁以后患上阿尔茨海默症，他的世界，我这个最亲最亲的女儿亦无法进入。陪伴也许对病情无济于事，不离不弃也许对他并没有实质性的帮助，可是当有另一个人照顾，他至少会活得稍有尊严，不会臭烘烘地上街。生命的尊严在他那里也许就是穿戴整齐，像一个正常人一样出镜。这样想来，非常悲哀。可是我愿意铭记那些陪伴他的心酸过往，对我来说，那些都是美好的镜头，因为爸爸还在身边，能够手牵手就很幸福，不管他变成什么样。

剧中，多莉尼最后一直拉着安德鲁的衣角，他去哪儿，她就走到哪儿，她依赖他、信任他，也许并不认识他，可是在她内心，她知道他对她很重要。一如我的爸爸在生病时对妈妈的依赖。记得有一次，妈妈生我的气，要将爸爸留在我家里，我也赌气地拉着爸爸，不让他跟妈妈走，摩拳擦掌准备自己照顾老爸几天。可是爸爸像小孩子一样追着妈妈，不要我这个临时“家长”，将我的手一甩，还大声质问我：“你拉着我干什么？我要走了。”

世间的陪伴，或许到这里就是最高级别了。一个人对另一个人的依赖，全身心的托付与信任，其实不需要凭有用无用去衡量，人心的全然信任，背后依托的一定是能感知到的爱。即使这个人什么都不懂了，他依然会知道是谁日日照顾他，谁对他好，谁对他温柔，谁值得他跟着走。

我想，大多数时候，与爸爸握手相向时，他并不知道我是谁，可是我们父女手与手紧紧相握时的温暖，我会铭记一生，变成此生珍藏的宝贝，那体温的传递便是我们两座孤岛间流动的温情之水，如此真实，如此给力。而这水波微漾时刻，我能感受到父亲满满的爱。

在《致D情史》书中，高兹和妻子多莉尼最后双双自杀身亡。在剧中，多莉尼先去世，在她的墓前，儿子和儿媳来悼念之后，小两口儿带着腹中的婴儿双双离开，仅留下安德鲁孤单一人。最后一幕，安德鲁离世，儿子回来收拾父亲的遗物，发现了夫妻俩年轻时的情书，依然炙手可热，里面渗透着浓情与深爱。

谁都年轻过，谁都会老去，谁都有孤孤单单一个人的时候，谁都很难面对亲人的隔绝与孤独，可是，我们还是需要书写，还是需要记录，还是需要将那些孤独的过程呈现，因为在这个世界上，有很多家庭，有很多人，正在经历你我正在经历的孤独，写出来的意义，就像黑暗中彼此为对方举起的小小火把，看到些许的光，看到更多的爱，才有力气、有信心继续前行。

虽然生命到最后，谁都不过是黄土一捧，可是有陪伴的过往让我们铭记自己曾年轻，曾执意不负此生，我们热爱过音乐，深爱过文学，有过爱的人，有过爱的家。生活是我们选择的，即使仅有如烟火一瞬的辉煌，也在落幕时，在滚烫的黑灰中，看到有若隐若现的火苗闪烁，那微微光芒，也是希望。

有过爱，有过暖，便足以抵挡岁月无情，抵挡孤独寂寞。有过爱的一生，已是足够。

## 3. 没有柠檬酸涩到不能制成柠檬汁

国庆节几天奔波在医院，儿子高烧，我在医院留察室陪他输液，同时看到几位输液的老人，每个人的人生都像柠檬，酸酸的，我不禁生出感慨，如果加点儿糖，会不会好些。

那位七十好几的老人，由他儿子陪着来输液，儿子基本坐在走廊上，时不时地过来看一下袋子里的水输完没，需不需要叫护士。老爷子就静静地躺着，衣服也没扯好，肚皮露了一截出来，儿子也没有给他理理衣服，或是拿被子给他盖好。老爷子的手机时不时会发出巨大的报时声响，突兀地吓人一跳，“现在时间两点整”。这时，老爷子的儿子来问他吃饭不，老爷子大声地说不吃，外面有啥好吃的，家里啥都有。后来那个儿子独自去吃饭了，留下老爷子一人。

第二天又碰到老爷子来输液，这回他一个人来的，躺到下午两点半了，他叫护士：“开快点儿嘛，我肚子饿了，要回家吃饭了。”护士说：“开快了对你不好，我那里有面包你吃不？”老爷子摆手说：“莫看我这个样子，我嘴巴刁得很，面包这些来不脱。”护士笑了：“那你要吃什么？”“我要吃月饼呀这些，家里都有。”老爷子耳背，说话声音很大，在整个房间的各个角落都听得见。

第三天我带儿子正在医院一楼挂号时，又看到这个老爷子，他还牵着老太太，老太太眼盲，颤颤巍巍拄着拐杖在他后面，牵着他的衣角，慢慢挪，他们也刚挂完号要去找医生看病。我刚给儿子缴完费准备带他去做化验检查，看着他们的背影，我眼眶有点儿湿，昨天老爷子才输完液，难不成今天又带老伴儿来看病？他们真是医院的常客啊。

同在二楼，我带着孩子在等化验结果，两位老人家上来了，在二楼转了一圈，也没找到要看病的诊室，我让孩子等着我，我带他们到呼吸内科去。后来，儿子的结果出来了，也在同一个医生那里看，再次看到他们，原来还是老爷子进去看病，老太太安静地坐在外面等。老爷子出来了，老太太问他：“医生叫你住院啊？”老爷子掩饰说：“没有。”老太太说：“我听见了，你说家里没人照顾。我们等他们过完节再来住院嘛。”我心里有点儿酸。老太太眼瞎，老爷子耳聋，有一天她看不见他，他听不见她，他们怎么照顾彼此呢？

那天老爷子没有输液，但医生说他肺气肿未好，老爷子坚持开了点儿药就领着老太太回去了。儿子又在昨天同一张病床上躺下输液，我依旧陪着。

昨天老爷子输液的那张床是另一个五十几岁的男人在躺着，男人戴着口罩，头上扣一顶鸭舌帽，一边输液一边和他儿子聊天。从他们的聊天中，得知他儿子在澳门工作，也是独子，趁假期回来看看老爸，还给爸爸买了个望远镜做礼物。他儿子出去上厕所时，那男人的老婆打电话来说儿子送的礼物到啦。男人哈哈笑，无比自豪地回老婆："还是自己的儿子好呀，儿子说如果我不能下楼，就用望远镜看外面。"

那儿子回来，继续和老爸聊天，我坐在一室，也不免听到。原来那个老爸前段时间查出了肺癌，手术也做了，化疗也做了，这会儿是感冒了来输液。

他们聊到重庆新出台了政策，如果是独生子女，父母生病住院可以有十天的看护假，那父亲"切"了一声，说："如果是大病，那么短，哪里够？"

一个父亲对儿子说的话，不过就是这些：

"你一个人在澳门都吃些什么啊？在那边也要好好吃饭，吃健康的饮食。

"我的朋友们都表扬你啊，好乖，二十好几的人了，张口闭口都是叠音的爸爸、妈妈，好孝顺。

"那段时间，腰痛极了，还以为是腰椎出了问题，一直治腰，结果又耽误了三个月，才查出来是肺癌，怎么想得到一个不抽烟的人，竟然得了肺癌……"

那个男人滔滔不绝，儿子沉默地倾听，有时露出点儿笑容，小声回应他爸。这时，老婆又打来电话问几点能输完，问他想不想吃蒸蛋。电话是儿子接的，儿子说："要得，给爸爸蒸一个。"

他老爸在旁边着急，隔着电话大声说：“蒸两个嘛，蒸一份，我们一家人一起吃。”然后哈哈笑出了声。

“一家人一起吃”，大概是世上最温暖的话，一家人，一个都不缺，不缺去外地上班的儿子，不缺生病的老爸。

医院是很多个家庭的集结体，我那几天陪儿子去输液，他睡觉，我守着；老大爷的孩子们都开枝散叶，各有其所，也难得聚到老人家的身边；那个从澳门赶回来过国庆节，顺便照顾老爸的有孝心的孩子，未必能天天承欢膝下。这些都是生活。

那日，我问一个好朋友，儿子那么优秀，可是即使过节也是在异地陪他的老婆孩子，你不想让他多陪你几日吗？她说：“他过得开心、过得好就好。”这是母亲，也是生命对生命的体恤和理解。

每个人都像盐一样珍贵，每个生命来到这世界上，都自有其价值。美剧 *This is us* 中讲到人生的很多困惑，讲到生老病死，人生的种种状况层出不穷，生命的不同阶段要经历的各种悲伤、忧愁、不如意，就像一个个酸柠檬一样，而人要有将酸柠檬制成一杯柠檬汁的本事。

在以往，看到医院里的这一幕幕，我只会看到疾病的忧伤和生病没有人照顾的悲哀，可是那个得肺气肿的老爷子，没有完全失去精气神儿，有着对不喜欢的食物大声说“不”的可爱；还有他那眼盲的老伴儿梳着好看的发髻，戴着一串漂亮的珍珠项链，衣着整洁，神色镇定，即便是老了的样子也真是好看；而那个得了肺癌的老爸，虽然儿子不能长期照顾他，可是那时那刻的陪伴已让他的满足之情溢于言表；而我在孩子需要我照顾的时候，刚好有时间陪伴他。不能不说，这一切都是最好的安排，这些时分都是生命中的加糖时分。

相信吧——没有柠檬酸涩到不能制成柠檬汁。

## 4. 老，是一件无法避免的事

很多时候，生活总是给我们刮一阵莫名其妙的大风，吹得人东倒西歪。顽强的人会在猛烈的暴击后，重新颤颤巍巍地抬头；羸弱一些的，或希望能够依傍别的大树，或祈求风暴可以早早停歇。我们曾经以为自己长成了一棵壮实的大树，可是在风暴面前，我们才知道，原来还有那么多事未曾经历。

比如父母的病痛、亲人的离世、和自己一般大的好朋友身体也开始出现问题，“身体健康”这样简单的祝福语，成了最吉祥的问候，也变成了不那么容易实现的美好愿望。

我有位好友是钢琴老师，她那一向身体棒棒的老爸突然检查出胃癌，吃一点儿不合适的东西便痛得死去活来，说些不想再活了的话。常规诊治依然是手术、化疗，可再次手术时，医生已无能为力，切开肚子，又悄悄地在手术台上缝合了伤口。老爸以为手术成功，做女儿的也只有默默陪伴，泪也不能流。

另一个好友的老爸，在她准备出国陪女儿读书前一个月去世。她对我说，我们有时间见面了。人到中年，总是为各种琐事牵绊，工作的压力，一家老小需要照顾，再加上家里有个病人，连好朋友见面这种事，也总是一拖再拖，同在一座城，大半年都不一定能见上一面。老爸没有让女儿牵肠挂肚地远走他乡，他们见上了最后一面。

当时，好友最怕的就是在她出国之后，若父亲离世，她却无法及时回到他身边，更何况以陪读身份出去的她，只有女儿回国她才能离开澳洲，在临行前的死别，似乎是父亲为女儿省去了一桩心事与挂牵，先丢下她们远去。老爸在临走前告诉她，让她和孩子在国外好好生活。身后事其实自己也看不到，老爸唯一的心愿就是孩子们能好好过。

那个做茶室的好友给我说，送突然心梗的老爸去医院时，一边开车，还要一边给他讲笑话转移老爸的注意力，让他不那么恐惧，不那么害怕……

那些曾在我们心目中有着英雄般形象的老爸，曾说话中气十足、掷地有声，走起路来两袖生风，意气风发的男人，不知从什么时候开始，身体节节败退，溃不成军。

有人说老是一瞬间的事，其实并非如此，人到中年的我，很多时候都能听到自己身体里向“老”又迈进一步、再迈进一步的声响。这样的声响有时动静挺大，大踏步前进，嘎嘎的；有时仅仅是轻轻的声响，不仔细听又听不到：

爸爸走丢，找了他一晚上，身心俱疲地回到家时，我好像能听到身体里有嘎吱嘎吱响的声音，仿佛有器官老了一点儿；

持续高强度工作十几天，每天连续工作十几个小时，累得双眼通红时，身体里有小小的叫嚣声，又老了一点儿；

知道爸爸的病情时，再老了一点儿；

和妈妈吵嘴心烦意乱时，又老了一点儿……

那些染过十几天的“假黑发”，不几日便被想说真话的“白发”挤着走下坡路，张扬的白，夸张的白，触目惊心的白，像炫耀般立在头顶，悬于两鬓，如此突兀，又如此真实。拔是拔不得了，以前坐在阳光下对着镜子拔白发的日子，一去不复返了。“老”也不是一天两天的事，每一天都被推着向前走。

人到中年，才蓦然发现，每一次老朋友见面，到得最齐时，便是某人的父亲或母亲去世，此外，都是远远地隔屏问候，看起来不痛不痒的关心，手和身体都不能给予友人最真实的抚慰，即使如此，我们依然在冰冷的手机两端火热地聊，我们经历的是“有我陪伴在场”的共同记忆。

几年前患癌的好友某天给我留言说，去医院拿药了，只想好好活过这一天，好好度过活着的每一天，只记取美好。

忘年交好友在深夜微信留言，说血糖过高，今天去医院开药了，此时非常伤感。我回她：“小女孩儿，把伤感留在这一刻，去睡了，明天又是新的一天。”

她回我笑脸，说“小女孩儿笑了”。

不年轻的我们，内心却多了几分“存在即合理”的坦然。没想到黑格尔的哲学观，会在这个时候派上用场，所有的知识，都会在生活里落地生根，开出引导风向的花。

“为粗糙的生活，填上丢失的所有细节。”一如敏感于老去的声音，享受这一刻的陪伴，在病床前握住亲人的手，日复一日地打扫房屋，帮爸爸按摩，为花盆里的花换上新的泥土，每天都认真地做饭和家人一起享用……日常生活的珍贵，没有大事发生就是生活最好的祝福，当然被各种恼人的事情围困的我们，也会在大风过后，依然歌唱。

老，是一件无法避免的事。

那次去上海出差，在南京西路上的凯司令西餐咖啡社门口看到一位卖茉莉花手串和玉兰花手串的老奶奶，她那年八十八岁，在那里卖花已有十一年了。我不知道她背后的故事，不清楚她是否有子女，为什么这么大年龄依然需要在这个店门口卖花，直至晚上九点半咖啡店关门。她给我说这里的城管都不会赶她走，咖啡店里的店员对她也很好，她歪着头叼着烟的样子很可爱，我在她脸上看到满足的笑容。

看到她，让我想起我那即便高龄也依然要强地独居一隅的外婆，一生不识一字，甚至不会写自己的名字，可是不妨碍她越活越明白，她知道没有比“过好这一天”更重要的事情。外婆身体好的每一日，都独自去买菜，收拾房间，做饭给自己吃，洗碗，晚间七点准时收看新闻联播，有时会开着电视睡着。生病了，就躺在床上，或去医院输液，大多时候，她都独自一人，她尽可能地少麻烦子女。我有空时就给她打电话，以前上班时，就在单位下面的小花园里一圈一圈地散步，和她聊些家常，聊聊爸爸和妈妈。每次即将打完电话，外婆都要说："我们晶晶最乖，总记得给我打电话，和你说说话，心头舒服得很，就盼你们打电话来。"

就是这样的外婆，精神矍铄的每一天，都喜欢独处的自由，想几点起就几点起的自由，想吃什么就吃什么的自由。不用看谁的脸色，不用小心地和家人相处，那也是她独居的理由和快乐，不是他人觉得的凄楚，或是没有子女承欢膝下的悲哀。那是她选择的生活方式，是她不愿意将就的固执与自由，只想过自己想要的日子。甚至到我们家，她唯一的女儿家，也是住几日就会嚷着要早些回家，而且一旦决定，就刻不容缓，第二天必须起程。

活得久的人，大抵都能铭记这世上所有的好，这样才能活过近一个世纪那么长时间。外婆直到去世，也没有经受过多少身体疼痛的折磨，她在最后的岁月，各个器官慢慢罢工，平静地离去。

老和痛苦一样，都只能自己去经历。

我们有时旁观，有时亲历，那些被大风吹乱的日子，被寒冷的雪碾压的日子，那"上层下层的雪"都有自己的安身之处时，我们这些夹于中间的雪，也因为挤压，而变得不再孤单吧。

## 5. 把活着喜欢过了

好友在她家猫咪因为肾衰竭死了之后，写了一段长长的文字，边哭边写，写完哭完，一家三口把猫咪葬在一个湖边的山坡上，那片湖有个好听的名字，叫“彩云湖”。她说：“夕阳落下时，能照到埋葬猫咪的土地上，它也许能看到那最美的晚霞。但愿它的来生，可以没有那么多病痛。下次再见时，它一定是个健康活泼的小宝贝，可能是一只猫咪，可能是一只小狗，甚至可能变成一只小小的苍蝇，重要的是它一定会健康。”

看，一只在身边呆了十年的猫咪，我们也待它如亲人，对它的离世，也会有无数次的泪流满面，无数次回忆它强悍调皮时的样子，翻出曾经给它拍的照片，笑着看它曾经张牙舞爪和恶狠狠的小眼神，用美图秀秀在照片上写“奶凶奶凶的”。凶、狠、生气、愤怒和活泼一样，都是精力旺盛时才能有的情绪和样子。临终前，无论是人还是动物，都眼窝干涩，身体发臭、干瘪，好友说那几天猫咪真的很臭，可是他们一家三口轮流抱着它，让它感受家人的体温，我知道，那拥抱里有多少温暖，就有多少不舍。

程璧唱《春的临终》，用日本诗人谷川俊太郎的诗歌填的词：

我把活着喜欢过了

先睡觉吧，小鸟们

因为远处有呼唤我的东西

我把悲伤喜欢过了

可以睡觉了哟，孩子们

我把悲伤喜欢过了

我把笑喜欢过了

像穿破的鞋子

我把等待喜欢过了

像过去的偶人

打开窗，然后一句话

让我聆听是谁在大喊

是的，因为我把愤怒喜欢过了

我把愤怒喜欢过了

睡吧，小鸟们

我把活着喜欢过了

如果这是春日临终前给小鸟留下的遗言，那这一定是世间最美的遗书。犹如一个人在生命的尽头时说，自己这一世把欢喜、嬉笑、悲伤、愤怒、等待……都喜欢过了，命运的好坏、坦途与颠簸、巅峰与波谷，都同样爱着，这一生爱过、痛苦过、烦恼过、苦闷过、失败过、生气过、痛哭过、大笑过、期待过、忐忑过，组成的这一生虽短暂，却让人活得如此兴高采烈，如今远方呼唤，他也可以没有遗憾地走了。如果春天会说话，当你还在哀叹春天的易逝时，它可能会如晏殊一般跳出来吼：“不如怜取眼前人！”

这是春天的可爱，也是诗歌的动人，它让我们看到千百年来轮回上演的生命主题，一直如是。自然、诗词、诗人、文学，很多时候都在给我们做心理辅导，让我们接受死亡。除了将情绪交给一颗叫悲伤的种子外，也看到深埋雪底里潜滋暗长的新芽，死去，或是凋零，并非就是生命的消逝，它们可以有更诗意的存在，当一个人真正地活过，他会平静地接受死亡。

日本绘本画家佐野洋子家里的猫咪小船得了癌症，医生说猫咪只剩下一周的寿命，在猫咪的最后一段日子，她一直观察它，发现它总是很安静，安静地吃喝拉撒，眼神孤独，她说猫咪的眼睛里有一种安静的豁达。小船在一个月后死了，浅浅地呻吟之后，普普通通地死了，安安静静地死了。她爱它这普通地死去，平常地死去。

佐野洋子在六十几岁时，写了好多关于她和她老年朋友的故事，收进了《没有神也没有佛》那本书里，她整天一副懒洋洋的样子，对什么时候死好像毫无所谓，看起来没有什么激情地活着，却会为寻找到一株预兆春天到来的蜂斗菜而感动得要命，蹲地上看着不知名的小白花，一蹲就是好久，还说：“我深深地感到幸福，觉得这种幸福是有生以来第一次，觉得今天不死也没关系。即使没有意义地活着，人也很幸福。”并因此而嘿嘿傻笑。

这个后来在得知自己患癌后，预知生命大限的老太太，确实没有选择在医院等待死亡，而是选择回家，继续过自己那不值一提的生活。绘画，看剧，和朋友聚会，打一手烂麻将。

我非常喜欢的日本演员树木希林，在癌症晚期，被医生诊断癌细胞全身转移后，没有继续在医院治疗，而是选择回家，然后继续工作。在去世前两年，她拍了三部电影，每天的日程仍排得满满的，主演了《小偷家族》《有熊谷守一在的地方》《日日是好日》三部影片，在纪录片里，她独自开车去剧场，独自生活，女儿远在英国，但她觉得自己可以照顾好自己。她说，自己的精力的确不如以前了，可是身体里仿佛依然有很多能量，是那些能量让她不能允许自己一直躺在医院的病床上。

她们的生命里都有一种倔强，即使走到生命的最后，也要尽可能地让活着的日子有质量、有力量。所有的选择，都只是让死亡来得更平静些，在她们的选择里，我也看到仅仅拥有生命的长度绝非是对生命最大的尊重。

我们在爸爸的肺癌治疗上，没有积极选择给七十九岁的爸爸上化疗药物，表面上看来，也许化疗会帮助他控制癌细胞，可是与此同时，他在活着时能有趣地玩，能调皮，甚至能自如地逃跑的日子就结束了，他每天就剩下在医院里与医生、护士“搏斗”，不停地拔掉刚输上液的针头，和护士嚷嚷，恼怒地想要出去走走，抑或因药物反应过大提早垮塌，日日躺在病床上，等待某个必定会来的日子。

化疗也许会延长生命，也许不会，谁说得准呢。每一种选择，对于家人来说，都冒着极大的风险，更何况爸爸已是无从选择的人，我们要如何帮他做出他人生的选择，真的好难。陪伴爸爸身边的日子究竟会有多长，当时没有人说得清，可是我已在给自己做心理辅导，不仅辅导自己，也开导妈妈，我们要极尽可能地陪伴在爸爸身边，在他有生之年，不离不弃。让他看到我们的笑、我们的愤怒、我们的争吵、我们热火朝天地弄一顿饭，而他只需要调皮、玩耍、无所事事、爱干嘛干嘛，如此相濡以沫又吵吵闹闹地陪他走完人生的最后一程，而不是和他一起被关在医院狭小的屋子里，眼睁睁地看着外面花开又花谢，只能看着好天气，无力地对他承诺："等你出院了，我们一起去看花开。"明明花现在就在开，为什么要等？

旅居德国二十几年，在德国森林小镇拉得弗居住的庄祖欣，在那里的汉尼拔合唱团做兼职指挥，合唱团的人，老老少少都有，九十九岁的老头儿笛特，在一次参加完练唱后，回到家里，躺在摇椅上，嘴上也许还哼着刚练过的曲调便睡了过去，再也没有醒来。

他去世前，是有过歌唱的，那是他生命里的最后一首歌。我猜想，那首歌一定如《春的临终》讲述的故事一样，在述说他爱过了这世上的一切，一整个世纪长长的爱。

在一本名为《一个叫欧维的男人决定去死》的书里，那个妻子去世，自己又失去工作，觉得生命已失去意义，决定要去死的五十九岁的欧维，一生抠门儿，爱管闲事，自杀的计划始终没有得逞，最后竟戏剧性地死于突发心脏病。在生命的最后，当他始终被人关心，被邻居一家爱着时，他没有时间去死。他的临终遗言是将他账户里妻子父亲留下的巨款，全部留给了邻居帕尔瓦娜，而邻居将这笔巨款以欧维深爱的妻子的名义设立了慈善基金。

把活着喜欢过了，传递爱，然后平静地死亡，或许会给死亡增添一种别样的力量。

## 6. 活得不易，也不能总痛哭流涕

这个老太太真是有意思啊，经常在书里写“我真是讨厌我自己”，或是“沉迷韩剧不能自拔，现在想想都恶心”。很多作家都说，写作要节制，不要轻易表露情感啊。手里的这本书，作者是位绘本作家，她就这样反其道而行之，大声说着自己的喜恶，而看这样豁出去般只写自己想写的文字，真是痛快啊。

这是第一遍读此书，快速阅读时的感受，一个被预告了生命终结时间的人，在最后的五年，她记录下的春夏秋冬，让人感觉不到悲凉，只剩有趣，也是能量巨大。

看过《活过 100 万次的猫》吗？就是佐野洋子绘著的绘本。而手上这本书，也正是佐野洋子所写——《在难熬的日子里痛快地活》，台版书名为《无用的日子》，个人更喜欢后一个书名，“无用的日子”，意味深长啊。

让我们先来看看这是怎样一个老太太吧。当她从医生那里得知自己还有两年的寿命时，她请医生停止化疗，也不再做延长生命的努力，反而很阔气地在从医院回家的路上买了辆捷豹车，那是因为她很开心预知了生命终结的时间，也不再担心要活很久，要花很多钱。期望在七十岁死去，医生告诉她也许将死于七十二岁，她感到满意了，于是去完成这辈子的最后时刻要开捷豹车的心愿。

这个和天下女司机一样有很多段子的老太太，“刚一周的捷豹车，就到处是伤。我倒车入库的水平太差，况且家里的车库也是太小了”。我在这些文字的旁边写下：“可爱的洋洋子啊。”我像看到朋友般想伸出手去和她握一握，我曾因为我家停车位改为需侧方位停车才进得去后，无理地对工作人员大吼：“帮我换个车位啦，我怎么都停不进去。”

佐野洋子总是开着车皮表面坑坑洼洼、机箱盖上点缀着乌鸦屎的绿色捷豹去会朋友。她称她的朋友们都是叠音：乐乐堂、都都子、萨萨子、诺诺子、北北雄、米米子……可爱得很。因此我也在心里这样称呼她，洋洋子，很好玩哦。

一个知道自己生命大限的人，要怎么过活呢？既不会马上死去，也不愿过度医疗，她的人生究竟要怎样度过啊。书里揭示了答案：疯狂地追剧，因为总是平躺在床上，眼睛盯着一个地方看，以致下巴脱臼。不仅如此，还对各个明星品头论足：把《冬日恋歌》的碟子放在家里，觉得裴帅哥在家真是安心啊；元斌是亚洲最帅的男人；李秉宪是个演技派，可以用喉结来表达感情；崔民秀是年轻版的三船敏郎，是个敏锐阴郁的美男子。最冠冕堂皇的是，她竟然说因为日本大婶看韩剧，打开了日韩交流的大门，真是颇为有趣的说法。

一句“韩剧用扭曲的方式演绎了一种虚构的绚烂，触动了大妈们的心”，解释了她为何如此热衷韩剧的原因，这样想想，有心酸，也有对生活另一种形式的补偿。未曾经历也好，早已看淡、心景沧桑也好，也不妨碍对美和对忠贞爱情的憧憬与想象，未曾得到的，未必这世上没有。洋洋子大概抱着这样的心情，一直不动脑子地追剧，把生命的绚丽多彩寄托在裴勇俊、李秉宪和柳时元身上……

剧情虚构，终究不是生活的本质，洋洋子一定知道，可是如此固执地追剧，自称这是化疗一年间最幸福的解药，只想这样不动脑子地活着，于是就这样去“浪费时间”，真是任性啊。其实在那一年，她也画画，接受约稿，只是会在最后的截稿期才传真出手绘稿件，这多么像我们身边的“懒癌”患者啊，她从不掩饰自己因为年老精力不济带来的拖延、笨拙，和别的老年人一样无力面对科技的日新月益，对用电脑打字、用手机发短信、用银行柜员机取钱这些用机器代替人工劳动的事情感到束手无策，时常急得大汗淋漓。

佐野洋子用看起来轻松、调侃的笔调，描述自己的生活，其实是近乎残忍地将自己逼到死角，将狼狈在显微镜下放大：年老莫名其妙的坏脾气；每天用脚撩开窗帘，连起床也变得不易；可怕的健忘；不稳定的厨艺；每天用胶带把因化疗掉在床上的头发粘起来；一路念叨着“星期三上午，星期三上午”去买鸡骨头的老太太，也许有一天会痴呆……慢慢变老是件沉重的事，根本没有轻松搞笑一说。

另一方面，她的大大咧咧又成为化解生活中无力事件的糖：手术第二天回到家中狂抽烟，仿佛以烟续命，并不因为患癌而惜命戒烟，恰恰相反，更加随心所欲；带着麻将书，一边在书上学习技艺高超的攻略，一边打麻将，却总是输钱，连晚上睡觉都会梦到一副大牌漂在水面上，看到这里，我不禁大笑出声，那种日思夜想、见而不得的情况我也有过啊。

佐野洋子就这样在生命的最后时刻，走在不那么绝对正确的路上，继续抽烟、懒惰、随心所欲地虚度时日，抱着即使今天死去也无妨的心态，不那么积极地活着。在我心里有了她的模样：酷酷的，嘴上叼着烟，穿着企鹅背带裤，歪着肩膀站着，或是平行于地面地躺着，经常做“无所谓”的耸肩、摊手的动作，这样的她彻底摆脱了世俗意义上的沉重，尽管生活其实对谁都挺难的，但是她不那么严肃的生活态度，为生活稍稍松绑。

佐野洋子不仅在书里讲她自己的老年生活，也讲和她一样的老年人的故事，当一个长寿社会来临，独居老人越来越多时，无论是穿着时髦，还是邋遢出门，只要独自一人坐在餐厅吃饭，都在表达孤独，孤独地塞进大盘食物，然后拄着拐杖回家，守在电视机前，继续体验寂寞。我们无法对这世上越来越多孤独的独居老人视而不见，我们谁都会慢慢老去，不过佐野洋子诙谐的文字，又让我对即将老去的事实生出一份勇气，仿佛是在悲凉、笨拙、小心翼翼、灰扑扑的底色上，贴上了一些彩色的圆点，如草间弥生的画一样古灵精怪，痛快又精彩。

我家里还有一本她画的绘本《圣诞老奶奶》，她创造了这世界第一个圣诞老奶奶，她的出现本身就像个礼物，这本书也是。

人生啊，就算是活得不容易，也绝对不要总是痛哭流涕。

## 7. 离别后，我们还在一起

清明节的早晨，依旧雨纷纷，窗外叫嚣着各种各样的喇叭声，都是急着去扫墓的人吧。

家里回荡着钢琴曲，我正低头做清洁。清扫书架的角落，擦洗积垢的茶盘，换洗床单、被套，给花儿们换上清水，清理厨房里的过期食物，而我做这一切时，心底在默默地思念离我而去的亲人。

好好吃饭，努力工作，用心打扫，和家人拥抱微笑，都是我们活着的证据，用点儿蛮力生活，是对逝去亲人最好的告慰。

最近有些事，颠覆了我对生死的认知。

好朋友的爸爸去世，她是独生女，在丧礼上忙前忙后，我们默默地陪着她度过了老爸在世的最后一夜，有人在时，始终没看到她流过一滴眼泪。

她爸爸去世的前一天，我们去医院看望老人家，经过开水房时看到她，她的背影相当清瘦，头发拢在脑后，正为爸爸接热水，准备为他烫脚。

我们在病床前，看到那个曾经走路生风的老人，此时已不能说话，有时将手伸得老高，颤颤巍巍地活动手指，一、二、三、四、五,一个个指头卷曲又伸直，伸直又弯曲；有时又会将手伸向头顶，摸摸脑门儿，类似举高高的锻炼。他的头歪斜着，手不停地颤抖，脸上只剩一层皮松垮着，双颊凹陷，嘴有些变形，即便如此，他依然没放弃能做的运动。

癌症患者在后期，腿脚总是肿胀得硬邦邦的，好友给她爸爸洗脚，用热水一遍遍浇在老爸的脚背上，轻轻按摩，将手帕烫热，为爸爸擦拭。她一边洗一边大声问她爸爸:“老汉儿，洗个热水脚，舒服不?”（重庆人口语话称呼爸爸“老汉儿”。）

老爹听话地点点头，她又笑问:“舒服哈?”又对我们说:“看，我老汉儿最听我的话了。”

接着又嬉皮笑脸地对老爸说:“老汉儿，舒服就笑一个。”她爸爸真的就歪着脑袋，咧开嘴，朝着女儿笑，脖子上一张皮扯着，锁骨高高地顶着，牙齿洁白，嘴张得老大，很开心的样子。

好友一边给她爸爸洗脚，一边念叨:“晶晶他们来看你了。”老爸使劲儿点头，眼睛盯着我们，表示认得到。她继续和老爸说话:“老汉儿，今晚上要妈妈来陪你睡，还是幺爸嘛?”老爸点头，她又大声说:“要幺爸陪哈?”她爸又猛烈地点头。

好朋友说，她爸爸在前两天很用力地扯着嗓子吼出了对妈妈的爱，拼尽全力地对妻子说了这辈子最后一句“我爱你”。后来，她爸爸就再也无力说话。我爸爸在去世前，最后留给我的话也是“爱”和“快乐”。作为独生女的我们，就是要承接着爸爸的爱，继续坚定地走下去啊。

我们去看过老人后的第二天凌晨，她父亲去世了，一家人守在身边。

我这个朋友，是个钢琴老师，但是看起来毫不文艺，总是大大咧咧，不会娇弱无力地哭泣，爸爸生病瘦得只剩七十几斤时，九十二斤的她说:“我可以一个人把他背回家，也可以随时一个人帮他翻身，毫不费力。”我们在一起吃饭时，她说，她对自己这半年来对父亲的态度、对父亲的照顾，很满意，所以她不会在父亲去世时哭泣。此后，在她父亲的葬礼上，真的没看到她掉一滴泪。

庄子在妻子去世后，鼓盆而歌，我始终不太能理解那种状态。但是，这次我在朋友身上真的看到了，虽然没有鼓盆而歌，可她的乐观、自嘲、坚强，她对自己很满意的态度，颠覆了我对生离死别只知哀伤的认知。

好友在父亲生病住院时，尽己所能地照顾，贴心地陪伴。在父亲生前的最后一个春节，她带着一家老小去了广州的一个岛上过春节，知道那会是爸爸生命中最后一个春节，说一家人怎么都要待在一起，不管去哪里。

生前对老人家的尽心照顾，让她对自己的表现很满意，因此没有后悔和遗憾。

一个身边的亲人死亡，除了悲伤之外，显然它是非常具体的事件，意味着要给去世的人更衣、联系殡仪馆、通知亲朋、招待饭食、接受吊唁、一遍遍叙述死者生前，还要选择骨灰盒、墓地，确定下葬日期……而这些事件，和在企业里组织一场小型活动一样，需要沉着冷静面对，周到协调，八方照顾，而内心真正大规模的疼痛，可能要在日后更久一些的日子里缓慢释出。在拉开冰箱的瞬间，看到他喜欢的食物还在，而再也无法和这个人对话了；在进门叫一声“老汉儿，我回来了”，却久久得不到回应时；在当不小心割到手，大叫一声，整间屋子不再有另一个人关心地跑过来时……而这些，去世的那个人已不会知晓，但对于在世怀念的人，却在每一次经历时都痛彻心扉。

佐野洋子在她得知自己身体里有恶性肿瘤后，说：“得了癌症以后，我的人生突然充实起来，每天都过得很快乐。知道自己什么时候死，也就获得了一种自由。”她甚至因此赶走了抑郁症，这些也让我将“死亡”看得轻了些，什么时候“死”真的没那么有所谓，“生”才是重点。

生命有时脆弱不堪，有时又比我们想象的要倔强很多。

当年外公去世时，外婆六十三岁，她悲伤地觉得自己也命不久矣，没承想，她一直硬朗地活着，并且独自生活直至九十三岁；好友美元姐姐的爸爸去世后，她在老爸的墓前承诺，自此后，要和家人更快乐地生活。

一个人生命时间的长短也许由天定，可是我们可以选择对待生和死的态度。

生尽兴，死无憾。

不管是对家人，还是对自己，尽心、尽兴，虽然离别后，再也无法与这个人共享某样食物，共同因某事而大笑，可正因如此，也会真正懂得曾与他相遇的珍贵。

我们曾在彼此的生命里相遇过，成为亲人，成为朋友，真是幸运的事。

## 8. 认清生活真相，依然热爱

“生活不乏鸡毛，求医不乏艰辛，人生不乏坡坎，好在鲜花依然绽放，叶儿依然亮绿，太阳依然升起，亲友依然同行，医生依然不乏仁心仁术，好在好在啊。‘是啊，就这么想想也很好’，我想起海明威曾这么说。

“每天醒来，无论多热，无论多乏力，我第一件事就是到阳台数一数喇叭花开了几朵，然后亲手给心爱的绿植和花儿浇水，大热天还不止浇一次。每浇一次我都大汗淋漓，衣服湿透，但我坚持阿姨只备水，灌溉一定自己来。因为只有我才搞得清它们不同的水之需求，我浇我放心，能说这不是我的热爱之水、生命之水吗？我家的它们也很懂我，很感恩，总是持续地报我以浓郁芬芳、疏影暗香。”

这是我的上海好友绿萝在朋友圈发出的文字，距离她上一次发文已过去了两个多月，朋友们都担心她的身体，而她在道“天凉好个秋”时，让我们看到了她一如既往的倔强与乐观。

这位好友是我的忘年交，比我妈妈小一岁，和她相识，是五年多前的事。她的家乡在重庆，但她从小离开父母在上海长大，至今仍居住在上海。

相识那年，绿萝姐回重庆省亲，我们约在湖广会馆见。那一年，她还能够独自出门，拄着拐杖，不识路的她坐车兜兜转转一个多小时，好不容易才到我的面前，我像老朋友一样迎上去，搀扶着她，一梯一梯走上高高的台阶，她拄着拐杖费力地走，每走几步都要停下来擦汗、歇气。背着双肩包的她，背上、臂下已是汗迹斑斑，而她嘴上的口红依然鲜艳，脸上的笑容依旧灿烂。

重庆的湖广会馆，建于清乾隆二十四年，道光二十六年扩建，2005 年再次修复完工，它是我国明清时期南方建筑艺术的代表，也是我国现存规模最大的古会馆建筑群。整个古建筑群雕栏画栋，异常精美，绿萝姐对历史和古建筑很感兴趣，因此约我在那里见面，要去看看。其实那些高高的石梯对她来说每走一步都极度困难，就连十厘米的门槛都能难倒她，需要我帮她抬起僵硬的病腿才能迈过。即使出门如此不方便，可她对生活的好奇和热爱，从未因总是抱恙的身体而停止。

走累了，我们在奎壁之府找了个地方坐下来，她点了一杯“金盏花开”，我点了“梦里花落知多少”，那天老音响里播放的全是老歌，有“小娟 & 山谷里的居民”翻唱的民谣《小茉莉》，还有邓丽君演唱过的《爱的箴言》和《爱的路上千万里》。小娟的声音很干净，轻柔的声音在老建筑里流转，有些穿越之感。奎壁之府的老戏台上仅有一台供观赏的古琴，旁边“感懒树”的院子里，小猫趴在地上睡觉，天井里晾晒的都是或绿或黄的夏布。

我和绿萝姐一边喝着有颜色的花茶，一边聊天，我的“梦里花落知多少”实为玫瑰山楂茶，酸酸甜甜的；她喝的“金盏花开”，金盏花黄灿灿地在水里绽开一个个大笑脸。听着老戏台音响里传出来的柔柔歌声，我俩旁若无人地小声哼唱，服务员小妹儿惊讶地问我们：“你们都会唱啊？”我们相互给了一个“得意脸”，那个年代的歌，那些歌词在我们的脑海里闪闪发亮。

我再次看着对面这个穿一身花布衣服的女人，她小声哼着歌，全然没有六十多岁老奶奶的模样。一路走来，在花园里看到小灯笼花，她会惊呼：“呀，这是什么花啊？真的还是假的？”看到大水缸里冒出绿油油的水生植物，她会停下脚步，拉我去看：“这个好神奇啊。”她对天地自然保持着孩子般的好奇目光，一切都有趣，一切都好玩，而她满心欣喜地与爱的一切在一起。

我知道她很珍惜，她珍惜活着的每一刻好时光。珍爱这阳光热烈、水波温柔的世界，她热爱艺术、诗歌，那是她的精神梦想，尽管一身病痛，独自一人，可是那些丰富的精神食粮会让她从一草一木甚至第一声春雷声中，找到那叫“希望”的信仰。

那天中午我们坐在饭江湖的木板阁楼露台上吃饭，点了她喜欢的酥肉、茶树菇炒里脊、豆豆汤、蒜蓉藤菜。我们用土碗喝凉茶，巨大的黄葛树为我们遮凉，坐在树旁，五月的山城一点儿都不热，凉风习习。她一直说：“呀，真好啊，真舒服啊。”

是啊，那一刻我也感觉到了舒服。

整个冬天，我都很忧伤，因为好友的丈夫正值盛年却意外去世，留下她和孩子相依为命，我一直质问老天为何如此残忍，也因此失去了开心的理由。

而这个初夏，我觉察到春天真的来过了。城里的黄葛树，每个枝头都被新绿点亮，在光影里发光，好一副欣喜的模样。消失的冬天，以及离开的人，并不意味着一切都结束了，新一年的春天，是曾经暗藏在冬天里的骨血；留下来的孩子，也是逝去的生命的传承。都有希望，都是新生。意外无法阻止，冬去春来，也同样不受人类限制，自然无情，意外无情，可是正是因为这些无常，让我们能更珍惜眼前。忧虑、恐惧未来，和久久陷在过去的悲伤一样，对现实于事无补。

那天，微风习习，我们坐在黄葛树下喝大碗的凉茶，温度适宜，和喜欢的人一起有一搭没一搭地说一些并不重要的话。楼下一辆辆汽车疾速而过，这座城市大部分人都需要为生活而奔忙。我们无法只挑选轻松的生活，也无法推开苦难的人生，闲暇和奔忙是生活的两面，一如苦难和日常都是生活的组成部分一样。

绿萝姐此行回来，要照顾九十岁瘫痪在床的母亲，要为她换尿不湿、擦洗身体，要与保姆博弈，让母亲获得更好的照顾，而她不过也是一个尚能独自行动的病人，但从未听她抱怨过生活。

她就是认清生活真相却依然热爱的人吧，生活里有母亲病痛时的呻吟，有烦累不堪的家事，有病痛，有意外，也有风、阳光、音乐、大碗茶、诗歌和花朵……在永恒且静美的自然规律中，她谦逊地活着，因为谦逊，所有的对繁杂琐事的和解，便产生了。

## 9. 美，和你我同框

2019 年的一个夏夜，我躺在床上，和绿萝姐随意聊天，绿萝姐说到她在整理东西，有些喜欢的日式茶具和欧式咖啡杯什么的也送给了朋友，我替她惋惜，我知道她很爱这些瓷器。而她说："断舍离啊，不可惜。"

她说："最近在整理一些老东西，发现自己还保存着七八十年代的手抄本和简报，几乎全是诗歌，有席慕蓉的、汪国真的……我发现自己对诗歌和散文一直都那么热爱，一以贯之。"说这些话时，她六十七岁。

"花儿啊，我还想重新把钢琴练起来，90 年代时，我曾经在上海音乐学院学过弹琴，当时学费半小时七十元，那时很多曲子我都会弹，现在生疏了许多，我很喜欢这首《平安夜》。"她开始在那头哼唱，接着我听到了琴声，我在这头也轻轻地哼着，那天外面很热，可是《平安夜》这首曲子一响，我的周围寂静如雪，心顿时安静下来。

我闭着眼听她弹琴，她在上海，我在重庆，同是 2019 年 8 月 25 日夜里九点半，两个年龄相差二十三岁的女人，就在这夏夜凭着一根光纤线，牵起了彼此的热爱。她爱诗歌、爱音乐，我刚好也爱。

人这一世，无论年龄几何，生命中总有些东西很重要，记得绿萝姐曾问过我："除了生存应该做的事以外，你最想做什么？"这个问题值得每个人都问问自己，如果我衣食无忧，最想做的就是心无旁骛地阅读、写作。

那一次，绿萝姐问我这话时，我、绿萝姐和老友鹃儿，正坐在重庆南山的叁时民宿，喝茶、聊天、看山下风景，我们一起在紫阳花盛开的地方拍照，推开叁时民宿巨大的木门拍照……做几个闺蜜相约可以做的一切事情，聊彼此的父母、家庭，聊喜欢的诗和音乐，相互打趣，笑得花枝乱颤，然后沉静下来想，如果没有生存之忧，最想做的是什么。

有时，我们稀里糊涂地过着一日又一日，的确需要一位挚友在身边轻轻提问，思索后交出心底的答案，从此可以更大张旗鼓地走在自己想走的路上。这仿佛是一道路标，指向我们在内心里秘密建造的美好森林：有不老树伸出坦荡的双臂，有永不落幕的朝霞，有穿着五彩花衣整天飞舞的大鸟，有在树与树间穿梭握手的光。写作对我来说，就是这样一座永不天黑的巨型森林。

那天，我们拍了很多照片，其中有一张是我们仨坐在一个长木桌前，请老板给我们拍的：三个不同年龄的女人并排坐在藤椅上，背后是青山和茂密的树林。我们逆光拍的照片，让人想起《海鸥食堂》里最后一幕，几个戴着墨镜的女人在海边坐成一排，几经周折，知晓彼此秘密的闺蜜坐在一起，神色自如而安宁。

就是这样，和这个爱花、爱音乐、爱诗歌的女人，随便在哪里坐坐聊聊都觉得很舒服。那天下山时，绿萝姐和我们说道："生活如果没有诗歌和音乐会是怎样？很难想象。"鹃儿开着车，我们从盘旋的山道上下来，车窗外的各种野花野草，在这个初夏时节开得灿烂，绿萝姐不禁在车上轻轻地唱起歌来，我从她斜望窗外、被阳光照亮的脸上，看到生命丰沛流动的汁浆，而其实那时的她，刚经历放疗、化疗不足半年，历经两次癌症，是下车就需要坐轮椅，需要人搀扶着上下电梯的病人。

从小到大，生活似乎从未厚待过她，而她依然执着地热爱生活。2016 年第一次在上海与绿萝姐见面时，她一袭紫色披风，内搭紫色丝绸绣花裙，头发梳成小辫往上盘，一条蓝色小丝巾系在盘起的小辫前拉成个小蝴蝶做成发带，一副粉色边框眼镜架在鼻梁上，真是美啊。那年，她六十四岁。

当时，我惊讶地听她讲，她里面穿的丝绸绣花裙是自己改制的，因为人长胖了，于是把袖子拆下来，镶在身子两侧，裙子则成了无袖裙，然后外面披件小披风，看起来酷酷的。我年轻时最爱看《上海服饰》，然而却是叶公好龙，未学到半点儿。

那年的中秋节前夜，我和绿萝姐对坐在南京西路 1001 号——凯司令西餐咖啡社，张爱玲笔下的《色戒》写到过这间店，"装有柚木护壁板，但小小的，没有几张座"。小说里王佳芝曾来这里等易先生。这里也是张爱玲和炎樱常来的地方。没想到建于1928年的老店还在，栗子蛋糕还在，也许味道与八十年前大不相同，可是喜欢甜点的我依然忍不住吃了三个。栗子蛋糕内层全是柔软的栗子泥，外层为掼奶油，甜而不腻，这也是凯司令栗子蛋糕的一大特色。

热情的绿萝姐又为我买了拿破仑蛋糕，酥脆掉渣，果然与重庆的不一样。她自带了老字号的鲜肉月饼，我俩再佐以普洱茶、罗宋汤，中西合璧，吃得乱七八糟，却又心满意足。吃饱喝足，姐姐拿出她一本80年代的《诗歌日记》，读诗给我听，我静静地看着她手上的茉莉手串，还有胸前的玉兰花串，那是我们俩一前一后在楼下卖花的老婆婆处买下的。能和一个这样的忘年交对坐读诗、听雨，内心的宁静如月下流水般缓缓流淌，有水花轻溅，又有调皮的欢愉。她一身病痛，我一中年女人，我们还能卸下所有的生活负累，对坐读诗，共赴好时光，是我们的幸运。

读诗、喝茶、听音乐，这些看起来并不会给我们生活带来实质性改变的无用之事，却能让我们绝不轻易被生活击败。

可以确认的是，绿萝姐是我的忘年交，也是我的好朋友，我们可以一起谈陈丹燕、王安忆、海桑、席慕蓉，聊诗，谈过往，讲沧桑的经历。

每当我想起热爱生活的她，总是心生感慨，很多画面在心底浮现：她曾经是在大上海骑自行车的姑娘，风儿悄悄吹起她的裙裾，她意气风发；一个人坐在房间里喝茉莉花茶读诗，外面的牵牛花悄悄地开了五朵，她心如平湖；她也曾坐在琴凳前自弹自唱，曾坐在电脑前编辑视频照片，为毕业五十年的同学寻找过往记忆，遥想当年；她独自回到重庆，在她的家乡租一处民宿，面对长江，整夜看江上灯火，她兴致勃勃。这些都是她热爱生活的证据，尽管现在她正慢慢老去。

2019 年 11 月，绿萝姐折腾着搬了新家，她发来一张照片，客厅的一面墙上，绿萝垂吊欣欣然，桌上的玫瑰开得正好，旁边还有郁郁葱葱的火棘。她给我留言：“美是毕生追求，你我同框。”我瞬间泪目，她是绿萝，我是花儿，美与我们同框。2019 年对我和她来说，都有着很多艰难度日的时光，而我们不会轻言放弃，不会轻易丢失的是那共同追逐美好生活的心。

2020 年，我决定做个行动派，想到的事情立马去做，于是开年做的第一件事，就是订了机票去上海看绿萝姐，只是想有两三日可以和她安静地说说话、听听音乐，陪陪她。

我给她带了两个小礼物，一个是辛波斯卡的诗集，一个是我妈妈做的咸菜。诗与咸菜都是生活里的不可或缺，并存并生，咸菜是乡愁，诗歌是生活里的那点儿甜。

那个周五，她要去医院打针，我本想陪她去，她却给我安排到医院旁边的半层书店半岛湾半日游。也许她不愿意让我看到生命中更多的不堪，她努力在告诉我生活可以美好。漫无目的地游逛，在小小书店里找寻喜欢的书，在兴致来时随时哼着歌……这些都会为沉重的生活托底。

这趟短暂的上海行没有去任何网红地打卡，就是两个女人喝茶，吃花生、南瓜子，一起读远方好友的来信，一起读诗，一起聊些不着边际的话……在我即将离开的下午，刚打完针需要静养的她，人半躺在床上，从手机里找出一曲《手心里的温柔》，用蓝牙音响放出来给我听，为我送行。这些时分，都会长成我身体里的温柔，再释放出来。

此时的绿萝姐，一身病痛，孑然一身在上海，请钟点工做饭、做清洁，用手机下单买食物，独立自由地生活。她会在早上赖床，深夜不睡，夜晚偎在床上读书，和朋友语音聊天，叫来快递员退掉不合身的羽绒裤，连夜改制过年穿的大红棉背心，她很少出门，却做到了居一屋而安。在她那间小屋里，她有时弹弹琴，有时会会友，有时读读书，有时听听音乐，有时为花儿浇浇水，这些都是与美同框的生活。

愿这个世界更加温柔地对待她，这是我心里小小的祈愿。

## 10. 不轻易在生活里叫喊疼痛的人

二十岁如花似玉的年龄，人生之美还没展开，我有一个朋友却在二十岁时因被人泼硫酸而躺进医院。我去医院看她时，她光着身子，躺在高温消毒室里，面目全非。窄窄的病床上方挂满灯泡，她上半身的皮肤如月球表面般起伏，凹凸不平。她看到我去，嘴唇咧开，对我微笑。因烧伤严重毁容的她，已找不出以往的一丝模样，嘴笨的我不知该如何开口问第一句话。“痛不痛?”不敢问。“难受吗?”显而易见。

倒是她开始说：“一进来就被剃了个光头，妈的，我前几天才烫的头，损失两百元，早知道就不去烫了，还省钱。”我附和地笑，想必笑得很难看。她那只未受伤的眼，缀着长长的睫毛，还能看出她曾经漂亮的样子。

她是我的第一个光头好友。她后来没有读大学，为人代账，一级级地考会计资质，直至考取注册会计师，后来她拥有了一间自己的会计师事务所。现在每年她都会去世界各地旅游，从不惧怕走到人前，当然走出那段阴影的过程有多么艰难，唯有她和家人知道。那些年不敢照镜子，奔波于全国各大整形医院，起诉罪犯直至对方被判死刑，其中的周折，也都不足与外人道。

距离我们二十岁时，又过去了二十几年，我和她对坐在餐厅里一起吃饭，她的头发又是刚烫过的卷发模样，我有点儿恍惚。我曾是她最好的朋友，那时我们十六岁，曾手挽手在花溪河边一起散步，曾经笑着谈论过一个男孩儿，那个男孩儿就是后来泼她硫酸的人；我们曾共住一室，她总是一边快速地唱张学友的《夕阳醉了》，或是 Beyond 乐队的《真的爱你》，一边快速地找在床上落下的书，准备去上课。韶华易逝，物是人非，而今我们都已人近中年，我已有家室，她独身一人。其间的经历，唯有自知。

我不知道这些年，她多少次在被窝里痛哭过，而她发出的朋友圈，有时会发上一张正在画的彩铅画作，有时会抱怨永远也做不完的账，有时会写一段人在异国的游玩心得……我恍惚间听到她说：“哎呀，这个菜这么贵。”我哈哈笑出声，“你还是这么‘财迷’。”“如果我不这么爱财，我哪能去那么多地方，哎，我告诉你呀，我这些年去了美国、德国、土耳其、英国……”

生活啊，总有理由让你过下去。

另一个好友，因化疗掉光了头发，我去看她时，她正窝在家里看电视剧。大热天，她见我时没有戴帽子，也没有戴假发，就那么将光光的头对着我，仅仅是看着她，我也觉得真好：我能触摸到她有温度的手；我能和她一起笑着对某部肥皂剧里的男主品头论足；我能在深夜时，有一搭没一搭地和她在微信上聊天，然后互道“晚安”后各自睡去。这就是活着。那年，她第二次手术时，她的儿子要考大学了，她也给自己鼓劲儿加油要好好活下去，那是她活着的信念，我去看她，她脸上依然有笑容。

对女人来说，头发没有了，还可以再长起来。可是如果内心的一些东西崩塌了，就真的只能向生活缴械了。而我身边的好友们，大多不轻易向生活喊疼，她们总有理由让自己活得好看。她们并没有很高大上的理想，也不用一直勇敢，可以在深夜里痛哭，可以在没人的时候大骂这混账的生活……骂完哭完继续生活。

这些好友从来不惧怕生活。不惧怕生活，不是说时时刻刻对生活保持警觉的模样，也不是圣斗士般随时保持战斗的姿态，而是说，当生活抛下荆棘时，她们并不是选择绕道而行，而一定是砍掉荆棘继续前进。当然生活仍旧紧紧相逼，从不轻易放过谁。

看《平如海棠》饶平如和他的妻子毛美棠的故事，这对有二十二年都在分离状态的夫妻，两人的通信讲的都是油盐柴米的事儿：这个孩子生病了，那个孩子要分配了，这个孩子要去农村了，那个孩子进厂子了，这个月的粮票刚刚够，那个月说话算话买了一斤肉包饺子……这些信没有一封是情书，是两个人各自过的日子，是时代的印迹。

书信里是家长里短，似乎说话间，孩子就一个个长大了。两个人再在一起时，已是两具装满病痛的身体。经历两次急性病手术的平如，每天需要做四十分钟腹膜透析的美棠。照顾渐渐痴呆的美棠，平如从没觉得烦。她想吃杏花楼的马蹄小蛋糕，他去买；她找她的黑底红花旗袍，他去为她订做。虽然买回来、做回来，糊涂的她早已不记得，而他不介意，他一定让她事事满足，不留遗憾，那年她八十岁，他已八十七。

“相思始觉海非深。”美棠去世后，他用温柔之心绘画，他用赤子之心配文，用以怀念。他像儿童一样，充满善意地爱人，不管这个世界如何对待他，他坚持他的善，这并非软弱，而是“道义的坚强”。

是生活里的诗意，抵抗了生活的艰难：最初结婚时，“山雨欲来风满楼”的婚房，让平如看到野趣与诗意；美棠生病时脾气不好，他画画让她笑……

疼痛谁都会有的，生活也根本不会时时顺意，在那并不风平浪静的日子里依然保持的幽默感和诞生起的闲情逸致，就是内心里盛开的诗和花朵。

当年钱钟书先生哮喘严重，杨绛在其睡觉打鼾厉害时戏称家里有座“呼啸山庄”；梁实秋当年在四川的家被称为“雅舍”，事实上雅舍里不仅时有老鼠抱着核桃滚下坡或是攀援上帐，还有聚蚊成雷的“蚊风之盛”，但他亦认为这个家有个性，又可爱；饶平如在农村时，包里揣着英语单词书，每天背背单词，尽管知道没有什么用，可是也不荒废时间；上海的金枝玉叶露西小姐在最简陋的厨房里，仍然用一只小铝锅在煤球炉上做蛋糕……

生活有时让人面目全非，有时又让一些人的样貌越加清晰。那些不轻易对生活喊痛的人，总有他们的法子向生活致敬，向那些内心的诗意鞠躬致谢。

## 11. 踏实地活着，风烟俱净

以前爸爸每次来我家，都喜欢看瑞典画家卡尔·拉松的画册《我们的家·我们的房子·我们的农庄》，他会一页页地认真翻，有时会指着一页给我看，嘴里说着些让人听不懂的话，总是“这个，那个”地没完没了。即使如此，我也耐心地看着他，听他讲话，他讲一讲，又低下头认真看，样子很迷人。我不知他在里面读到些什么，是不是有熟悉的过往在他的脑子里闪现，他将三根手指放在画上，一点点抚摸，满脸怜爱的样子。不知他是不是记起了什么，又或者是不是觉得整个人如在浴室的大镜子前，屋子内热气腾腾，可是伸手触摸镜子，手下冰冷生硬，眼前时而清晰，时而模糊，镜子里面的人遥不可及，那些记忆也是如此不可触碰吧。

我不知这本书吸引爸爸的地方在哪里，这本书也是我经常会从书架上拿下来翻看的画册，那里面有卡尔·拉松的画，还有他的大女儿苏珊讲述的关于家庭的、村庄的故事。

有一年夏天，卡尔·拉松一家在桑德邦度假，天总是下雨，他每次出门画画都会被倾盆大雨淋湿，他很生气，总是埋怨这无法作画的鬼天气。可是他的太太对他说，为什么你不就在家里画呢？就画孩子、鲜花、从窗户里看到的风景，还有我们的家。

后来这些细碎的生活真的都成了卡尔·拉松的绘画题材：因受惩罚而坐在椅子上生气的孩子，给阳台上的花儿浇水的女儿，躺在地毯上睡觉的狗狗卡普，擦得光亮的铜壶和铜盆……他们的家，他们的房子，他们的农庄，都成了卡尔·拉松最重要的绘画对象。而透过这些图画，我们能够看到19世纪生活在瑞典的艺术家一家人满满的生活细节，诸如在并不富裕的生活里如何别出心裁地给家里每一位孩子过生日，让每个孩子都觉得自己是同样珍贵，爸爸到那个时候就不再工作，一家人一起唱生日歌，读诗，喝咖啡，寿星会流下高兴的眼泪。

卡尔·拉松的画，以及女儿苏珊少量的文字，都让我看到艺术不再悬空，它指向每一个生活的角落：圣诞前夜铺上的拉松太太最喜欢的有着长长花坠的桌布；房子里永远都温暖，永远都有花，永远像夏天；客厅的地板上有卡瑞织的长毛垫；画室的角落里有“许多木雕工具：锯子、钻子、锉、三角规……”。卡尔·拉松不是一个闲得下来的人，那是一个不是在画画，就是在雕刻的人。

我在一本小小的画册里，看到很多种热爱生活的方式，而最棒的一种，就是踏实地身体力行，用动作去灌满生活，不是用无数的口号、无力的愿望，或是用“我想，我觉得……”去与生活隔空喊话。当你爱一个人或爱一件事时，用行动去表达，会让生命多几分豁达与充实，也多几分踏实与担当。

日本轮岛的漆艺家角伟三郎先生曾说：“做得多了，就能慢慢看到一个新世界。”

同样，日本漆艺家赤木明登说他在三十岁到四十岁那十年里，每天从早晨醒来到晚上入睡前，一直在上漆，不做其他的任何事，漆活儿对他来说像将电话簿从左翻到右一样简单，这单调的生活他持续了十年。他说，进入无心之境就是这样简单。他以为的简单，是不走极端，“每天实实在在地吃好三顿饭，在决定好的工作时间里理所当然地默默完成手中的工作，工作结束泡个澡，不逞能，不讲歪理，为人们的生活奉献出优秀之作”。

布艺家早川由美说她骨子里一直有着以打猎、采集为生的旧石器时代人的特质，所以她将生活形态从“买”变为“做”，亲手制作红茶、杏桃果酱、樱桃冰激凌、梅汁，亲自种植蔬菜，自制蜂箱采蜂蜜，一针一线地编织，她觉得最大的乐趣就是自己动手的过程。众人的双手，都是了不起的工具。

不知从什么时候开始，我也迷上了这有无数动作的生活。

年轻的时候，会觉得等我做完这些家事，我就可以安静地看书、写作，这就是生活最完美的状态了。现在好像有所改变，做什么时，就和它在一起，让自己真正享受过程中的愉悦。

腊八那天，我在去菜市场买菜的间隙，在小区里拐了个弯，去看了那株我很喜欢的梅花树。黄叶都掉光了，冷雨里开了一头的蜡梅花，晶莹剔透，我在微雨的黄昏中拍它们的样子。背景幕布是满树的红叶，红了半边天。发灰的黄昏天空一丝云朵也没有，它们像是约好了憋足一口气，发誓要把天的帘子扯下来，让黑暗笼罩大地。

揣着一肚子花香，继续去菜市场买菜。我总是在菜市最里面的小摊位上买青菜，每次我去，那个婆婆都会给我选一把最好的时蔬。有一天我去买冬苋菜煮粥，婆婆选了枝杆粗壮、叶片绿肥的给我，并教我摘叶子下来时要把茎留下，只取叶子，然后将枝杆细细地剥皮，分成两片或三片，这样熬煮出来的菜粥就会细腻糯软，也不会有嚼不烂的茎叶。这些都是积累下来的生活智慧。

而那天，熬的自然是腊八粥，佐以樱园的香肠，綦江的赶水豆腐乳，青叶莴笋，再自己烙几个蛋饼粑粑，为这小小的节日，迎接自己小小的欢乐。

这样认真地熬一顿粥，认真地炒一份小菜，认真地烙几个大小差不多的饼，不是用脑，而是用身体去记下所有的生活细节。

阳台上的风信子正破土而出，这些球根是三年前买的了，每年开完后，我都会把它重新埋进土里，第二年到了冬天，它又会破土而生。这已是第三年，叶子已长了六片出来，大概每天以一厘米的速度在迅速生长，它要准备给我“好看”了。我还准备买几枝漳州水仙球根，要细细地将外面的鳞茎剥掉并刮去老根，洗干净后养在椭圆的青花瓷盘里，等春节来临时，它定会给我们带来满室馨香。

每个季节去做每个季节该做的事，生活便会多些乐趣。

爸爸失忆后，他那些做香肠的老配方就失传了，而做香肠这件事，对我来说其实和年味紧密相连，于是想着自己要摸索着做一回，尽管我一向以笨手笨脚自居，可是这样的活儿，也许以后会成为一项传家的本事，不由又想要振作起来，好好尝试一番。

年轻时，只想着能够优哉游哉地喝个咖啡，看看书，与书中人物神交，获得精神上的满足与愉悦，就是最大的享受。可是现在觉得每天看了多少书、写了多少字不是最重要的，最重要的是在如何认真地生活着。

在小小的节日里，慢慢地熬一碗粥；在春节前，自己做几块酱肉；陪妈妈去逛逛她想走的小巷，累了坐在石凳上休息，带她吃一碗喜欢的凉粉，和她手牵手，像童年时她牵我一样……身体力行地去做，真正去关心身边的人，这些日常的小事，或许会挤压我们看世界的时间，可是我的求知欲好像渐渐减少，不再贪多贪全，就喜欢将小日子碾得细细碎碎的，喜欢在日复一日的生活里更加踏实地用手劳作、用心生活。

上上周买的腊梅，花朵已开始干枯，花朵落在地上，发出小小的声响，我坐在餐桌前写字，能听见它们以自己喜欢的动作掷地有声地结束生命。我将那些掉落的花朵堆积起来，放于桌上，它们的香味不见了，它们曾经透明的花瓣不见了，可是它们给这个家带来过的欢欣不会消失。

此时，屋外有飞机掠过房顶，有汽车的喇叭声急促地响起，有楼下小孩打羽毛球，球从拍子上腾空而起的啪啪声。我坐在这里，也觉风烟俱净。

## 12. 人世艰难，愿我们成为彼此的糖

那个周一，好友绿箩做手术，她一身病痛，再次住院手术，面临着病灶全切还是部分切除的选择。我始终坚信，不管怎样，

手术一定会成功，经历这么多磨难的她会继续好好地活在这个世界上。

如果出院回家，她依然会细数每一朵牵牛花开，会在清晨时读诗，会去上海的音乐厅听喜欢的音乐会，会为一些文字流泪，仍然喜欢喝香香的茉莉花茶，会坐在黄浦江边和喜欢的好友一边看夜景，一边吃饭。

世道于她很艰难，她从不过多提及。上一次她回重庆，我们两个人在一个庞大的商业群中相互找了一大圈，终于见面，自然拥抱，然后找了一间英式茶室喝茶，还是点的金珠茉莉。她关心我，辞职后过得好不好；我关心她，腿还疼吗？我们隔得远远的，总是相互牵挂，两个 1 月出生的女孩儿（她总是称自己老女孩儿），不管年龄几何，一样爱花、爱诗、爱文学，有着许多相同的爱好，我们相互懂得，我终于知道这世上真的有忘年交。

她写："花儿住长江头，我住长江尾。她在那头读海桑，我在这头读马尔克斯。海桑说，'静悄悄地做人，像早晨一样清白'。马尔克斯说，'爱真的存在，幸福真的可能，死神也会败在幸福手下'。"我为她写下："心一直向善，自带安静平和的力量！"

生活没有厚待她，她却总是善待生活。是生活中那些微光一直给予她力量，让她能够好好活着。

深夜时分，另一好友发来信息说，她妈妈可能股骨头坏死，需要进一步确诊，等她明天到重庆再去检查。她说自己此刻特别脆弱，知道这个消息，已经伤心地哭了一场，她说好像别人的人生看起来都是容易的，唯有自己的总是很艰难。我说我刚写完教案，录完音等待上传，没有人拥有轻轻松松的人生。

哭，流泪，甚至号啕，都是人生的必须。只是不兜售负面情绪，是一种美德。

我们默默承受、承担、面对，像勇者；我们也总是相互鼓励，搀扶着前行，做彼此的糖。

还有一个好友，每次看她写的文字都觉得她像一个江南女子，温婉随意，热爱生活，热爱阅读、美食和一切美好的事物，对身边的一切总是温柔以待。

我经常去她的微博留言，她的微博，每一条看着都舒服。她在事业单位工作，但并不像传说中的那样轻松自在，每天仅是看看报纸喝喝茶，一天就过去了。她要加班、值班，工作忙碌，可是只要有空闲，她就会去寻找美食、美店，去书籍中挑选喜欢的字句，去写作中找到生活的美好，她写下的文字都是安安静静的，她的灵气丝毫没有因为日复一日的劳作而磨损，在她自己心底那片洁净的领地，那些热烈的爱好依然闪闪发光。

那样的领地，如此私密，又是如此振奋，凭借吉光片羽，总能感受到飞翔的轻盈，即便是灵魂片刻的飞行，也能给沉重的生活插上美丽的翅膀。

我还有一个小朋友，她只有十二岁，我们俩在一起最喜欢做的事，便是享受美食。我们一样都是害羞之人，她总是腼腆地笑，我也话不多。不过当我们聚在一起吃饭，会将头挤在一起，商量着把菜单定了，丝毫不问她妈妈的意见。

吃完饭我告诉她，我的肚子好饱啊，裙子都撑起来了；她说，我还可以。然后我们相视一笑，我看到她的酒窝里都是蜜。

吃完晚饭，我们一定还要去找家甜品店，来一个冰激凌，或是请马上要关门的店主最后再做一杯醪糟西米露。我喜欢看她吃这些甜品的样子，她总是一边吃一边笑。

多美的女孩儿啊。

那天深夜，小女孩儿的妈妈给我传来小女孩儿跳爵士舞的照片，我直接点开，在幽暗的台灯下笑起来，回话给她妈妈说："好好看。我也好想学。"

小女孩儿的妈妈说那天小女孩儿临睡前，突然对妈妈说了一句："挺喜欢花姨的。"我在暗夜里笑。我的小女孩儿啊，柔软的宝贝，理当被人宠爱一生。

可是我知道，谁的人生都不可能一直风平浪静。

就是这样的一些小女孩儿、大女孩儿、老女孩儿，在一起过我们平凡的生活，一起经历"如此悲伤，如此愉悦，如此独特的人生"。

人世艰难，愿我们成为彼此的糖。

## 13. 即便年老，生活亦是一万个值得

夏天的晚上，我有时会在空调房间里抱着冰激凌吃，或是吃着冰冻的雪媚娘，配一杯热乎乎的红茶，看一部想看的电影。在想写关于爸爸这本书时，我看了一些和老年人有关的片子和书籍，其中《有熊谷守一在的地方》我躲在空调房里看了两遍，影片里出演熊谷守一妻子这一角色的是树木希林，这部电影，也是她的遗作。

熊谷守一是日本当代谜一样存在的野兽派画家，被称为“艺术世界的隐士”。片中的老头儿有九十几岁了，在那片草木、虫虫、蚂蚁、蝴蝶很多的花园里，他总是一大早就开始在里面走来走去，他称之为“上学”。在花园里一待就是一整天，出了客厅门，眼底就有蜥蜴爬过，他想：还是昨天那只吗？看见昨天的树叶，他弯着腰问小树叶，鼻头有点红：“你昨天就在这里啊？”然后一阵风吹来，树叶回应：“是啊是啊。”中午困了，扔张草席在地上仰面而睡，蚂蚁在他的白发林里爬来爬去，小虫子就在他身边散步，他每天在花园里上学的地点都不同，有时坐在自己挖的小池塘边看鱼，有时在随意一处趴下来，观察蚂蚁走路。

熊谷守一在影片里写下自己的年龄：九十四岁。家里的女佣打趣他说："哪有那么老？"他说："我的年龄我做主。"这个活了九十七岁的画家，三十年没有走出他的小花园看过外面的世界。白天他游逛小花园，今天去池塘，明天去"山"里，晚上才作画。他的每一天都很好玩，有时一梯一梯下到自己挖的小池塘旁，搅搅水，便有一群小鱼仿佛听到他的召唤，游向他手指的方向。他观察一块石头，轻声问："你从哪里来的？"等一个回答，也可以一坐一上午。他还发现：蚂蚁走路是从中间的第三条腿开始迈步的……而别人只能看到蚂蚁在眼前快速地奔来跑去。

那次在众人吃吃喝喝热闹的聚会上，他冥冥中看见有精灵要把他带走，想要将他带到更大的宇宙中去，可是他告诉精灵："宇宙太大了，我能控制的只有这座花园。"还说，"如果我走了，我的老婆就太难了。"因为心中有所爱，他不舍得离开这座花园和最亲的人，精灵因此未将他带走，于是第二天晚上他又继续和老伴儿在相同的位置下棋，他的棋艺一如既往地臭。

夜深了，熊谷守一一边下棋，一边打瞌睡。

老伴儿说："快去睡了吧，明天还要上学呢。"

守一说："对，明天还要上学。真羡慕那些不用上学的人。"

然后起身，回房。

第二天，老伴儿不知他去了花园中的哪里，又在花园里叫他的名字，找起来。这是他们的日常。

日常，就有美丽动人的真实。看得出一点儿辛酸，一点儿甘甜，一点儿欣喜，又有一点儿无所畏惧。

熊谷守一说：“我的心里有一座庭院，能装下的人很少。我的世界很小很小，但对我来说刚刚好。”那座他每天去“上学”的花园，就是他的全部世界。如《庄子·马蹄篇》里描述的乌托邦世界：“同与禽兽居，族与万物并。”那方天地自是与他共生，那小花园里的蚂蚁、蝴蝶、蚯蚓于他是友人，“万物与我为一”的感觉在影片中真真切切地能够被感知。

而熊谷守一的画作，从最初的野兽派风格，到后来只画简洁的抽象画，也是由内向外地去繁就简，每个人的一生，不也正是如此吗？

活着，活着，就老了；活着，活着，越活越明白，生活越发简单、天真，却自得其乐。

湖南绘本作家蔡皋，曾是图书编辑，工作之余她也从事绘本创作，她画《桃花源记》，画蒲松龄的《聊斋》里的故事《宝儿》，画《孟姜女哭长城》……画出这么多美妙画作的她，曾经的生活也有一地鸡毛，可是在她眼里，那是“一地锦绣”。

蔡皋亲手打造的屋顶花园就是她对生活的理解与热爱。她会在扫落叶时，真诚地向落叶鞠躬，道一声：“谢谢你们。”小孙子会在花园土地上冒出小芽时，对春天的小嫩叶说：“欢迎光临。”

她说：“但凡好一点儿的语言全部都是生活给我的，我很宝贝它。所有收获都是随缘而来，不假安排。生活很美，生活的美是什么样的呢？生命万物都是自得，都有该有的状态，生活好像是雨天撑起的一把伞，在我看来，生活的所有就是一万个值得！”

蔡皋讲这些话时，已七十三岁了，而她依然有纯粹的眼神、干净的笑容，还有童心。因为艺术和文学，已为她经历过的苦难生活撑起了一把伞。

没有人活得轻而易举，如果下雨，就请打开雨伞吧，而不是祈求太阳的到来。爸爸在七十多岁患阿尔茨海默症，七十八岁被诊断出肺癌晚期，患病后一直活在自己才懂的世界里，会对经过身边的孩子天真地笑，对不喜欢的事情不耐烦地大声说“不”，我知道他一定撑起了属于自己的那把雨伞，无忧无惧地活着。当我摸着他的胸口问他：“爸爸，你这里痛不痛？”他总是说：“不痛。”当我问他觉得身体好不好时，他总是回应我：“还可以。”

一个人，就是在这个“不痛”和“还可以”中活着的吧。疼痛、伤害、不如意十之八九，都是生活给予我们的，而我们就在那个“不痛”与“还可以”的缝隙间好好活着。

这世上大多数人都卑微地活着，一如沈从文笔下七十七岁的老纤手，他“牙齿已脱，白须满腮”，大冬天在渡口码头光着手脚讨生活，在沈从文眼里，他有着大文豪托尔斯泰的身形，如古罗马的老纤手，结实粗俗，又顽固执着地活，对可以掌握的事斤斤计较，对一个浪头打翻生命这样的事，不怨不恨。

在沈从文的笔下，总让人看到坚韧在艰难之上挺立，又有些顺水而下、顺应天意的看见与领悟，这更让我看到在缝隙间生活的人们那活着的力量，那里有裂缝间透出的光。

正是因为这样的光，让我想写下这本给爸爸的书，每个平凡的生命都有老去的一天，每个人也有深深惦记的人，我想记录下这些珍贵又平凡的瞬间，它们是生活里闪闪发光的沙砾，有颜色，有质地，有点儿坚硬、有点儿细腻、有点儿硌人，我想紧紧拽住，却又只能摊开手掌，看时间慢慢从手中流逝，看故事由远及近、不经编排地上演。

我知道掌心里那看起来永不会消失的几粒沙，有一天也会因为大风大雨或是突如其来的变故而消失不见，但我可以肯定的是，那些即使消失的沙砾，也会在我心里永远闪闪发光。

因为父爱，已成光亮的火把，指引我成为一个温暖的人。

我争分夺秒地书写，只为爸爸能看见。非常遗憾，爸爸还是没能等到这本书的出版。如果他还在世，即使捧着这本书，他也不一定看得懂，他也不知道这一切与他有关，但我知道，他一定会安静地一页页看过去，从时间的缝隙、从我鬓角的白发、从家人对坐的笑颜、从与妈妈的执手相望里看到所有的生活。这些都是一万个值得。

这或许也是一本女儿献给父亲的情书。爸爸的一生，值得！

# 后记

我的大毛衣荷包里有些秘密

比如放几颗瓜子

揣几片落叶

那天看到爸爸在我家

也抓了一把瓜子放他荷包里

我们真是嫡嫡亲的爷俩儿

他有的童趣天真

我也有

再次确认

——五瓣花

生活是一万个值得，无论经历什么。

当初写这本书的一稿时，正值全国新冠疫情肆虐，我有二十几天没有回过爸妈的家，后来实在不放心，找一天给妈妈小区的保安说了许多好话，溜了进去。上午十一点，爸爸还躺在床上玩，没有起床，妈妈在厨房忙碌，我进去拉着爸爸的手，他眼神迷离，但看着我的目光中似乎有泪，他没有说话，无精打采的。我的眼泪突然掉下来，只想握着爸爸的手，温柔地陪着他。

突然，妈妈在门外大吼：“哎，你就这样陪着他哦？还不赶快叫他起来上厕所，这么半天没小便了。等会儿又弄到床上。”

真实的生活，一点儿都不文艺，实在得很。

如果爸爸弄脏裤子，那个洗裤子的人，是妈妈。她每天都在不停地与爸爸“战斗”，而她给我讲起来，总是没有抱怨地说：“你不担心，有妈妈呢。你们好好过自己的生活。”每念及此，我都潸然泪下，我能安静写作、备课、带学生，妈妈就是我生活的咖啡里添加的方糖。感恩。

中年生活难以上下兼顾的两难境地，以及身为第一代独生子女的无奈，越来越明显地在生活中显现，可是因为有帮助我的妈妈，有支持我事业的先生，有乖巧懂事的儿子，有懂得我的朋友，有喜欢的文学，有我爱的课堂，有爱我的学生，这些，皆让生活中的种种不易得以化解。他们都是我生命中的糖。

我从来不纠结于生活的泥潭，也不总是期待岁月静好，我身上的那点儿蛮力与储存爱的能力，让我觉得在泥潭与宁静之间千百次地往返，也是有意思地活着。

写这本书，对我来说有些艰难。我时常在天光渐明的清晨写作，写得泪流满面，但其实在诸多画面的回忆中，越发觉得我有一双爱我的父母，这如此幸运。我希望你在读这本书时，能觉察出文字是微甜的，我宁愿它有些蛋糕的味道，软软的，糯糯的，细腻的，有点儿甜香，这是我看到的生活本来的样子。

每个人面对生活挖下的“坑”，感受都不一样，我确实没有经历过很多乌七八糟的事，我书写的都是我所经历过的生活的实相，我没有故意去夸大它的甜，也不想有意掩饰它的苦，就是这样，接纳，爱，做尽可能好的自己，去爱身边的一切。

这本书还是没来得及在爸爸在世时出版，还是留下了遗憾。生活再一次教训了我。

尽管此刻，爸爸已听不见我说话，可是我依然要对我最亲爱的父母说：爸爸、妈妈，我爱你们！是你们创造了我的生命，是你们两人身上的爱心、坚韧、善良、智慧、耐力、激情、温柔，创造了现在的我。感恩命运让我做你们的女儿。

写完此书，我不再想我是一个没有爸爸的人了，爸爸一直都在。爸爸变成了星星，换了一种方式爱我，换了一种方式和我们在一起。

人生需要温柔的力量，让我们得以被爱包裹，在生活的泥沼中行走。

人世艰难，愿我们成为彼此的糖。

2022年2月13日